OS PATRIOTAS

Os Patriotas

Série em 4 volumes:

✱ *A Sombra e a Noite*
(1936 – 11 de novembro de 1940)

✱✱ *A Chama não se Apagará*
(11 de novembro de 1940 – agosto de 1942)

✱✱✱ *O Preço do Sangue*
(agosto de 1942 – 21 de junho de 1943)

✱✱✱✱ *Com Honra e pela Vitória*
(21 de junho de 1943 – 1945)

Max Gallo

OS PATRIOTAS

Romance Histórico da Resistência Francesa

Vol. 4

COM HONRA E PELA VITÓRIA

Tradução
Eloá Jacobina

BERTRAND BRASIL

Título original: *Les Patriotes: Dans l'honneur et pour la victoire, vol. 4*

Capa: Raul Fernandes

Editoração eletrônica: Imagem Virtual Editoração Ltda.

2005

Impresso no Brasil
Printed in Brazil

CIP-Brasil. Catalogação-na-fonte
Sindicato Nacional dos Editores de Livros, RJ.

Gallo, Max, 1932-
G162c Com honra e pela vitória: (21 de junho de 1943 — 1945)/Max Gallo; tradução Eloá Jacobina. — Rio de Janeiro: Bertrand Brasil, 2005.
280p. : — (Os Patriotas; v. 4)

Tradução de: Les patriotes; v. 4: Dans l'honneur et pour la victoire
"Romance histórico da Resistência Francesa"
ISBN 85-286-0922-7

1. Guerra Mundial, 1939-1945 — Resistência — França — Ficção. 2. França — História — Ocupação alemã, 1940-1945 — Ficção. 3. Romance francês. I. Jacobina, Eloá. II. Título. III. Série.

CDD — 843
04-1705 CDU — 821.133.1-3

EDITORA BERTRAND BRASIL LTDA.
Rua Argentina, 171 — 1º andar — São Cristóvão
20921-380 — Rio de Janeiro — RJ
Tel.: (0xx21) 2585-2070 Fax: (0xx21) 2585-2087

Em memória de meu pai e de seus camaradas,
resistentes desde 1940.

Este é um "romance de História" que tenta "retratar coisas verdadeiras por meio de personagens de invenção" (Victor Hugo, 1868). Qualquer semelhança com homens e mulheres que viveram esses anos decisivos terá sido fortuita. O mesmo se aplica às situações aqui evocadas. Trata-se de um romance! Mas sua matéria é a História verdadeira! O quadro não é o tema retratado e, no entanto, é.

M.G.

“Há o sangue que mal começa a correr,
há o ódio e é o bastante para esperar.”

Pierre Emmanuel
com o pseudônimo de Jean Amyot,
em *L' honneur des poètes,*
14 de julho de 1943.

“Por trás da nuvem tão carregada de nosso sangue e de nossas lágrimas,
eis que ressurge o sol de nossa grandeza.”

Charles de Gaulle,
6 de junho de 1944.

SUMÁRIO

Primeira Parte 13

Segunda Parte 77

Terceira Parte 123

Quarta Parte 153

Quinta Parte 189

Sexta Parte 227

Epílogo 269

PRIMEIRA PARTE

1

De início, Bertrand Renaud de Thorenc ouviu apenas um rumor longínquo.

Durou alguns segundos como um canto agudo, entrecortado, indistinto.

Virou a cabeça para a janela.

Uma chuva cinzenta riscava esse final de tarde da quarta-feira, 14 de julho de 1943.

Quando Thorenc chegou a Clermont-Ferrand, nesse mesmo dia de manhã cedinho, a tempestade ainda era uma ameaça suspensa nas alturas, cingindo a cidade.

Teve um instante de apreensão ao ver as patrulhas de policiais franceses e *Feldgendarmen* na plataforma da estação.

Apertou o passo para ultrapassar um grupo de viajantes, umas vinte pessoas apenas, que desceram do trem vindo de Paris.

Dois ou três homens de casaco de couro estavam plantados no saguão. Thorenc sentiu que eles o seguiam com o olhos e achou que iam se aproximar e derrubá-lo antes que pudesse esboçar um único gesto de defesa.

Viu-se tentado a sair correndo, tamanha a angústia, tamanha a vontade de provocar, em vez de evitar, o incidente.

Mas controlou-se, caminhou normalmente até a Praça de Jaude e, só então, virou-se, como se quisesse verificar se vinha algum carro, se podia atravessar a rua.

Respirou mais aliviado.

A praça estava vazia. Ninguém o seguira.

Contemplou o céu de julho orlado de nuvens ameaçadoras para os lados dos maciços de Auvergne. Já devia estar chovendo na serra.

Seguindo pelas ruelas, chegou rapidamente à Catedral, mas, quando já ia entrar, sentiu um novo abalo ao ver um oficial rodeado de vários soldados alemães descer a escadaria da igreja.

Logo em seguida, notou que alguns traziam um missal na mão.

Estava perplexo e revoltado ao mesmo tempo. Havia esquecido que esses homens também rezavam, ajoelhavam, comungavam!

Ficou paralisado no adro.

E será que os que torturaram Jean Moulin se confessavam depois de lhe quebrarem a cabeça a bordoadas?

Sentiu náusea.

Passara quase uma semana em Paris, tentando descobrir o que fizeram com Max depois que o prenderam em Caluire, no dia 21 de junho.

De Argel, De Gaulle pediu que tentassem de tudo para livrar seu representante na França e presidente do Conselho Nacional da Resistência das mãos dos alemães.

Alguém vendera Jean Moulin.

Em vista disso, Thorenc saiu da fazendola dos Ambrosini em companhia de Jacques Bouvy e do doutor Étienne. Em Lyon, encontraram-se com os irmãos Villars, Pierre e Philippe, que só não foram presos juntamente com Jean Moulin, porque, no último momento, foram impedidos de ir à casa do doutor Dugoujon, em Caluire.

O major Pascal viera de Marselha.

Estavam prendendo gente em todas as cidades do Sul.

Dunker, o chefe da Gestapo de Marselha, comandava o espetáculo. Servia-se de resistentes "desencaminhados" que visitavam sistematicamente todos os endereços que conheciam, e, em seguida, a Gestapo armava ratoeiras onde eram apanhados, às dezenas, os camaradas, agentes de ligação que não puderam ser avisados a tempo e passavam para pegar a correspondência nas caixas de correio vigiadas.

Pascal parecia amargo, desesperado mesmo.

— Basta que um único, entre dez resistentes detidos, fale, para que a Gestapo vá mais fundo, desmantele novas frentes e chegue até a montar, detalhadamente, as operações de resgate dos contêineres e dos homens que Londres envia de pára-quedas. É, basta que um radiotelegrafista "desencaminhado" continue a transmitir sob o controle alemão... — suspirou ele.

Disse ainda que a guerra, sem dúvida, já estava ganha, e, ao que tudo indicava, os Aliados desembarcariam na Sicília e na península italiana nos próximos dias, que as tropas de Mussolini, segundo as informações obtidas, iriam debandar, alguns homens estavam até dispostos a passar para a Resistência; em suma, às vésperas desse verão de 1943, tudo autorizava que se sentissem resoluta e definitivamente otimistas...

— Mas, meus caros camaradas, meus pobres companheiros, nós vamos ser presos, um depois do outro — concluiu.

Pierre e Philippe Villars insurgiram-se, assim como o doutor Étienne: era preciso cerrar fileiras, executar os traidores, reforçar a organização dos Movimentos Unidos de Resistência.

— Tudo isso vai ser feito — murmurou Pascal — mas, talvez, não conosco. Somos sobreviventes desde a primeira leva, a de 1940, e é um milagre ainda estarmos vivos. Isso não vai durar!

Thorenc ficou calado. Achou inútil concordar com Pascal, embora tivesse a mesma intuição. Contudo, era preciso fazer de conta que a morte só levaria os outros. Quantos companheiros já estavam debaixo da terra!

E Moulin, agora.

Enquanto ouvia Philippe Villars contar como seu adjunto, René Hardy, conseguira escapar da casa do doutor Dugoujon e depois fugir do Hospital Alemão da Cruz Vermelha, Thorenc lembrou-se de suas próprias fugas.

Também ele, há apenas algumas semanas, pulara para os telhados das garagens do hospital e, de lá, para uma ruela.

— Uma fuga não é prova de traição — resmungou ele.

Étienne, Pascal, Pierre e Philippe Villars decidiram que o caso de

Hardy seria examinado mais tarde. Mas as suspeitas acumulavam-se contra ele. Alguns camaradas já haviam tentado envenená-lo quando ele se encontrava no Hospital de l'Antiquaille, antes de ser transferido para o da Cruz Vermelha.

— Antes de mais nada, o importante é tentar salvar Max, se ainda for possível.

Bouvy queria montar um ataque à prisão de Montluc com grupos independentes. Philippe Villars pensou em interceptar o trem, caso o prisioneiro fosse levado de Lyon para Paris. Thorenc murmurou simplesmente:

— Não sabemos onde ele está, nem mesmo sabemos se ainda está vivo.

Pensou em Max, enérgico e sorridente, na galeria de pintura da Rua de France, em Nice. Lembrou-se do rosto da jovem mulher, Colette, que parecia tão apaixonada por ele.

Esforçou-se para não imaginar o corpo de Moulin jogado em certos quartos do Hospital-Escola Militar, numa cela da prisão de Montluc, ou num quarto do Hotel Terminus, entregue aos homens de Klaus Wenticht e de Barbie. Aliás, esses aí decerto teriam preferido torturar pessoalmente Moulin, a fim de se arrogarem a glória — grande glória! — de ter arrancado informações do representante do general De Gaulle.

Mas Thorenc sabia que Max nunca daria com a língua nos dentes.

Certamente, o homem que cortara a própria garganta em 17 de junho de 1940, antes estaria pronto a espatifar a cabeça atirando-se contra a parede, do que a correr o risco de deixar escapar uma só palavra.

— É preciso reagir — declarou Pierre Villars.

Começaram a redigir um texto para ser publicado nos jornais clandestinos. Tratava-se, primeiro, de esconder a gravidade do golpe que os alemães infligiram à Resistência:

— "Como a propaganda inimiga exagerou intencionalmente a importância de algumas prisões realizadas em Lyon, o Conselho Nacional da Resistência informa ao país que nenhum organismo de relevância decisiva foi atingido"— leu Pierre Villars.

Feita a leitura, ele olhou sucessivamente para o doutor Étienne, Pascal, Philippe Villars e Thorenc.

O último desviou os olhos.

A prisão de Delestraint, chefe do Exército Secreto, depois, a de Max foram, de fato, dois golpes violentos no próprio coração da Resistência.

Os que não aceitavam a tutela de Max já estavam trabalhando para criar um Comitê Central da Resistência a fim de retirar a autoridade do CNR.

Já estavam designando novos nomes para substituir Delestraint e Max. O jornalista e universitário Georges Bidault sucederia a Max; o general Dejussieu (vulgo Pontcarral), do movimento Combat, ficaria no lugar de Delestraint.

Portanto, quem comandava a Resistência interna já não era o representante de De Gaulle, mas a Resistência é que impunha condições, que aceitava alinhar-se a De Gaulle, desde que conservasse a autonomia.

Thorenc estava convencido de que Max era a primeira vítima da luta pelo poder pós-Libertação, luta que alguns já estavam travando contra de Gaulle.

Ouviu Pierre Villars ler o texto até o fim:

"O CNR conclama todos os patriotas a redobrarem a vigilância contra os agentes do inimigo que tentariam introduzir-se em suas fileiras e costumam ser facilmente identificáveis pelo fato de declararem ódio aos alemães, enquanto se esforçam para criar oposição entre os franceses de opiniões diferentes, servindo-se, notadamente, do fantasma do bolchevismo que Hitler tanto utilizou para enfraquecer seus adversários."

Pascal resmungou que acreditava na ameaça bolchevista e não tinha a menor confiança nos comunistas, que só entraram na Resistência depois de 21 de junho de 1941 e estavam mais preocupados com a sorte da URSS que com a da França.

— Existem prioridades — respondeu Bouvy. — Libertaremos a França com eles. Serão obrigados a agir conosco.

Pascal aprovou.

* * *

Mas Thorenc sentiu um mal-estar. Parecia que Max — o homem que ele conhecera — já estava esquecido, e seu sofrimento físico e sua morte enterrados sob essas considerações políticas.

Não podia aceitar nem lamentar esse inexorável movimento da vida. Os corpos, os rostos daqueles que saíam do jogo desapareciam em questão de dias nessas insaciáveis areias movediças da sucessão das horas e das lutas entre os vivos. Tal era a lei da vida, e a lei da guerra também.

Levantou-se:

— Quero saber o que aconteceu com Max — declarou.

Todos protestaram. Eles também queriam. Estavam prontos a correr qualquer risco para tentar libertá-lo. Mas era imprescindível encarar os problemas que o desaparecimento de Max acarretava, era imprescindível tranqüilizar a opinião pública e os resistentes.

— Foi levado para Paris, muito provavelmente — continuou Thorenc.

De modo que ele estava decidido a ir à capital.

Tentaram impedi-lo. Pierre Villars ordenou-lhe que voltasse à fazenda Ambrosini para assumir o comando do maqui do platô de Dieulevoye que não podia continuar sob o comando de José Salgado e Joseph Minaudi, dois comunistas que antes executariam as recomendações do estado-maior do FTPF que as do Exército Secreto.

De resto, se eles continuarem no controle, Londres vai hesitar em lançar pára-quedas com armas para o maqui. E os cem rapazes refratários escondidos nas grutas ao redor do Lago Noir ficarão à mercê de um ataque inimigo.

Dizia-se que as tropas italianas, prontas a voltar para a Itália, estavam sendo substituídas pouco a pouco pelas unidades da Milícia de Darnand, dos Grupos Móveis de Repressão, das SS, que se reuniam no Vale do Durance.

— É seu dever, Thorenc, e é uma ordem — repetiu Pierre Villars.

Depois, vendo que Thorenc não desistiria mesmo, avisou que faria evacuar o maqui — à força, se preciso fosse — no próximo avião que pousasse no platô, e o mandaria para a Argélia.

* * *

Thorenc não deu muita atenção a essas ameaças.

Nem o major Pascal, nem o doutor Étienne, e nem mesmo Philippe Villars aprovaram Pierre. Temiam somente que Thorenc fosse identificado na Estação de Perrache por um desses alcagüetes da Gestapo — ex-resistentes que preferiam colaborar com os nazistas a sofrer torturas, e percorriam as plataformas para indicar aos policiais alemães os passageiros que eles identificassem como resistentes.

Bouvy afirmou que Hardy foi identificado dessa maneira, por um tal de Multon, quando ia tomar o trem para Paris. Foi obrigado a descer em Mâcon; e o tenente Wenticht e Klaus Barbie, em troca de salvar-lhe a vida, conseguiram que ele colaborasse.

Segundo Bouvy, foi por isso que Hardy denunciou a reunião de Caluire e, portanto, Max e os companheiros.

— Quem autorizou Hardy a participar da reunião, sabendo que ele passou várias horas nas mãos da Gestapo? A questão é essa! — resmungou Bouvy. — Quem assumiu esse risco é mais culpado ainda que Hardy. Ou foi inconsciente, leviano, ingênuo, o que não o exime de ser castigado, ou enviou Hardy a Caluire, deliberadamente, como quem lança uma granada, esperando que a explosão detone, para tomar o lugar de Max, quando seu cadáver for recolhido!

— Quero saber o que aconteceu com Max — repetiu Thorenc.

Ninguém mais o contradisse.

2

Thorenc ficou muito tempo parado, olhando as rajadas de chuva que batiam nas vidraças.

As pancadas violentas encobriram a canção que ecoou como um grito repentino entre dois roncos de trovão e, por um instante, invadiu as ruas de Clermont-Ferrand.

Ficou atento, tenso, à espera de ouvi-lo de novo.

Lançou um rápido olhar a Catherine Peyrolles, sentada em frente, do outro lado da mesa redonda, na pequena sala de jantar mergulhada em penumbra.

Passados alguns minutos, voltou a relatar sua estada em Paris.

Não quis descrever a Catherine a ferida azulada na têmpora, os olhos afundados no rosto massacrado de Moulin.

Não falou do sangue que manchava o quarto da Avenida Foch, 48, sede da Gestapo. Tampouco relatou certos detalhes que lhe contaram: Moulin, com os ossos quebrados, não conseguia ficar de pé; Moulin, com os lábios inchados, incapaz de falar, só o olhar continuava vivo.

Disseram-lhe que Max tentou suicídio atirando-se de cabeça com toda a força contra a parede.

E os que foram à Avenida Foch para infligir-lhe toda essa crueldade eram franceses — Bardet e Marabini — da equipe de Lafont. Os alemães quase sempre se contentavam em fazer perguntas e, quando constataram que Moulin já estava à beira da morte, tiraram-no dessa câmara de tortura onde haviam instalado uma banheira, ganchos, argolas, placas aquecedoras, e o transportaram para uma vila em Neuilly, que Boemelburg, um dos chefões da Gestapo, transformara em prisão especial para altas personalidades onde às vezes eram tratadas para ficarem em condições de serem novamente submetidas a interrogatórios.

Thorenc não contou nada disso. Mas, talvez, só o fato de haver dito que Max não cedeu, não falou nada apesar do sofrimento e, por fim, os alemães resolveram transferi-lo para o Hospital da Polícia, em Berlim, com o propósito de deixá-lo em condições de ser interrogado de novo, tenha bastado para Catherine imaginar o quanto Thorenc deixou de contar.

Quando ele viu Catherine cruzar as mãos sobre o ventre onde carregava a criança que devia nascer em setembro de 1943, dali a dois meses, portanto, baixou a cabeça para não ver o rosto da mulher contrair-se como se a dor atingisse a ela e à criança.

E nesse instante, ele se censurou por ter concordado com esse filho quando ela lhe pedira.

Loucura, loucura!, repetia a si mesmo, incapaz de continuar e confortar Catherine.

Disse que Catherine não devia ficar em Clermont-Ferrand nem voltar a Lyon. Todas as cidades eram perigosas. Ali, ela estaria sujeita a uma batida, a uma denúncia.

A crueldade alcançaria também a zona rural.

Alemães e milicianos não iam permitir por muito tempo a presença dos maquis, a existência de áreas que lhes escapavam ao controle. Iriam atacá-las. Queimariam os vilarejos e as fazendas, como a SS fez na Polônia, na Rússia, na Iugoslávia, na Grécia.

Durante as semanas e meses seguintes, já não haveria meio de escapar à barbárie.

Como sobreviver, então, com um recém-nascido, quando se está acuado? A proximidade da derrota alemã enfureceria os nazistas e colaboracionistas mais fanáticos. Haveria um massacre geral.

De modo que Catherine devia deixar a França e ir para a Argélia ou para a Córsega. Pois ela tinha razão quando achou que a ilha certamente seria o primeiro território a ser libertado. Os italianos seriam vencidos. Capitulariam.

Seu exército já estava se desmembrando desde que os aliados desembarcaram na Sicília, em 10 de julho. Na Córsega, a Frente Nacional, com o apoio das tropas francesas da África do Norte — quem sabe até com a ajuda de soldados italianos —, podia controlar a ilha e expulsar os alemães que haviam começado a se instalar ali.

Bertrand tinha condição de preparar a ida de Catherine, e disse isso a ela.

No platô de Dieulevoye já haviam pousado alguns aviões. Não só do tipo Lysander, que comportava apenas uma ou duas pessoas a bordo, mas bimotores, Lockheed ou Hudson, capazes de levar doze passageiros para a Argélia.

Já haviam feito essa rota várias vezes, aterrissavam à noite e decolavam alguns minutos depois, levando para o outro lado do Mediterrâneo os futuros membros da Assembléia Consultiva que De Gaulle queria instalar juntamente com um Governo Provisório da República Francesa.

— Você deve ir — repetiu Thorenc.

Titubeou, mas logo acrescentou baixinho:

— Pelo nosso filho.

Ainda segurando o ventre com as duas mãos, Catherine Peyrolles se levantou e respondeu que só havia pedido que ele lhe fizesse um filho; não queria que ele assumisse nenhuma responsabilidade, de modo que a decisão era somente dela.

Falou secamente, sem olhar para ele, e acrescentou que se sentia perfeitamente segura ali, na casa de Laure Vivien.

Quem iria procurá-la na casa da mãe do Arcebispo da Catedral de Clermont-Ferrand? Essa velha senhora não era absolutamente suspeita.

Catherine riu. Toda manhã, Laure Vivien rezava pela salvação da alma do marechal Pétain. Quanto ao abade François Vivien, tanto dava comunhão aos alemães, aos agentes da Gestapo e aos milicianos, como aos paroquianos — entre estes, certamente haveria resistentes e gaullistas.

E desenlaçando as mãos pela primeira vez, concluiu que, ali, ela estava a salvo.

Quando a criança nascesse, ela a confiaria a Laure Vivien ou a um orfanato, até o fim da guerra. Iria buscá-la depois, dali a um ou dois anos.

A guerra não duraria mais que isso, não é?

Bertrand quis responder, mas, de repente, o canto irrompeu, bem perto. Já não era um rumor nem um rugido, mas palavras distintas, lançadas como pedras:

Aux armes, citoyens!
Formez vos bataillons... *

Thorenc arrepiou-se, sentiu um nó na garganta, os olhos cheios d'água...

Correu para abrir a janela. A chuva de julho, violenta mas morna, fustigou-lhe imediatamente o rosto.

Ele se debruçou sobre a Rua do Mercado para onde davam todas as janelas do apartamento de Laure Vivien.

Olhou para o final da rua e viu o cortejo passar em frente à Catedral, coroado de bandeiras tricolores que os jovens agitavam cantando a plenos pulmões:

Contre nous de la tyrannie
L'étandard sanglant est levé... **

Sentiu-se orgulhoso de pertencer a esse povo combatente.

Era como se visse justificados, enfim, todos os sofrimentos há anos suportados. As dúvidas se dissiparam. O canto tirava-o do charco em que, às vezes, ele tinha a impressão de chafurdar.

E recordou a primeira manifestação, na Champs-Élysées, em 11 de novembro de 1940, a que fora com Geneviève Villars. O que teria aconte-

---

* *Às armas, cidadãos! Formem batalhões...* (N.T.)

** *O estandarte sangrento da tirania ergueu-se contra nós...* (N.T.)

cido com aquele rapaz que brandia uma bandeira tricolor diante do Arco do Triunfo, enquanto os motociclistas alemães avançavam contra a multidão, subiam nas calçadas e ouviam-se as explosões de granadas e os tiros das armas de fogo? Iria sobreviver até a Libertação pela qual foi um dos primeiros a lutar?

Virou-se, a chuva deslizava como lágrimas em suas faces.

Esbarrou em Catherine Peyrolles.

— Você não pode ir lá — disse ela. — Você, não.

Segurou-lhe as mãos e colocou-as sobre o ventre dela.

Ele sentiu a criança se mexer.

3

Enquanto Thorenc hesitava em juntar-se ao cortejo, o canto enfraquecia abafado pela chuva e levado pelo vento tempestuoso, embora de breves irrompimentos, como se uma lufada fizesse ressurgir as vozes que clamavam:

Aux armes, citoyens!
Formez vos bataillons...

e que, por alguns segundos, pareciam novamente perto.

Rendeu-se aos argumentos de Catherine, mas, quando quis segurá-la, abraçá-la, sentir junto ao seu o corpo da mulher e a criança que o habitava, ela se esquivou e voltou a sentar-se atrás da mesa redonda.

Nesse instante, a velha Laure Vivien entrou, as mãos em volta do pescoço como se quisesse afrouxar, arrancar uma argola que a sufocava.

Com a cabeça grisalha balançando de um lado para o outro, ela disse:

— Eles vão ser mortos! Meu Deus, fazei que nada lhes aconteça!

Persignou-se. Olhou para Thorenc e Catherine como se buscasse conforto, mas pareceu, ao contrário, mais aflita ainda e deixou a sala recuando de costas, dizendo que ia sair, que ia até a Catedral, queria rezar, ver o filho...

Ninguém conseguiria impedi-la.

Thorenc debruçou-se na janela. A chuva bateu em sua nuca e escorreu pelo pescoço.

Viu Laure Vivien caminhar encurvada sob o grande guarda-chuva preto, subir a Rua do Mercado e atravessar a Praça da Catedral, pequena silhueta isolada no vasto espaço vazio varrido pela tempestade.

Ele se virou. Catherine Peyrolles tinha os braços cruzados, os cotovelos apoiados em cima da mesa.

Entre ela e ele havia essa larga e lustrosa superfície de carvalho. Nesse momento, teve o doloroso sentimento de sua solidão, e uma desesperança há dias reprimida, que essa cantoria do 14 de julho, inopinada, provocadora, entusiasta, o fez esquecer, voltava a sufocá-lo.

Sentia-se desolado, desde que desceu do trem na Estação de Lyon, em Paris, há uns dez dias apenas.

Na clara luminosidade de julho, avistou a barreira de policiais, a linha pontilhada de uniformes pretos, e, atrás dela, grupos de investigadores franceses e alemães misturados. Os primeiros tinham algo de indolente, de teatral na postura, no comportamento, como se procurassem impressionar e convencer os chefes que se mantinham um pouco afastados, arrogantes, as mãos enfiadas nos bolsos do casacão de couro.

Tão logo deu o primeiro passo na plataforma, sentiu mais do que medo ou angústia. Sentiu-se desalentado ao constatar que, nesse início de julho de 1943, o bárbaro mecanismo não cedia: as polícias alemã e francesa continuavam a colaborar e a massacrar.

Já teriam liquidado Moulin e seus camaradas?

Foi para saber a resposta que decidira ir a Paris e, ao seguir em direção a essa barreira, perguntou-se, como fazia sempre que realizava alguma ação perigosa, se ele próprio não procurava acabar com tudo, desafiar a sorte, saltar uma distância cada vez maior, na mórbida esperança de, um dia, não alcançar o outro lado do abismo.

Em Lyon, antes da partida, Bouvy, que o acompanhara à Estação de Perrache, repetira que seria mais sensato desistir.

O general Delestraint, Jean Moulin e seus camaradas talvez já estivessem mortos, e os que sobreviveram à tortura já deviam ter sido deportados para a Alemanha.

Inquirir sobre o destino deles, como Thorenc pretendia fazer, era prematuro e perigoso ao mesmo tempo. Bouvy agora estava convencido de que não podiam salvá-los. De modo que não havia necessidade de arriscar uma vida para uma tentativa tão inútil.

Tanto mais que, a partir dos últimos dias, os FTPF recrudesceram os atentados. Atiraram uma bomba num ônibus cheio de alemães no bairro de Clichy. Chegaram até a metralhar casernas no Bulevar Berthier e em Choisy-le-Roi, e lançaram uma granada num café de Montrouge.

Segundo Bouvy, Stephen Luber voltou à capital e tornou-se um dos chefes da seção Mão-de-Obra Imigrante (MOI) dos FTPF.

— Você conhece Luber, Thorenc: eficaz, uma determinação a toda prova. Mas é claro que vão se suceder as batidas, as investigações, as prisões. A Gestapo também tem malas cheias de arquivos dos movimentos de Resistência. Você vai se jogar na boca do lobo.

Bertrand limitou-se a estender a mão a Bouvy. Seu acompanhante não precisava dizer mais nada. As plataformas estavam sendo vigiadas, os informantes da polícia, os alcagüetes, fervilhavam como um enxame de insetos vorazes.

Enquanto esperava o trem, Thorenc pensou reconhecer Sonia Barzine. A mulher alta e morena de chapéu descomunal, a saia curta mal escondendo os joelhos, rodeada de oficiais alemães que riam, era muito parecida com a agente de Wenticht, a mulher que ele vira surgir no patamar da entrada da vila do tenente Mercier. Deve ter sido por ela que o tenente traiu, e, portanto, foi por causa dela que Thorenc o matou.

Pensou, então, que se viesse a cruzar com ela, de noite, no corredor do trem, ele a jogaria debaixo dos trilhos. Essa idéia, que o obsedou durante as primeiras horas da viagem, deixou-o acabrunhado.

Tornara-se um homem para quem um dos primeiros reflexos era matar.

Foi isso que a guerra, a ocupação, a clandestinidade fizeram dele.

Fossem quais fossem seus motivos, tornara-se igual a todos que foram dominados por essa loucura bárbara.

Deviam matar o inimigo, o traidor.

Klaus Wenticht decidira da morte de Moulin.

Ele, Thorenc, decidira da morte de Mercier.

O motivo de Wenticht era o do Mal, e Thorenc o combatia. Mas podia-se matar em nome do Bem?

Ele o fizera. E estava pronto a fazer de novo. Era a incontestável lógica da guerra que o impunha.

Mas ele sentia, profundamente, que trazia a morte em si mesmo, porque, ao dá-la, ao infligi-la ao outro, é sempre um suicídio que cometemos.

Na Estação de Lyon, caminhou, tão desolado quanto decidido, em direção à barreira da polícia.

Seus documentos de identidade estavam em nome do doutor Bertrand de Norois, médico em Antibes, que ia a Paris visitar o pai, Alexandre de Norois, embaixador da França, residente na Avenida do Observatoire, 27.

O homem existia de fato. Colocara nome e endereço à disposição da Resistência, dizendo que chegara a uma idade em que pouco lhe importava morrer, muito pelo contrário. Era a oportunidade de abreviar uma vida que ele sentia ter perdido todo o encanto. Ofereciam-lhe um epílogo inesperado, e isso não se recusa.

A alguns passos da barreira, Thorenc reconheceu Richard Maurin, o marido de dona Marinette Maurin, a zeladora do Bulevar Raspail, 216, entre os policiais. Ele era um dos poucos que usava pelerine, as abas jogadas sobre os ombros.

Thorenc olhou para ele, obrigando-o a encará-lo. Estava convencido de que o policial o identificara de saída.

Essa troca de olhares foi o bastante para chamar a atenção dos inspetores. Dois deles se aproximaram e exigiram que Thorenc abrisse a valise e apresentasse seus documentos. Thorenc viu Maurin debruçar-se por cima do ombro do inspetor para ler a carteira de identidade. O policial francês pareceu hesitar, e, durante alguns segundos, Thorenc conjeturou se não devia sair correndo para se confundir com a multidão e entrar no metrô.

Com a fisionomia impassível, Maurin lançou-lhe um rápido olhar e voltou a seu lugar na barreira.

Os investigadores devolveram os documentos a Thorenc.

* * *

Não sentiu alívio. Era como se houvesse chegado ao limite de suas forças, a tal ponto que, fosse qual fosse o desfecho, o sofrimento permaneceria.

Sentiu que não conseguia suportar mais essa vida clandestina, essa tensão a cada instante, essa angústia no momento de apresentar uma identidade falsa.

Tinha sempre medo de gritar: "Eu sou Bertrand Renaud de Thorenc! O tenente Klaus Wenticht, chefe da Gestapo de Lyon, está à minha procura. Matei um agente de vocês na Catedral de Clermont-Ferrand. Atirei no traidor Mercier em Lyon. Desde o início, luto contra o nazismo, à minha maneira. Eu fazia parte dos amigos de Jean Moulin, vocês o prenderam; prendam-me para que eu também saiba, enfim, se consigo resistir à tortura, desafiá-los na dor mais profunda. Matem-me, libertem-me da angústia e do desespero!"

Não agüentava mais e, ao mesmo tempo, tinha a certeza de que não podia abandonar o jogo. Daí em diante, talvez até precisasse dessa ansiedade, desse desespero, para saber que estava vivo, assim como a dor que às vezes lhe fisgava o ombro e a perna do lado esquerdo lembrava-lhe que tinha um corpo. O sofrimento só servia para se viver mais intensamente a existência.

Quem sabe ele agora só soubesse comportar-se como clandestino, que pára sob um pórtico para se esconder e esperar alguns minutos a fim de verificar se ninguém o seguiu, pronto, nesse caso, a atacar, a matar mesmo, quem estiver no seu encalço?

Foi assim que Thorenc se comportou desde que saiu da Estação de Lyon; verificando pelos vidros das vitrines se não havia alguém atrás dele, mudando de direção no metrô, saltando do vagão no último momento, até chegar, finalmente, à Rua Royer-Collard, nº 12, onde morava o doutor Morlaix, e sussurrar-lhe imediatamente que era o doutor Bertrand de Norois, de Antibes, e vinha saber o diagnóstico do colega sobre o estado de saúde de Alexandre Norois, seu pai.

Morlaix limitou-se a encaminhá-lo para a sala de espera; Thorenc se aproximou da janela para olhar a Rua Royer-Collard e recordou a maneira como o médico o recebera, na primeira vez, enquanto a polícia invadia a rua.

Era janeiro de 1941.

Naquele dia, prenderam o gráfico Maurice Juransson que tinha oficina no térreo do número 10.

Foi fuzilado em outubro do mesmo ano.

Quantos outros, depois dele?

— E agora, Delestraint e Max — murmurou Thorenc quando se viu sozinho com doutor Morlaix.

Ele não deveria revelar nada sobre o motivo de sua ida a Paris, mas teve necessidade de partilhar o sentimento de que uma fatalidade pesava sobre os que resistiam, como se, à medida que a hora da Libertação se aproximava, a repressão se tornasse cada vez mais implacável, mais eficiente, e atingisse os melhores: o major Villars, o general Delestraint, Max... Amanhã, quem seria?

— A história tem cada vez mais necessidade de sangue — continuou Thorenc. — Já estamos vendo a outra margem, a do retorno da paz, a da nossa vitória, e percebemos que muitos de nós não chegarão lá, como se um rio negro nos levasse antes.

— O Demônio enlouqueceu — confirmou doutor Morlaix.

E contou que não se passava um dia sem que houvesse tiroteio nas ruas. Matavam alguns soldados alemães, atiravam granadas, mas a Gestapo revidava, abria fogo contra a multidão ou montava arapucas. A última, numa livraria da Rua Bonaparte, resultou na prisão de vários rapazes. Um deles conseguiu fugir, mas os policiais franceses o detiveram e o devolveram aos alemães. Nos dias que se seguiram, Geneviève de Gaulle, sobrinha de De Gaulle, caiu numa cilada. Entregaram-na aos torturadores franceses da Rua Lauriston, que lhe infligiram as piores sevícias; depois, os alemães a deportaram para o campo de Compiègne e, dali, para um campo do Reich.

— O clima é de uma selvageria enlouquecida — concluiu doutor Morlaix. — Ultrapassaram todos os limites. As pessoas estão com medo, mas ouvem Londres. Elas esperam, informam-se, prestam atenção. Os que lutam ainda não passam de uma ínfima minoria, beneficiada, entretanto, pela cumplicidade geral.

O médico puxou sua poltrona para perto de Thorenc como se temesse ser ouvido até mesmo na sala de sua casa.

Isabelle Roclore fora visitá-lo. Thorenc se lembrava dela? Ele a recebera ali. Ela guardou o endereço. Procurava um médico. A princípio, Morlaix fingira não reconhecê-la, não compreender o que ela queria. Mas, por fim, como a visitante repetia insistentemente o nome de Thorenc, ele concordara em cuidar de um amigo dela que fora baleado.

— Esse homem falou em você imediatamente. O nome dele é Stephen Luber.

Luber havia organizado vários atentados, atirou bomba num destacamento alemão na Avenida da Grande-Armée, a menos de cem metros da Praça de l'Étoile. Deu proteção a dois lançadores de granadas, e nenhum membro da equipe foi preso. Ele foi o único ferido.

— É esse o clima em Paris — concluiu Morlaix.

Levantou-se e começou a andar lentamente pelo salão.

— Mas será que você e eu, como todos os que se acham no meio da tormenta, não vemos apenas um aspecto da situação? — murmurou.

Interrompeu-se, depois voltou a falar: toda vez que saía do hospital, na época em que era um jovem interno, sempre se surpreendia com a atividade, a alegria, a energia que encontrava nas ruas. Custou a acostumar-se com a coexistência desses universos paralelos: o da doença e o do prazer. Agora, tinha muitas vezes a impressão de que as pessoas viviam a mesma situação, como uns esquizofrênicos, e essa talvez seja a única maneira de sobreviver, de fazer *O ser e o nada* coexistirem. Thorenc já lera o livro de um jovem filósofo que toda Paris comentava? Pois sempre havia uma Paris mundana que continuava a bater papo, a se congratular, a se digladiar, a se admirar. Os escritores publicavam; Claudel alcançava um enorme sucesso com *Le Soulier de satin* (*O Sapato de cetim*) que Robert Brasillach, no *Je suis partout,* disse tratar-se de "uma obra imortal em que um dos mais portentosos gênios de nossa língua e da Europa está à vontade". Os alemães torturavam, fuzilavam, deportavam e um crítico do *Signal*, o semanário que eles publicavam, incensava a peça *As moscas*, também de Sartre. E os manequins de Nina Ricci ou de Pierre Lelong desfilavam de saias curtas e botinhas, echarpes de pele que causavam sensação. Os cinemas, as boates, os bordéis continuavam cheios. E Maurice Chevalier cantava *La symphonie des semelles de bois* (*A sinfonia dos tamancos*).

Morlaix fez um esgar que expressava cólera e desgosto, mas também impotência e aceitação.

Pessoas morriam de fome, roubavam, degolavam, matavam. Nos vagões que partiam para os campos da Alemanha e da Polônia, amontoavam-se crianças, velhos, judeus que a polícia francesa entregava... mas Paris será sempre Paris!

— São raros os que passam de um universo a outro — acrescentou Morlaix. — Na maioria, nós ficamos onde o acaso ou as circunstâncias nos colocaram. De tudo isso que estamos vivendo, alguns, a maior parte provavelmente, só conhecerão as restrições alimentares, os cortes de energia elétrica nos apartamentos, a falta de aquecimento; não imaginam sequer o que se passa nas salas de tortura da sede da Gestapo, na Avenida Foch, 84.

Foi para lá que Wenticht e Barbie levaram Moulin.

Thorenc só soube disso três dias depois de chegar à capital.

Encontrou-se com Delpierre, que esperava ser o representante do Partido Socialista no Conselho Nacional da Resistência. Delpierre tomou o braço de Thorenc e os dois caminharam devagar, durante muito tempo, ao longo dos cais e, depois, no Champ-de-Mars.

— Moulin, Moulin... — repetiu Delpierre. — Claro que é o caso de fazer todo o esforço para salvá-lo! É um homem heróico, de coragem, e tenho certeza de que não abrirá a boca. Mas como político! É um autoritário. Fez inimigos entre o pessoal de Combat e Libération, sem falar em Passy e Brossolette. Em suma, tem contra ele a Resistência interna e os chefes do BCRA! O que lhe sobrou? De Gaulle, mas De Gaulle... Estás percebendo, não é, Bertrand?

Bertrand soltou o braço.

Quando Delpierre se lembrava, de repente, de que foram colegas na École normale supérieure e punha-se a tratá-lo por tu, Thorenc já sabia que ele queria sua cumplicidade.

— De Gaulle, De Gaulle — continuou Delpierre —, será que podemos confiar nas convicções democráticas de De Gaulle? A ligação dele com Moulin, sem falar nos que vieram da Cagoule, é preocupante. E o apoio dos comunistas também não é nada tranqüilizador!

Thorenc preferiu não mencionar a omissão dos socialistas na época da guerra da Espanha, de Munique, e em junho de 1940, nem a cegueira pacifista diante do nazismo. A maioria dos deputados socialistas votara a favor de plenos poderes a Pétain, em julho de 1940. Agora faziam-se de grandes juízes! Estavam preocupados com o pós-guerra! Temiam o ditador De Gaulle e, naturalmente, voltavam-se para Roosevelt, como tantos outros resistentes, prontos a mais uma omissão em nome da democracia!

Thorenc ouviu Delpierre com uma irritação e um abatimento crescentes.

— Sabes — acrescentou Delpierre — que Moulin mostrou a bunda a Brossolette, dizendo: "Você, para mim, é isto aqui!" Isso é digno de um homem responsável? A Resistência não pode se permitir tais comportamentos. Salvemos Moulin se quisermos, e para isso faremos todo o esforço, mas se o tirarmos das garras da Gestapo, será para devolvê-lo a Londres! E que fique por lá! Nós somos maiores de idade. Não temos necessidade de um dirigente autoritário e temperamental! Quanto a De Gaulle, que seja nosso "símbolo", como diz d'Astier, desde que nos obedeça... A democracia não pode viver sem partidos políticos, e De Gaulle é bem chegado a aspirar a um partido único! Ora, a gente sabe aonde isso leva.

Delpierre prometeu dar toda a ajuda necessária, mas Thorenc já o sentia todo voltado para as batalhas políticas do pós-Libertação, como se a presença alemã já não passasse de uma sombra que começaria a se dissipar pouco a pouco, naturalmente, por si mesma.

Teve a impressão de que Delpierre o considerava com uma condescendência ao mesmo tempo divertida e arrogante, como a que se dispensa a um amador simpático e ingênuo.

* * *

Encontrou-se também com Lévy-Marbot, um dos chefes da Organização Civil e Militar.

O encontro rendeu mais um longo passeio pelos parques e pelas avenidas silenciosas, onde os raros carros que passavam eram os Citroëns pretos e baixinhos de que a Gestapo e os outros órgãos da polícia alemã se apropriaram.

Fazia um dia bonito e agradável no Parque Monceau. Mulheres elegantes desciam as alamedas. Um soldado alemão lia, sorrindo para as crianças, tão descontraído como se estivesse no verão de 1940.

Quantos acontecimentos desde então! Tantos fuzilados, tantos torturados, tanta criança deportada, as derrotas de Rommel, o desembarque na África do Norte, as cidades arrasadas, dezenas de generais, milhares de homens da tropa mortos ou prisioneiros em Stalingrado, e esse soldado lendo no Parque Monceau como se a cidade ainda lhe fosse acolhedora!

Como não se desesperar de impaciência?

— Não se engane, Thorenc — começou Lévy-Marbot —, nem todos os alemães são nazistas, antes pelo contrário! Alguns entraram em contato conosco, e sabe por intermédio de quem? De dona Cécile de Thorenc, sua mãe, meu caro!

Ela continuava a receber no apartamento da Praça des Vosges tudo o que em Paris havia de intelectuais alemães, de Ernst Jünger a Friedrich Sieburg. Era amiga íntima — "mas isso você deve saber" — de Werner von Ganz, encarregado das relações entre o mundo cultural francês e os meios alemães. Freqüentemente, ela reunia em casa Alfred Greten, o produtor de cinema e diretor da Continental, o capitão Weber, encarregado da Propagandastaffel, além de certas personalidades militares: Alexander von Krentz...

— ... mas você o conhece, não é? Dizem que é ligado ao general Canaris, chefe da Abwehr. E mais o general von Brankhensen e o tenente Karl von Ewers, "os dois amantes titulares de Lydia Trajani".

Lévy-Marbot sorriu:

— Você a freqüentou um pouco, ao que me disseram. Uma mulher muito bonita, inteligente, diabólica mesmo, que, segundo dizem, também é amante de Henry Lafont, mas aí já se trata da escória, ainda que Lafont, hoje, seja um dos homens mais cortejados de Paris, convida todo mundo à sua mesa, e uma boa parte da chamada fina flor se banqueteia com ele...

Suspirou:

— Mas vamos deixar essa gente para lá. Os franceses da Rua Lauriston são piores que os alemães da Avenida Foch: são animais ferozes que os chefes da Gestapo utilizam como se fossem cães de fila. Mas os outros, os que visitam sua mãe, esses, no fundo, isso eu garanto, Thorenc, só esperam, só desejam uma coisa: a morte de Hitler. É o que eles dão a entender por meias palavras. Ficaram horrorizados com a atitude do Führer, que deixou todo o VI Exército ser massacrado na batalha de Stalingrado. É preciso conversar com esses alemães. É uma obrigação até. Evidente que eles temem a vitória do bolchevismo, mas tanto quanto nós, não é?

Lévy-Marbot continuou a falar e Thorenc parou de ouvi-lo.

Parecia-lhe que os gemidos de Max, os gritos dos supliciados, as vozes das mulheres que imploravam pelos filhos encobriam a voz que lhe falava.

Os raciocínios abstratos da alta política de Lévy-Marbot, depois das palavras de Delpierre, deram-lhe náusea.

Ele, Thorenc, estaria irremediavelmente, e até que a França fosse libertada, do lado dos que atiravam granadas.

Lembrou-se do canto que os maquis do platô de Dieulevoye, sentados ao redor das fogueiras acesas, cantarolavam diante das grutas:

Tirem do palheiro
Os fuzis, a metralhadora,
As granadas!
Olá, matem logo,
A bala e a faca,
Os matadores!

Se queriam lutar contra a barbárie, não havia outra escolha.

Neste momento, tudo mais, inclusive os escrúpulos, as angústias, os remorsos que ele mesmo experimentara, pareceram-lhe vãs conciliações; pior: covardia, mesmo.

Estremeceu de repente. Lévy-Marbot repetia o nome de Geneviève Villars, espantado decerto porque Thorenc parecia não saber quem ela era.

— Geneviève Villars... — repetiu Lévy-Marbot. — Às vezes falamos em você. Você esteve com ela antes da guerra, quando conseguiu a entrevista com Hitler que teve tanta repercussão. O pai dela, o major Joseph Villars...

Thorenc interrompeu-o abruptamente. Não lhe viessem contar a vida do major Villars que ele conhecia desde 1936, em Berlim! Aliás, Lévy-Marbot bem que sabia.

Em compensação, certamente ignorava todas as circunstâncias da morte de Villars, traído por um oficial francês, o tenente Mercier, em quem depositava toda confiança. Esse sujeito, esse traidor, foi ele, Thorenc, quem o matou.

— Isto também tem de ser feito, castigar os traidores — acrescentou com voz surda. — Sabe o que De Gaulle disse? "Um dia, o país deverá saber que ele foi vingado." Quem entregou Villars pagou. Falta descobrir e punir quem entregou Delestraint e Moulin.

Lévy-Marbot pareceu estarrecido com a violência de Thorenc. Claro, ele também partilhava o mesmo sentimento, mas disse que a justiça devia ser exercida dentro das formalidades legais. E acrescentou:

— De Gaulle, já que você o citou, também declarou: "A justiça é assunto de Estado a serviço exclusivo da França." Era preciso evitar os ajustes de contas, a desordem. Já não havia, sobretudo entre os comunistas, quem falasse em expurgo, em vingança?

Thorenc baixou a cabeça. Repreendeu-se por ter-se deixado dominar assim pela emoção.

Mas a lembrança de Geneviève e do pai dela fez ressurgir todo um trecho de sua vida, e o amor que sentira por Geneviève talvez não passasse de um continente submerso, prestes a vir à tona.

* * *

Interrompeu bruscamente Lévy-Marbot, declarando que queria rever Geneviève Villars, que esperaria por ela na casa de Alexandre Norois. Lévy-Marbot observou-o com um olhar cheio de ironia:

— Esse encontro estaria no âmbito de alguma missão específica? — perguntou.

Se assim for, Thorenc devia saber que, na OCM, Geneviève Villars era apenas uma agente de ligação e, como tal, não podia tomar nenhuma decisão.

— Mas talvez não seja o caso — acrescentou apertando o braço de Thorenc. — Assim sendo, você acha que hoje há lugar para assuntos particulares em nossas vidas? Você me surpreende, meu caro: fala como Saint-Just, e eu o vejo eminentemente romântico.

Sorriu paternal, indulgente:

— Mas talvez Saint-Just e Robespierre fossem românticos à maneira deles...

Depois, em tom mais reservado, quase seco:

— Geneviève é uma personalidade forte, você sabe. De modo que não posso prever o que ela vai decidir.

Ao vê-lo afastar-se pelas alamedas do Parque Monceau, num andar de quem passeia despreocupado, Thorenc lembrou que o major Villars costumava dizer que Geneviève era solitária e dura como um sílex.

4

Thorenc estendeu a mão por baixo da mesa de carvalho na sala de jantar de Laure Vivien.

Esperava que Catherine Peyrolles, sentada diante dele, descruzasse os braços e, por sua vez, lhe estendesse a mão.

Mas ela se levantou ignorando seu gesto, sempre de braços cruzados.

Debruçou-se na janela, olhou para a Catedral, e se virou dizendo que não se ouvia mais nada, que o cortejo parecia ter-se dispersado. E fitou Thorenc demoradamente.

Ele teve a sensação de que Catherine o repelia com esse olhar, que se recusava, uma vez mais, a partilhar com ele essa criança que ela carregava e da qual, por vontade dela, ele era o pai.

Sentiu-se humilhado e desolado por essa atitude.

E, de repente, ela falou baixinho, mas com uma espécie de fúria contida e sem deixar de fitá-lo, que não compreendia por que ele quis descer em Clermont-Ferrand na volta de Paris. Se foi apenas para visitá-la, apenas por isso, ela considerava um comportamento ridículo e perigoso. A Estação de Clermont e a Catedral estavam vigiadas. Os alemães ainda procuravam o homem que matara o agente na nave da igreja.

— Eles têm sua descrição — ela acrescentou.

Thorenc baixou a cabeça, murmurando que não fora seguido, mas sentia-se culpado por ter agido por instinto, por haver cedido a um sentimento.

Quando ouviu o alto-falante de Dijon repetir que o trem para Clermont-Ferrand ia entrar na estação, plataforma 3, ele pulou imediatamente do vagão, decidido a não seguir direto para Lyon.

Foi movido por um impulso irrefletido.

Queria rever Catherine Peyrolles de qualquer maneira, talvez apenas porque, em Paris, havia visto Geneviève Villars caminhando para ele no grande salão de Alexandre Norois.

Seu primeiro sentimento fora de emoção, mas depois de alguns segundo, ao ver as rugas que sulcavam o rosto da jovem, as mechas brancas, o olhar mais febril ainda que outrora, ficara transtornado.

Alexandre de Norois não se demorou no salão mais que os minutos necessários para abrir um móvel e mostrar algumas garrafas e copos, dizendo que ali estavam todos os seus tesouros.

Depois, num gesto inesperado, aproximou-se de Thorenc, pôs a mão no ombro dele e disse a Geneviève, com um sorriso:

— Ele é meu filho, segundo consta, Bertrand de Norois. Fico feliz com isso...

Essas poucas palavras, pronunciadas por uma voz tão cansada, comoveram Thorenc mais ainda.

Ele sabia que o filho de Alexandre de Norois, alistado nas Forças Francesas Livres, morrera por ocasião das batalhas fratricidas que ocorreram na Síria entre as tropas gaullistas e as de Pétain, durante a primavera de 1941. Recebera uma rajada de tiros nas costas porque se recusara a desarmar os soldados vychistas que acabava de capturar, contentando-se em exigir que jurassem não mais usar as armas.

— Ignomínia, traição, perjuro... Que palavra empregar? — disse-lhe Alexandre de Norois. — Agiram à maneira de Pétain. Nesse dia, eu morri. Você me faz reviver um pouco. Compreende por que não temo mais nada? Já não possuo sequer a minha vida. Podem tirá-la, pois, e que a utilizem, se ainda puder ser útil.

Antes de se retirar, beijou a mão de Geneviève Villars e inclinou-se dizendo:

— A senhorita tem o rosto de uma heroína. Peço-lhe: não se deixe apanhar. A França não pode mais se permitir que queimem suas mulheres corajosas!

E os deixou sozinhos.

* * *

Geneviève envelhecera. A fisionomia abatida, a pele vincada, mas Alexandre de Norois encontrou as palavras exatas.

Tinha o rosto um tanto emaciado de uma heroína: faces e têmporas cavas, maçãs salientes e olhos fundos, tão brilhantes que Bertrand não conseguia fixá-los por muito tempo, virava um pouco a cabeça, depois olhava o corpo de Geneviève que ele amara impetuosamente num sórdido quarto de hotel da Rua Delambre, na noite de 11 de novembro de 1940, e em Nice, no Château de l'Anglais, antes da guerra.

Mas o corpo cheio, musculoso e nervoso que ele conhecera, agora estava descarnado. O peito parecia afundado sob a blusa, e a gola entreaberta deixava perceber as clavículas.

Ficou emocionado, é claro, mas em nenhum momento sentiu-se atraído, ao passo que, dantes, toda vez que a via tinha a sensação de que um impulso, vindo da profundeza de todos os seus sentidos, atirava-o para ela.

Como Geneviève mudara desde o outono de 1941, quando se encontraram pela última vez naquela fazendola de onde se descortinava uma curva do rio, a alguns quilômetros de Villeneuve-sur-Yonne!

Lá, ele sofrera com a paixão que Geneviève demonstrava por um rapaz, Marc Nels, o radiotelegrafista da rede Prometeu que ela criara e dirigia.

Será que ela sabia que Thorenc havia suspeitado de que Nels traíra, e que o rapaz se suicidara para fugir à acusação? Como foi que ela conseguiu, a única da rede, refugiar-se na Suíça e atravessar novamente a fronteira para se tornar agente de ligação, secretária de Lévy-Marbot e da OCM?

Thorenc teria tantas perguntas a fazer, mas contentou-se em olhá-la, em sentir-se condoído porque ela parecia tão esgotada e infeliz. Quem sabe ela nunca se tenha refeito do desaparecimento de Marc Nels, que deve ter sido seu último amor.

Pois ao vê-la, Thorenc persuadiu-se de que ela não mais amava. Não fosse o olhar vívido e intenso, diria que o rio negro já a levava, e ela não alcançaria a outra margem.

Sentiu-se envergonhado por pensar uma coisa dessas, seria injusto demais que ela fizesse parte dos que morreriam na última batalha.

Se ela tivesse ficado na Suíça, se tivesse aceitado sair de cena, tornar-se uma anônima que espera cair o pano enquanto outros assumem os papéis, teria chance de sobreviver.

Ele não pôde deixar de pensar em Catherine Peyrolles que quis ter um filho dele, apesar dos riscos, a despeito da loucura dessa decisão, talvez, simplesmente, para continuar ligada à vida.

E no fundo de si mesmo, como numa reação instintiva, Thorenc sentiu-se confortado por Catherine tê-lo escolhido para ser o pai dessa criança. Ela confiara em sua energia vital.

Então, olhando Geneviève Villars, ele concluiu que atravessaria o rio, que estaria entre os sobreviventes, e talvez o devesse a Catherine e à criança que ela carregava.

— Uma calamidade — murmurou Geneviève. — Os chefes do Exército Secreto detidos, perdas em todos os movimentos. E Max...

A voz era velada, sufocada mesmo, como se ela já não tivesse forças bastante para falar nitidamente.

Bertrand lembrou-se do vigor e da determinação da jovem, da alegre e altiva segurança com que ela olhava para Marc Nels, na fazendola de Villeneuve-sur-Yonne.

— Alguém sabe o que foi feito de Max? — perguntou a Thorenc. — Ele está aqui? Na Avenida Foch?

Ele respondeu que ainda não sabia, mas ia descobrir.

Ela o interrompeu com a mão erguida a meio.

Disse que decerto não se podia fazer mais nada por Max. Ele estava há mais de dez dias nas mãos da polícia. Como, certamente, não falou, só havia duas hipóteses: já estava morto ou agonizante.

Soprou essas palavras com voz mais cansada ainda.

— Eu quero saber — respondeu Thorenc secamente. — Vou fazer tudo para...

Ela se empertigou.

— Não vai conseguir nada. Ninguém sai da Avenida Foch, 84, a não ser morto ou traidor.

* * *

Ela atravessou o salão e murmurou que estava feliz em revê-lo, mas o que eles haviam vivido juntos já pertencia a uma outra vida — a um passado morto que nunca deveriam tentar reanimar.

Pediu notícias dos irmãos, Pierre e Philippe; disse que tanto a irmã Brigitte como o caçula, Henri, faziam parte das Forças Francesas Livres. No momento deviam estar no norte da África.

Thorenc foi juntar-se a ela na janela que dava para os jardins do Observatoire.

Antes que ele chegasse a dizer uma única palavra, ela acrescentou que jamais deixaria a França, iria até o fim do combate que começara a travar desde o verão de 1940. Seu pai já sucumbira; mas os cinco filhos ainda combatiam.

Sorriu:

— Pelo menos um há de estar vivo no dia da Libertação! Esse irá testemunhar por nós todos o que fizemos pela França.

De repente, ela apoiou as mãos nos ombros de Thorenc e encostou-se nele; e ele viu de perto a tez baça, quase terrosa, do rosto dela.

— Não acredito que serei eu — murmurou ela.

Thorenc não pôde, não soube contradizê-la.

5

Cabeça baixa, braços apoiados na beira da mesa redonda, Thorenc refugiou-se no silêncio.

De olhos semicerrados, ouviu, adivinhou os movimentos, os vaivéns de Catherine Peyrolles. Primeiro, ela saiu da sala de jantar. Andou pelo corredor do pequeno apartamento de Laure Vivien. Abriu a porta da entrada que — Bertrand se lembrava disso — dava para uma galeria no fundo da qual ficavam as escadas e os banheiros.

Ela trocou algumas palavras, provavelmente com os vizinhos, e, alguns minutos depois, voltou à sala.

Abriu a janela, e Thorenc ouviu o ronco dos motores sob as pancadas regulares da chuva. Distinguiu o ruído surdo dos caminhões e os estouros secos das motocicletas.

Imaginou os manifestantes cercados pelos soldados, empurrados debaixo de coronhadas e obrigados a entrar nos caminhões escoltados pelas motocicletas da *Feldgendarmerie*.

Queria estar com esses homens, partilhar a sorte deles.

Sentira o mesmo desejo dois dias antes, em Paris, quando se dirigia à casa de Simon Belovitch, na esquina da Avenida Paul-Doumer com a Rua Pétrarque e, na Praça do Trocadero, vira milicianos, policiais à paisana e soldados com a farda alemã atirarem-se contra os transeuntes, espancá-los a cassetetes, socar-lhes o rosto e arrastá-los para os carros e caminhões estacionados na praça.

Colara-se a um portal. Agarrara os montantes como quisesse galgá-los, para não correr para a rua e juntar-se a esses homens que tentavam proteger com os braços os rostos ensangüentados, enquanto os curiosos passavam ao largo.

Vira o destacamento de uns cem soldados que usavam farda e capacete alemães afastar-se pela Avenida Kleber. Decerto os transeuntes que foram atacados e detidos devem ter-se indignado ou demonstrado pouco entusiasmo diante do desfile desse batalhão da Legião dos Voluntários Franceses contra o bolchevismo.

Thorenc sentiu urgência em deixar Paris.

Tinha a impressão de que ali era impossível sobreviver. A colaboração, a covardia manifestavam-se com uma insolência e um despudor exagerados, quase tresloucados, como se a intenção fosse provocar reações violentas e ter pretexto para massacrar e aterrorizar ainda mais a população.

Viviam num mundo demente onde o real e a razão já não contavam.

Marcel Déat escrevia em *La France socialiste*: "O Exército Alemão não será vencido, o Exército Vermelho foi exaurido em Stalingrado e vai se dissolver. Queremos proclamar que a Alemanha, não importa o que aconteça, mereceu vencer!"

Na Champs-Élysées, ao cruzar com milicianos e Waffen SS que usavam um escudo tricolor na manga, Thorenc intuiu que esses homens se exibiam com mais desfaçatez ainda, porque, no fundo, sabiam que a partida, para eles, estava perdida. Seus jornais proclamavam que o Führer era invencível, que a Wehrmacht triunfava na Rússia, graças à "defesa elástica", ou que "a Itália enfrentava corajosamente o seu destino", mas o Exército Vermelho libertava as cidades russas — Orel, Kharkov —, uma após outra, e as divisões italianas capitulavam na Sicília. Pressentia-se a iminência da queda de Mussolini e do fim do fascismo.

E esses homens descontrolados empurravam, insultavam, provocavam os transeuntes, buscando o menor olhar irônico ou hostil para espancar os que ousavam desafiá-los.

Thorenc sentiu vergonha de se afastar sem reagir, de esgueirar-se rente às fachadas como um covarde que foge da raia. Também sentiu crescer-lhe o ódio, o desejo de vingança, de investir a socos e pontapés, a coronhadas, contra os que o humilhavam assim; desejo de linchá-los e matá-los, por sua vez.

E teve medo dessa violência selvagem que o contaminava.

Aos poucos, recobrou a calma, mas, quando dois homens armados de metralhadoras o enquadraram no *hall* da mansão de Simon Belovitch, sentiu-se novamente tomado de angústia. Fez um esforço para dizer, com toda a naturalidade, que era o doutor Bertrand de Norois e queria ver Simon Belovitch, da parte — esta era a mensagem que precisava ser transmitida — de outro Bertrand, o "filho de Cécile".

Simon Belovitch compreenderia. Só havia uma Cécile na vida dele: Cécile de Thorenc — sua mais antiga paixão, como tantas vezes repetia — e um único Bertrand de Thorenc — que diziam ser filho dele.

Ao cabo de alguns minutos, Thorenc sentiu que o olhavam. Ergueu a cabeça.

No primeiro patamar da monumental escadaria, Simon Belovitch agitava os bracinhos curtos, balançava-se, fazia-lhe sinais que subisse depressa, enquanto despachava os guarda-costas com um gesto. Recebeu-o resmungando e empurrou-o para um grande escritório que dava para o pátio onde, alguns meses antes, havia uma ambulância em que Thorenc conseguira fugir com Claire Rethel, libertada graças ao próprio Simon Belovitch.

— Estás louco! — exclamou o banqueiro. — Decididamente inconsciente, Bertrand!

Andava pela sala com os bracinhos erguidos, a cabeça enfiada nos ombros, rechonchudo e ágil, dizendo que Henry Lafont e os homens da Rua Lauriston não lhe perdoavam ter escamoteado Claire Rethel. Simon, é claro, pagou a libertação da moça até o último tostão: cinco lingotes de ouro e dois milhões de francos. Mas Lafont o obrigou a despender uma quantia extra. Na verdade, ele estava louco para revender Claire Rethel à Gestapo, e ficou furioso quando o plano fracassou.

— Não conheces Lafont, ele é um matador.

— Jean Moulin? — perguntou Thorenc intempestivamente.

Simon Belovitch engasgou, ficou agitando os braços como quem se afoga.

— Impossível, impossível! — balbuciou.

— Quero descobrir — respondeu Thorenc.

De repente, o banqueiro pareceu acalmar-se; segurou Thorenc pelo braço e, cochichando, levou-o a um pequeno terraço.

Foi o próprio Klaus Wenticht quem trouxe Jean Moulin de Lyon para Paris. Belovitch sabia disso, porque seus escritórios ficavam na Avenida Foch, 74 e 76.

Sacudiu a cabeça. Ele era o "serviço judeu". Montava as operações do mercado negro para a Wehrmacht, a Gestapo e, principalmente, para o general von Brankhensen, encarregado das compras — ou, antes, das pilhagens! — por conta do Reich.

— De passagem, guardo o que posso para mim e, com esse roubo, ajudo quem eu quiser — esclareceu Belovitch.

Ele tinha informantes no 72 da Avenida Foch, justamente onde ficava o doutor Knochen, o chefão da Gestapo.

— Eu ocupo o 74 e o 76 — repetiu intencionalmente.

No 78 da Avenida Foch, ficava Boemelburg, que também dispunha de uma vila em Neuilly. Foi para lá que levaram Moulin.

— O rosto virou uma papa, uma papa! — engrolou o homem de negócios.

As duas faxineiras que lhe deram essa informação viram Moulin nas celas do 84, o prédio em que o major Kieffer mantinha um escritório de onde se descortinava toda Paris.

— Tem um carpete violeta — disse Belovitch alçando os ombros. — Decerto a última cor que os prisioneiros enxergam.

Virou-se para Thorenc. Seus olhos pareciam dois globos enormes num rosto balofo.

— Eles têm salas de tortura. Foi lá que torturaram Moulin. As faxineiras perceberam tudo. Ele nem conseguia mais ficar em pé. Deve ter tentado suicidar-se. Havia manchas de sangue nas paredes.

* * *

Belovitch foi sentar-se numa poltrona de couro preto e girou-a de maneira a ficar de frente para o terraço onde Thorenc continuava encostado na balaustrada.

— Eles sabiam que Moulin não falaria — continuou Belovitch —, mas tentaram tudo. Wenticht e Barbie já deviam ter começado em Lyon. Mas, ali, no 84, foram franceses, os matadores de Henry Lafont, Bardet, Marabini, Ahmed, Douran, que fizeram o serviço. Os senhores da Gestapo geralmente se contentam em ser espectadores e interromper os torturadores quando acham que a vítima vai morrer antes da hora.

Belovitch se levantou e foi juntar-se a Thorenc no terraço.

— Creio que despacharam Moulin para ser tratado em Berlim. Lá, se ele não morrer antes, será decapitado. Moulin *kapputt*!

Intempestivamente, Thorenc segurou Belovitch pela gola do paletó. *Kapputt* foi demais!

Insultou-o: um dia esse safado haveria de pagar por suas conciliações, suas traições, seu jogo duplo.

Mas a calma de Belovitch, o sorriso irônico, o olhar cansado logo o desarmaram. Thorenc abaixou os braços. Deixou o homem de negócios colocar a mão em seu ombro e dizer-lhe que era muito importante sobreviver, ou não era? Se preferiu ficar na casa do monstro, é porque não podia fazer outra coisa. Já não tinha idade para lançar granadas e ainda era moço demais para morrer. Também gostava de dinheiro e tinha algum talento para ganhá-lo. Mas dava informações à Resistência e arrancava tudo o que podia do monstro.

— Eu te ajudei a livrar Claire Rethel do campo de Compiègne, e não foste o único. Mas Moulin...

Titubeou antes de acrescentar:

— Tenho certeza de que está morto.

Voltou a sentar-se.

— Não sou um herói. Ele é. E tu — deu uma sonora pancada na mesa, com a mão fechada — ages como um herói, mas pensas demais para seres realmente um herói. Vês os dois lados das coisas, mesmo que fiques de um único lado. Questionas a ti mesmo. Não tens jeito: pareces comigo, Bertrand!

Levantou-se e aproximou-se de Thorenc.

— Quando nasceste, tua mãe tinha vários amantes, eu era um deles. Cécile sempre quis te guardar só para ela. Mas eu não sei... Se fosses meu filho, imagina, Bertrand Renaud de Thorenc, filho de Simon Belovitch: não serias um ariano, meu caro! Se a Gestapo soubesse, teria mais um motivo para te perseguir!

Observou Thorenc e continuou:

— Aliás, a Gestapo andou interessada no assunto. Alexander von Krentz e Klaus Wentitch me interrogaram — amigavelmente, disseram — a teu respeito. Serias um Belovitch Júnior? Soltei uma gargalhada. Disse que ficaria certamente muito orgulhoso de ser o pai de um "de" Thorenc, mas bastava olhar para mim para ver que não havia a menor possibilidade!

Aproximou-se ainda mais e segurou o queixo de Bertrand.

— Afinal de contas, não sei. Talvez pareças comigo... Em todo caso, estamos os dois rodeados de pessoas que nos detestam e grunhem só de ouvir nossos nomes. Comigo, sempre foi assim! Antes da guerra, me criticavam por ser amante de tua mãe, Cécile de Thorenc, de conspurcá-la. Depois, por produzir filmes de sucesso! Hoje me criticam por ainda estar vivo. Amanhã vão me acusar de ter colaborado, e meus perseguidores serão os mesmos que agora lambem a bunda de Henry Lafont, de Laval, de Déat e, naturalmente, de Oberg e Knochen! No que te diz respeito, eu já disse, ages sozinho, como eu, e isso, ninguém tolera, seja de um judeu ou de um cristão!

Belovitch empurrou Thorenc para a porta do escritório intimando-o a sair de Paris o mais depressa. Talvez os informantes de Lafont já o tenham prevenido da visita de Thorenc.

— Ele vai baixar aqui — acrescentou o homem de negócios. — Vai me ameaçar. Mas eu não tenho medo dos matadores: eles podem nos tirar a vida, e esta é a única coisa que não nos pertence!

Sorriu.

— Tua mãe ainda continua louca. Agora está tramando com alemães que se dizem antinazistas, como von Brankhensen, von Ewers, von Ganz,

Alexander von Krentz. É um pouco tarde para esses senhores... mas, por que não?

Depois, acrescentou em tom mais baixo:

— Não têm nenhuma chance: a Gestapo sabe tudo o que eles fazem e pensam.

Haviam chegado ao saguão. A escadaria de mármore formava espirais brancas diante deles.

Um carro estava parado em frente à entrada.

— Sai pelo pátio — murmurou Belovitch. — É Henry Lafont!

Thorenc lembrou-se da escada no fundo do saguão.

No momento em que ia sair por ali, virou-se e viu Lafont, escoltado por três homens armados, atravessar o *hall* em largas passadas.

Ao lado dele, vinha Lydia Trajani, os cabelos presos por uma *voilette* preta em que faiscavam diamantes.

6

Ouviu os gritos e virou a cabeça.

Catherine Peyrolles ainda está debruçada na janela aberta. Tem a fisionomia crispada, os maxilares cerrados, os olhos quase fechados, como se quisesse aguçar o olhar para ver as fachadas da Rua do Mercado através da chuva.

Ela segura o ventre com as duas mãos como se quisesse suster a criança.

Thorenc tem a impressão de que ela sente dor.

Levanta-se e vai até ela. Os gritos que chegam de longe parecem mais agudos.

Já não entoam um canto de guerra e de esperança. São pedidos de socorro, clamores de cólera ou de medo.

São os mesmos que ele pensou ouvir quando descia a Avenida Foch, depois que deixou Simon Belovitch e saiu da mansão pelo pátio que dava para a rua ao lado do cemitério de Passy.

Caminhou devagar, flanando como quem deseja gozar um belo dia de julho.

Tentou reprimir a comoção e a angústia que o confrangiam desde que avistara as sentinelas, os carros pretos, os homens que entravam ou saíam de um dos imóveis que os alemães haviam requisitado em toda a extensão da avenida.

Eles ocupavam os imóveis de número 19 e 72. Ali, nesse endereço confortável, ficavam os escritórios de Knochen, o chefe da Gestapo. Thorenc olhou disfarçadamente para essa fachada, e depois para as vizinhas: as dos números 74, 76, 78, 82 e 84, todas requisitadas. Sob os pórticos desses prédios, na alameda do outro lado da avenida, havia um constante vaivém de homens, mulheres e carros.

Foi nesse momento, quando pensava nas câmaras de tortura, nas celas preparadas do último andar, que lhe pareceu ouvir gritos, um queixume de corpos fraturados, supliciados.

Perguntou-se por que decidira passar por ali, com risco de ser interpelado, levado a um desses escritórios para verificação da identidade e, quem sabe, ser desmascarado, reconhecido.

Que o seja! Era isso mesmo que ele queria!

Mas pôde passear tranqüilamente ao sol desse fim de tarde estival. Compreendera que não podia fazer nada para salvar Jean Moulin, que, de fato, devia ter sido transportado da vila de Boemelburg, em Neuilly.

Contudo, fizera questão de passar diante desses locais de sofrimento, como para testemunhar sua fraternidade a Max, a todos os que foram, e ainda eram, presos e torturados ali.

Aparentemente, isso não adiantava nada. Mas era uma espécie de oferenda, uma peregrinação.

Será que os mortos sabiam que seu féretro é acompanhado, que seus túmulos são visitados? Uma vez que Thorenc nada podia fazer por Max, devia pelo menos correr esse risco.

De repente, notou o Bentley branco, pertencente a Henry Lafont, parado em frente ao número 77.

Estava a menos de cem metros de distância.

Viu três homens armados de metralhadoras de mão saírem de um carro preto estacionado atrás do Bentley, e postarem-se no meio da calçada. Distinguiu Henry Lafont, que saiu do Bentley, beijou Lydia Trajani e entrou de novo no carro branco, enquanto os guarda-costas voltavam para o carro preto.

Thorenc apertou o passo, olhando os dois carros descerem pela Avenida Foch.

* * *

Encontrou Lydia Trajani na entrada do prédio. Ela nem se mostrou surpresa em vê-lo. Caminhou para ele e tomou-lhe o braço, sussurrando que Lafont colocara alguns homens na casa dela para protegê-la, e para vigiá-la também, de modo que era melhor irem andando.

Entraram pela comprida Rua de la Faisanderie.

— Você não veio me matar, veio? — disse pendurando-se no braço de Thorenc.

Ele não soube o que dizer, perturbado pela recordação da intimidade que tivera com o corpo dessa mulher, em que reconhecia o perfume, o estremecimento.

— As pessoas que eu freqüento garantem que você virou um matador, um terrorista — ela riu. — Logo quem! Dizem que matou um alemão em Clermont e um francês que ajudava os alemães, em Lyon. Estão atrás de você. Wenticht está furioso. Você foi liquidar logo com um francês que era um ótimo agente da Gestapo. Wenticht vive com a amante dele, Sonia Barzine. E ainda por cima você lhe escapou por entre os dedos. Isso o deixou enlouquecido. Ele mandou toda a seção que estava de guarda no hospital para a frente de batalha do Leste.

Lydia calou-se por um bom tempo e só voltou a falar depois que chegaram às alamedas do Bois de Boulogne e começaram a passear à beira do lago mais abaixo.

— O que deseja? — ela murmurou.

Thorenc sentiu-se paralisado.

Sabia que Lydia Trajani passava informações para os serviços ingleses e americanos. Ele a vira com Thomas Irving e John Davies, responsáveis pelo Intelligence Service e pelo OSS. Ajudara-o, como Simon Belovitch, a libertar Claire Rethel. Mas ela passava as noites com o general von Brankhensen, com o tenente Konrad Ewers e com esse matador, esse bárbaro, esse carrasco Henry Lafont. E certamente com muitos outros amantes, talvez até com o próprio Simon Belovitch!

Ela morava num apartamento dado por von Brankhensen, que pertencera a uma família judia deportada. Comprara de Lafont — ou melhor, ganhara — a vila do Cabo d'Antibes, propriedade do *marchand* Waldstein.

Ela pertencia à espécie dos rapinantes.

— Veio por causa de Moulin, não é? — perguntou ela. — Eles consideram essa prisão um feito magnífico. Wenticht ficou tão orgulhoso como se houvesse vencido todo o Exército Vermelho!

Parou e fez um muxoxo, sacudindo a cabeça.

— Moulin não abriu o bico. Levou tanta pancada que depois...

Lydia calou-se e eles se entreolharam.

Thorenc teve a impressão de que o rosto da jovem se afilara, endurecera, tornara-se mais voluntarioso ainda, indomável, como se no lugar de toda a sensualidade restasse apenas uma lâmina afiada.

— Não se deixe apanhar vivo — ela murmurou. — Vão fazer você pagar muito caro por tudo que fez.

— Como você consegue...? — começou ele.

Ela soltou o braço de Thorenc e, num gesto brusco, tapou-lhe a boca com a mão.

— Não se preocupe com a minha vida, nunca! Eu sei me defender. Não mato ninguém. Não denuncio ninguém. Os que dormem na minha cama fazem esse tipo de coisa, mas eu não tenho nada com isso. Às vezes tiro proveito das safadezas deles. Já viu alguém que se conserve puro que nem uma pomba, nesta guerra? E seus heróis... os russos? Em Katin, eles mataram milhares de oficiais poloneses com uma bala na nuca! O que acha? Isso não lhe diz respeito?

Sem voltar a se apoiar no braço de Thorenc, ela continuou a falar balançando a bolsa:

— Os seus amigos ingleses e americanos matam a cada bombardeio. Matam centenas, milhares de inocentes, aqui, em Boulogne-Billancourt. Você deve se lembrar do meu amigo Maurice Varenne, ministro de Pétain. Ele mudou de lado na hora certa. Está em Argel, dizem. Acha que isso é mais honesto? Eu respeito os que aceitam morrer, como Moulin, como esses sujeitos que atiram granadas na Avenida da Grande-Armée. Stephen Luber é quem comanda, segundo os alemães. Se um dia o apanharem... Foi ele quem nos apresentou em Bucareste, lembra?

Ela voltou a se pendurar no braço de Thorenc.

— Se ele for apanhado, vai ser esfolado vivo e depois fuzilado. Mas mesmo Luber, os reféns é que pagam por ele, pela coragem dele. Olha, meu querido, prefiro tratar só da minha própria vida e tentar não ser devorada por uns nem por outros. É por isso que jogo uns contra os outros.

Ela o apertou contra si.

— Mas com Henry Lafont, é difícil. Ele fareja. Ele encara e você tem a impressão de que não pode esconder nada dele. É o único que me dá medo.

Deu uma risadinha:

— Um pouco... — corrigiu.

Afastaram-se do lago e foram se sentar num banco de uma aléia onde os gritos e risadas das crianças que ali brincavam encobriam freqüentemente a voz de Lydia. Ela se inclinou e pousou a mão no joelho de Thorenc.

— Veja só o que me pediram — cochichou. — Que eu insistisse com Lafont para ele concordar em se encontrar com um chefe da Resistência que queria propor um acordo! É, sim, com Lafont, que se vangloria de ser capitão da SS! Queriam que ele passasse para a Resistência e salvasse a pele do tal chefe.

Ela deu um tapinha no joelho de Bertrand.

— Lafont foi se encontrar com esse homem na Boîte-Rose, na Rua Delambre, você sabe. Eu estava lá numa mesa ao lado, com Françoise Mitry, Fred Stacki, Viviane Ballin e Michel Carlier. A conversa dos dois durou mais de uma hora. Lafont bebeu três garrafas de *champagne*. No fim, ele se levantou e gritou: "Merda, vá à merda!" Mas deixou o homem ir embora. É aí que está o charme de Lafont: ele vai até o fim. Não procura mudar de lado, ele não. Mas olhe em volta: estão todos pensando no pós-guerra. Alguns se unem. Não gostam dos russos, nem dos comunistas. Você conhece Alexander von Krentz? É o artífice dessa política. Diz que deve haver respeito mútuo, entendimento entre patriotas alemães e franceses. Sei que em todo o Sudoeste há acordos fechados entre o pessoal da Gestapo e resistentes. Uns libertaram prisioneiros, e, em troca, os outros entregaram depósitos de armas. E os dois lados entraram em entendimento para combater a Resistência comunista. Pobre Stephen Luber! Se ele for preso, ninguém o defenderá. Quanto a Moulin, você sabe muito bem que nem todos que estavam do mesmo lado eram amigos dele.

7

Thorenc se debruçou, segurando com as duas mãos a barra de apoio da janela.

Roçou o braço no ombro de Catherine Peyrolles, que não se afastou. Mas ele não ousou olhar para ela, nem lhe falar.

A lembrança do encontro com Lydia Trajani o inibiu.

Reprovava-se pelo fascínio que sentira durante todo o passeio pelo Bois de Boulogne.

Só conseguiu quebrá-lo fugindo de Lydia como de um sortilégio, ao passo que deveria tê-la interrogado, exigir que ela esclarecesse o que havia começado a contar sobre os contatos que os alemães tentavam estabelecer com certos chefes da Resistência no intuito de desmantelá-la.

Pensou nisso durante a viagem de volta, até Dijon. Aí, desceu do trem e pegou o de Clermont, para ver Catherine Peyrolles e afastar, para o mais longe possível, as recordações de Geneviève Villars e Lydia Trajani, pondo um ponto final em sua vida pregressa.

Sentiu que a estada em Paris atrás do paradeiro de Jean Moulin marcara o fim de uma etapa para ele.

— Não estou ouvindo mais nada — ele murmurou.

A chuva parou de repente, mas a água ainda escorre pelos paralelepípedos da Rua do Mercado e da Praça da Catedral.

Thorenc contempla o céu ainda enevoado em que se abrem os rasgões vermelhos de um crepúsculo de verão.

Súbito, roncos dos motores abafam o borbulhar da água que transborda das calhas formando uma espécie de cortina esfarrapada diante da janela, e alaga as ruas.

Dois carros pararam em frente ao adro da Catedral, e uns homens desceram.

Thorenc os viu subir rapidamente os degraus da igreja; alguns olharam em torno. Recuou como se temesse que o notassem.

Catherine Peyrolles lançou-lhe um olhar aflito e se aproximou logo da janela; minutos depois, ela murmurou:

— Estão levando os padres.

Cercados pelos homens de casaco de couro, Thorenc viu dois padres com as sotainas esvoaçando ao vento. Cada um foi empurrado para dentro de um dos carros que ainda estavam engrenados.

Arrancaram imediatamente, e Catherine e Thorenc voltaram a ouvir somente o borbulhar da água nas calhas.

Ele fechou a janela e segurou a mão dela. Catherine retirou-a lentamente para pousá-la sobre o ventre.

Sentaram-se, um diante do outro, na mesa redonda.

— Levaram os padres como reféns — murmurou Thorenc. — Fazem isso quase sempre. É assim que eles se vingam da manifestação.

Titubeou um pouco e, para tranqüilizar Catherine, acrescentou que geralmente eram soltos depois de alguns dias, às vezes até depois de algumas horas.

— Quando não são deportados ou fuzilados — respondeu Catherine.

Com as mãos espalmadas na mesa, ela começou a falar sem olhar para Bertrand.

Disse que talvez estivessem vigiando o abade François Vivien.

— Talvez suspeitassem que ele escondera o homem que matou o agente alemão em plena Catedral. Talvez tenham sabido que às vezes ele abrigava refratários na sacristia, que os guiava até as pequenas fazendas dos arredores de Clermont-Ferrand e mantinha contato com o grupo de Resistência “os Ardorosos” que deve ter organizado a manifestação de hoje.

Percebendo o espanto de Thorenc, Catherine explicou que foi o próprio François Vivien quem lhe contou tudo isso.

— Às vezes, uma prisão é simplesmente fruto de uma série de acasos — objetou Bertrand. — É preciso cautela em atribuir outras causas.

Catherine alçou os ombros, cruzou os braços e recuou a cadeira.

— Você acha que prenderam o general Delestraint e Max por um simples acaso? — perguntou em tom de desprezo.

Thorenc abaixou a cabeça e, no exato momento em que ia responder a Catherine, ouviu abrir a porta de entrada. Deu um pulo e postou-se na frente de Catherine, que se levantou.

Laure Vivien entrou na sala de jantar. O coque desfeito, as faces lívidas, os lábios trêmulos, as longas tranças grisalhas desgrenhadas em torno do rosto, acentuavam seu ar de desatino.

Balançava a cabeça, o olhar aflito, qual um pássaro ferido que tenta voar em vão.

Thorenc correu e abraçou-lhe os ombros para ajudá-la a caminhar.

A princípio, Laure Vivien deixou-se levar até a cadeira, mas rebelou-se, de repente, e empurrou Thorenc.

Em questão de segundos, passou a demonstrar hostilidade, olhava ora para Bertrand, ora para Catherine com ar de desconfiança e censura; depois, começou a chorar, sentou-se e pousou o rosto em cima da mesa com a cabeça entre as mãos.

Catherine acariciou-lhe os cabelos enquanto a interrogava baixinho.

Laure Vivien contou que estava na Catedral falando com o filho, quando os homens irromperam, derrubando os genuflexórios, empurrando os fiéis.

Empertigou-se como se revisse a cena:

— François me abraçou quando viu os homens. Estava calmo. Sorria. E me disse: "É preciso rezar, mamãe, não por mim, mas por todos os que sofrem. Reze, reze!"

Ela fez o sinal-da-cruz e murmurou que François era bom... E, de repente, pareceu dar-se conta da presença de Thorenc e Catherine.

— Ele me disse que vocês devem partir o mais depressa, pois os alemães vão vir aqui. Disse também que podem se esconder em casa de minha irmã, Victorine Jallez. Ela é diretora de escola em Saint-Rémy, perto de Thiers.

Laure Vivien persignou-se novamente e repetiu:

— Victorine Jallez, em Saint-Rémy.

E mais baixo:

— Ela não é devota, mas é uma santa.

Empurrou-os intempestivamente para fora da sala:

— Vão logo, vão logo! Se encontrarem o senhor aqui vão fuzilá-lo. E você também... Meu Deus, meu Deus!

Bertrand esperou Catherine na porta do quarto, tentando acalmar Laure Vivien que ia e vinha pelo corredor torcendo as mãos.

Ele colocou sua sacola na mala de Catherine. Depois, os dois abraçaram a velha senhora e partiram.

Na Rua do Mercado, onde os paralelepípedos molhados brilhavam à luz ainda vívida de um crepúsculo agora soberbo, Catherine Peyrolles tomou o braço de Thorenc.

8

Thorenc afasta os braços e ergue lentamente as mãos à altura dos ombros. Sabe que os homens estão lá, a observá-lo na penumbra da mata.

Dá mais alguns passos e pára no meio da clareira.

Vira-se.

Primeiro, vê o rasto que deixou entre as avencas e, logo depois, Catherine Peyrolles que começa a segui-lo, ainda a uns dez metros atrás.

Ele ouve sua respiração ofegante. Ela tem o rosto afogueado e toda vez que retoma o fôlego fecha os olhos, concentrada em si mesma, alheia ao mundo a seu redor, como se o esforço que precisa fazer para carregar o ventre e os seios fosse tão intenso que exigisse a dedicação de toda sua energia.

Desde que saíram de Saint-Rémy, quando o sol ainda não havia surgido atrás da crista do Monte Meynier, e o leito do Durolle não passava de um sulco escuro que umedecia o vilarejo, Thorenc quis parar várias vezes para Catherine descansar à beira da trilha que subia íngreme por entre o pinheiral.

Mas ela parecia não ouvi-lo, não ver os acenos que ele lhe fazia, não notar quando ele se encostava num pinheiro ou se sentava num tronco de árvore.

Ela continuava a caminhada, a árdua subida até a aldeola de Meynier onde, segundo Victorine Jallez, uns trinta refratários viviam nas pequenas fazendas abandonadas, sob o comando de um homem que se autodenominava capitão Marat, e todo mundo sabia que fora representante comercial na região.

Lá, eles poderiam encontrar um refúgio seguro.

* * *

Thorenc queria que Victorine Jallez e as três meninas que ela mantinha sob sua guarda subissem com eles até a aldeola. Victorine recusou com um sorriso: se ela fugisse, os milicianos iriam procurá-la e sempre encontrariam alguém para dizer que ela estava no maqui, mesmo que não fosse para denunciá-la ou prejudicá-la, mas pelo prazer de falar, por desafio ou por uma covardia instintiva.

De modo que decidiu ficar na escola e só ir para o maqui depois de deixar as meninas em lugar seguro.

Alvorecia, tão logo um camponês alertou que um caminhão, carregado de milicianos, e um carro haviam chegado na véspera a Mouchon, a aldeia situada a dez quilômetros a montante do Durolle. Interrogaram todo mundo, revistaram as casas procurando judeus e refratários. Disseram que em seguida subiriam a Saint-Rémy e limpariam a região.

O camponês, jovem ainda, acrescentou:

— Eles falaram da senhora, dona diretora. Eu reconheci um ex-aluno seu, aquele que a senhora expulsou da escola, o filho do Fougeyrol. Estava todo prosa, fardado. Foi ele quem disse: "Vamos dar uma lição na diretora!"

Thorenc sentiu-se desarmado, impotente, infeliz e fraco por não poder proteger Victorine Jallez, e ele próprio ser obrigado a fugir.

Depois de passar mais um mês com Catherine no primeiro andar do prédio retangular da escola primária de Saint-Rémy, ele se apegou a Victorine.

A primeira vez que a viu no pátio da escola, ela balançava uma espécie de barquinha de metal pendurada numa viga, com três menininhas dentro. Victorine Jallez ria, ora impulsionava, ora segurava a barquinha e, sempre cantando, encostava-se às vezes nas traves verticais.

Thorenc ficou surpreso com a juventude dela.

Imaginara que a irmã de Laure Vivien só podia ser velha, e deparou com uma mulher de uns quarenta anos, enérgica, de cabelos pretos e curtos, e voz jovial. Ela jogou uma bola para as crianças e acenou-lhes para irem brincar no relvado que confinava com o pátio.

Observou Catherine Peyrolles por alguns segundos e diagnosticou:

— Sete meses, não é? Eu nasci de sete meses. Minha mãe queria se livrar de mim ... — e riu. — Ela era viúva, eu a embaraçava. A barriga era uma confissão de culpa. Sou meia-irmã de Laure. Ela é a filha legítima, abençoada! Eu, eu sou o patinho feio. Laure é carola, eu sou atéia. Ela só vive para o filho, fez dele um padre; quanto a mim, sou solteira e estéril.

Victorine instalou-os em dois quartos vizinhos, porque Catherine Peyrolles gesticulou fazendo-a compreender que queria ficar sozinha. Victorine murmurou:

— Ah, bom! Como você quiser. Lugar não falta.

O mês passou depressa. Saint-Rémy parecia um fim de mundo, nesse vale do Durolle que ainda não passava de uma fenda entre dois rochedos escuros.

De noite, Victorine Jallez servia as meninazinhas que cochichavam entre si antes de subir em silêncio para o quarto, uma grande sala de aula que Victorine transformara em dormitório expressamente para elas.

Explicou apenas:

— As meninas mal falam francês, mas aprendem rápido. Elas nem mesmo me disseram o sobrenome de família. Foi meu sobrinho, François Vivien, o abade, que as trouxe sem me prevenir, sem nem pedir minha opinião. Ele falou da *Témoignage chrétienne*, de parentes que as deixaram numa igreja, talvez em Lyon, Creusot ou Saint-Étienne. Em todo caso, aqui estão elas. Choram todas as noites.

Ela se sentou diante do aparelho que só pegava a Rádio Londres.

— Todo o vilarejo sabe que elas estão aqui. O inspetor da academia e os gendarmes também. Tenho medo de uma carta anônima ou uma tagarelice do gênero: "A diretora acolheu três meninas alemãs." Para o pessoal daqui, elas são alemãs. E talvez o sejam, ou então austríacas: eu não quis perguntar.

Thorenc tentou falar com elas em alemão, mas as meninas reagiram como animais acuados, encolheram-se lançando olhares apavorados a Victorine que as levou para perto do rio.

* * *

Era o verão de 1943. Os crepúsculos se prolongavam.

A Rádio Londres anunciou que Mussolini caiu em 25 de julho. A multidão invadiu as ruas de Roma quebrando as estátuas do Duce e os emblemas fascistas por todo canto. A Itália ia sair da guerra em questão de semanas, se tanto, talvez de dias.

Ouviram a mensagem que De Gaulle, de Argel, dirigiu aos combatentes da Resistência:

"Meus camaradas.

"Do que vocês fazem, do que vocês sofrem na Resistência, ou seja, no combate, dependem a honra e a grandeza da França.

O fim está próximo.

Eis que chega a recompensa. Breve, todos juntos, poderemos chorar de alegria!"

Nessa noite, depois das últimas palavras de De Gaulle, Thorenc viu Victorine Jallez e Catherine Peyrolles se abraçarem, em lágrimas, e assim continuarem por um bom tempo.

Ele saiu para o pátio e ficou contemplando o céu estrelado onde se recortavam as pesadas formas dos vulcões.

Foi andando sozinho até o rio impetuoso que corria com um estrondo de torrente montanhosa.

Era a primeira vez, há semanas, que se sentia calmo, quase sereno.

Parecia-lhe que os acontecimentos se sucediam numa rapidez cada vez maior. As vitórias militares conquistadas na Rússia, na Itália, acarretavam uma mudança na opinião pública francesa. Condenavam-se as falas de Laval, o encontro de Pétain com von Rundstedt. Multiplicavam-se as sabotagens. Daí em diante, os atentados contra os alemães, segundo relatava a Rádio Londres, tornavam-se cotidianos.

A repressão também recrudesceu, mas Pierre Pucheu, o ex-ministro do Interior que se refugiara na África do Norte, junto de Giraud, acabava de ser preso e ia ser julgado. Argel anunciava que, com a Libertação, Pétain também seria julgado.

De Gaulle, ao que tudo indicava, vencera Giraud. Jean Moulin e Delestraint não se sacrificaram em vão.

Quando voltava devagar para o vilarejo, Thorenc percebeu que havia luz na janela do quarto que Catherine ocupava.

Parou, imaginando que, depois da Libertação, ele poderia viver com ela e a criança.

Achava que a atitude de Catherine em relação a ele havia mudado desde que chegaram a Saint-Rémy.

Quando passeavam pelos arredores do vilarejo, ela lhe deu a mão várias vezes. De noite, quando se despediam no alto da escada, Catherine o beijava, e ele sempre se emocionava com a maneira como ela lhe enlaçava o pescoço, obrigando-o a se inclinar e oferecendo-lhe o rosto.

Chegou até a aceitar a idéia de ir ter o filho na Córsega, deixar a criança com uma de suas tias e voltar para o continente.

Ele se sentiu tão feliz com esse projeto, que observou que isso talvez nem fosse necessário: a guerra ia acabar logo...

Catherine Peyrolles ficou espantada com o otimismo de Bertrand que parecia esquecer as prisões, as deportações, talvez até Laure Vivien — pois a irmã de Victorine Jallez não dava notícias há mais de um mês; nem sequer procurou saber se Bertrand e Catherine conseguiram chegar sem tropeços a Saint-Rémy.

De resto, a viagem entre Clermont-Ferrand e Mouchon, ponto final do ônibus, transcorreu sem problemas. Alguns quilômetros depois de Clermont, milicianos e alemães pararam o ônibus na estrada, mas só examinaram os documentos dos rapazes, que foram obrigados a descer e fazer fila ao longo da vala sob a mira das armas. Em seguida, ordenaram que o ônibus prosseguisse viagem.

Thorenc olhou os cinco vultos de braços erguidos.

Imaginou a sorte que os esperava — a deportação para a Alemanha. E pensou que a presença desses refratários no ônibus evitou que os outros passageiros sofressem uma investigação rigorosa.

Assim era: uns protegiam os outros. O acaso ou o destino faziam a triagem, distribuíam os papéis.

Ao passar diante do quarto de Catherine, ouviu sua respiração regular e sentiu-se comovido e confortado. Teve uma noite tranqüila.

Então, ao raiar da aurora, as batidas na porta: Victorine Jallez dizia que um camponês viera alertar que os milicianos estavam em Mouchon e chegariam daqui a pouco a Saint-Rémy.

— Acorde, Catherine! — disse ela. — Eu cuido das meninas.

Thorenc irrompeu no quarto de Catherine, e a angústia o dominou ao vê-la tão vulnerável, a blusa da camisola aberta deixando ver os seios intumescidos, os ombros e — porque, ainda dormindo, ela afastara o lençol — as pernas nuas.

Inclinou-se sobre o rosto de Catherine e murmurou seu nome.

Ela ergueu-se logo, pulou da cama, e, sem demonstrar qualquer espanto, disse que estaria pronta em minutos.

Ainda teve tempo de soltar em tom irônico que pensava que a guerra havia acabado.

Victorine Jallez os esperava na entrada da escola. Explicou em voz baixa que ia esconder as meninas numa fazendola isolada, a uns cem metros de Saint-Rémy.

Ninguém no vilarejo imaginaria isso.

Ela confiava, claro, em cada um, mas em todo caso, era muito conveniente desconfiar de todos, acrescentou.

Arrumara esse refúgio há várias semanas, as meninas estavam prevenidas, foram lá várias vezes. Sabiam onde estavam escondidas algumas provisões, os cobertores. Não deviam sair do celeiro que ficava no subsolo, a pretexto algum.

— Se eu for presa, não se esqueçam delas — acrescentou Victorine Jallez, indicando o local da fazendola. — Em Meynier, não sei o que aconteceria com elas. Se um dia o maqui for atacado, o que fariam com as meninas? Mas numa eventualidade vocês podem se esconder lá por alguns dias.

Mostrou a trilha adiante da ponte estreita que atravessava a garganta do Durolle. Thorenc e Catherine começaram a subir em direção à aldeola de Meynier.

Ele percorre toda a volta da clareira com o olhar, tentando descobrir os homens do maquis por entre as árvores.

O que estão esperando para aparecer?

Sente crescer a irritação, a raiva, mas não abaixa os braços.

Espera que Catherine Peyrolles chegue até ele e murmura que os homens estão escondidos ali, na mata.

Ela o olha espantada: que história é essa de ficar assim de mãos para o alto como se temesse alguma coisa desses maquis?

— Marat... — responde ele.

Instintivamente, ele não tem a menor confiança em um homem que escolheu um tal codinome.

— Revolucionário — solta Catherine. — Por que não?

De súbito, ela diz com voz clara e tão forte que Thorenc se surpreende, ele que a imaginava exausta da subida:

— Capitão Marat! Capitão Marat! Viemos da parte de Victorine Jallez, de Saint-Rémy.

Ela se adianta, vergando as samambaias altas que chegam às suas coxas e voltam a erguer-se. Exclama de novo que são patriotas, que os milicianos acabam de chegar a Mouchon e já estão a caminho de Saint-Rémy.

Thorenc sente-se ridículo. Abaixa os braços, irritado.

Vê um homem alto sair do pinheiral com uma boina de caçador enterrada na cabeça e uma barba em torno do rosto. O tipo se aproxima. Usa uma espécie de farda composta de um blusão e bombachas de lã preta. No cinturão, cartucheiras e um coldre de revólver, e carrega uma metralhadora Sten debaixo do braço direito.

Atrás dele, uns dez rapazes em trajes semelhantes também saem da mata. A maioria armada de velhas espingardas.

— Os milicianos? — perguntou Marat.

A voz é rouca. Ele aperta a mão de Catherine e a de Thorenc.

— Que é que a senhora Jallez fez das meninas judias? Isto aqui é um maqui, não uma casa de repouso.

Encara Catherine insistentemente.

— A senhora não vai parir aqui, não é? — grunhe ele. — Não temos nem parteira nem médico.

Thorenc adianta-se, posta-se na frente de Catherine. Marat olha-o com desprezo.

— O maqui de Meynier não é um campo de refugiados, mas um destacamento de combate.

Pode acolhê-los por uns dois ou três dias, mas, se os milicianos passarem ao ataque, terão de recuar e subir até o Monte Meynier.

— Será que estão prontos a lutar? — interroga.

Thorenc olha-o com tanto menosprezo que Marat acaba por baixar a cabeça, resmungando que é o chefe do maquis e responsável pelos homens que se encontram sob suas ordens.

Thorenc desvia os olhos e vê, para além dos cumes dos pinheiros, a cadeia de vulcões que emerge da bruma.

E acalma-se.

O que significam a vaidade e os acessos de cólera dos homens, comparados ao incêndio do universo?

E pensa desesperadamente nas três meninas enfurnadas, em silêncio, sozinhas, abandonadas no fundo de uma cave.

Aproxima-se e passa o braço em torno dos ombros de Catherine.

Ela recosta-se nele.

9

Thorenc ajoelha-se. Leva as mãos fechadas à boca como se quisesse abafar o lamento que lhe assoma à garganta e precisa calar.

Fecha os olhos.

Tem a impressão de ser esmagado por duas mãos enormes, fortes e implacáveis que desabam em seus ombros.

Deixa-se cair para a frente, o rosto sobre a relva orvalhada.

Não se mexe mais. Não quer respirar mais. Não quer ver mais.

Lembra-se de Victorine Jallez que cantarolava encostada nas traves do balanço. De quando em quando, impulsionava a barquinha onde as três meninas ficavam de pé.

Eram muito morenas, de pele mate, e os cabelos caíam em longos cachos até os ombros.

Apavoradas, sérias, pareciam incapazes de rir e passeavam incessantemente os olhos inquietos ao redor.

Thorenc soergue-se. Fica de joelhos outra vez. Comprime os punhos contra os lábios até doer.

Diante dele, num dos lados da escola, o balanço surge em pleno luar.

Ele apóia as duas mãos na terra, levanta-se e aproxima-se.

Não, não havia imaginado uma coisa dessas quando explicou ao capitão Marat que precisava voltar ao vilarejo.

Da orla da floresta, no meio da ladeira, viram os milicianos subirem cantando no caminhão.

Pareciam bêbados, e a cantoria, repetida aos berros, invadiu o vale, rolando pelo Durolle como uma onda lodosa, violenta e cega que se choca contra os muros e devasta tudo que estiver no caminho. Eles repetiam:

Aos culpados de nossa derrota,
Nenhum castigo é duro bastante
Nós queremos as suas cabeças
Para o pelourinho infamante!

O carro seguiu atrás do caminhão, e o silêncio desceu juntamente com a noite.

Ouviram-se tristes latidos que pareciam súplicas.

Marat hesitou em autorizar Thorenc a sair da aldeola de Meynier. Os milicianos podiam ter deixado alguns homens escondidos nas casas de Saint-Rémy. O chefe do maqui chegou a dar a entender, por meias palavras, que não confiava muito em Thorenc. Quem sabe ele não queria levar aos milicianos a localização dos maquis e informação sobre as forças de que dispunham?

— Deixo minha mulher grávida aqui — disse Thorenc.

Pronunciou essas palavras sem refletir, como se, pelo fato de viver há mais de um mês ao lado de Catherine, ainda que nunca mais tenham dormido juntos, e sendo o pai da criança, achasse natural a idéia de que Catherine era sua mulher.

Mas, uma vez pronunciada, a frase o incomodou, e ele sentiu-se tentado a corrigi-la, chegando até a murmurar:

— Minha mulher, enfim...

Virou-se para Catherine para se desculpar com o olhar, mas ela pareceu não ter ouvido e se limitou a dizer a Marat:

— Deixe-o ir, precisamos saber. E lhe dê uma arma.

O tom foi tão determinado que Marat estendeu o revólver a Thorenc.

Mas acrescentou em voz de comando que se Bertrand não voltasse dentro de quatro horas, ele o consideraria desertor, bandeado para o inimigo, e tiraria todas as conclusões cabíveis.

* * *

Thorenc meteu a arma no cinto e deslizou ladeira abaixo como se quisesse esquecer esse personagem ridículo. Ziguezagueou por entre as árvores, recordando-se de quando fugiu com Minaudi pela floresta das Ardenas, a oeste da Croix de Vermanges, em maio de 1940.

Durante toda a descida até o rio, esteve tão atento aos obstáculos com que deparava à sua frente — pedras, quedas-d'água, troncos caídos, arbustos — que sentiu uma espécie de exaltação. Nesse esforço físico, nesse desafio constante, fundiam-se o instinto, a percepção, a energia; e o pensamento, todo voltado para a ação, pareceu dissolver-se.

Chegou aos relvados que se estendiam entre o leito do Durolle e as primeiras casas de Saint-Rémy.

Reconheceu logo a fazendola isolada onde Victorine Jallez pretendia esconder as meninas.

Aproximou-se, atento aos ruídos, esperando ouvir vozes.

De repente, viu os móveis jogados de cambulhada na frente da casa.

A porta estava escancarada.

A lua iluminava a sala.

Percebeu a abertura no chão, o alçapão que deve levar à cave.

A tábua fora arrancada.

Tateando, encontrou uma lamparina a óleo e, quando a chama difundiu uma luz amarelada, ele avistou as estantes caídas na cave, os três colchões jogados no chão de terra batida.

Portanto, *eles* haviam descoberto o esconderijo subterrâneo onde se encontravam as meninas.

Thorenc saiu dali correndo e chegou ao vilarejo, de revólver em punho, sem a menor preocupação com a prudência.

À medida que se aproximava, os cães começaram a latir, mas as casas permaneceram fechadas, as folhas das janelas cerradas, os portões trancados.

Chegou, finalmente, ao prédio da escola onde todas as portas e janelas estavam abertas.

Dentro das salas de aula, avistou as carteiras derrubadas. Procurou não conceber e afastar do pensamento as imagens que lhe turvavam a mente.

Os milicianos devem ter agido sob denúncia. Talvez tenham ido diretamente à fazendola para apanhar as três meninas. Ou então, torturaram Victorine Jallez até que ela revelasse onde as escondera.

Thorenc contornou o prédio, atravessou o relvado que se estendia além do pátio, e viu o balanço.

Sentiu-se impelido a ajoelhar-se, a prostrar-se no chão, por uma pressão insustentável sobre os ombros.

Dirige-se para o balanço. Está extenuado. Não sente nada além desse cansaço que lhe dá vontade de se deitar ali, no cimento do pátio, e dormir.

O revólver lhe pesa.

Poderia levá-lo à boca.

Mas os assassinos não seriam castigados, as vítimas não seriam vingadas.

Ele enfia a arma no cinto.

Olha.

Penduraram Victorine Jallez pelos pés. Seus dedos roçam o chão, os braços inertes descem além da saia caída como uma corola estiolada.

O ventre e as pernas estão descobertos.

Ele se ajoelha, levanta o vestido.

O rosto de Victorine está escuro como os dos fuzilados de Badajoz, mas do sangue coagulado que grudou na pele.

As moscas só virão com o sol, ao romper da aurora.

Ele sobe na barquinha e desata lentamente a corda amarrada na viga. Segura junto a si o corpo de Victorine Jallez, e leva-o para a escola.

Sobe ao primeiro andar e pára no patamar.

As portas dos quartos foram arrombadas.

Ele coloca o corpo numa cama.

Hesita em estender a mão e ligar o interruptor.

Segue em frente. A lâmpada que ilumina o patamar atinge a sala de aula que Victorine Jallez transformara em dormitório para as três meninazinhas.

Tem vontade de berrar.

Entre as camas, ele vê as perninhas magras, as soquetes brancas, os sapatos pretos.

Recua. Não consegue ir mais longe.

Senta-se na escada, a cabeça apoiada nos joelhos.

Sabe que não deve ficar ali, que deve voltar à aldeola de Meynier ou correr até a igreja do vilarejo para avisar ao padre que há quatro corpos sem sepultura.

E no entanto, ele não se mexe.

Mais tarde, percebe que se passaram horas, pois já é dia.

Ouve vozes no pátio.

Desce, vê dois gendarmes que se aproximam hesitantes.

— Nos disseram... — começa um deles enquanto empurra a sacola para as costas como para deixar o coldre mais à mão.

— Os milicianos — murmura Thorenc. — Os corpos estão no primeiro andar.

E afasta-se.

Não se volta nem mesmo quando os gendarmes mandam que ele não se mexa. Precisam do testemunho de Thorenc. Ele continua a andar em direção à pequena ponte que atravessa o rio.

Se o matarem, não terá sido por sua própria escolha. E, neste caso, Deus é que lhe terá concedido a paz, o armistício que encontrará.

Mas ninguém o impediu de atravessar o rio e sumir no pinheiral.

Na clareira, os homens o rodeiam. Riem, empurram-no, soltam gargalhadas.

O capitão Marat passa o braço em torno dos ombros de Thorenc.

— Faz mais de seis horas que o senhor partiu — diz ele rindo. — Mas nem por isso fuzilei sua mulher.

Estreita os ombros de Thorenc.

— É um dia faustoso — continua ele. — A Itália capitulou e o novo governo de Roma entrou na guerra, ao lado dos Aliados!

— Aqueles lá — acrescenta em tom de menosprezo — estão sempre prontos a dar um soco nas costas: em 1940, em nós; agora, nos alemães.

Chegaram à aldeola de Meynier. Thorenc vê Catherine se aproximar.

Ela já pode ir para a Córsega, pensa imediatamente. Agora que os italianos mudaram de lado, a ilha estará libertada dali a dias.

Ele teme pela criança.

— A guerra já é questão de semanas — declara Marat. — Vamos começar as operações ofensivas, talvez com todos os maquis de Auvergne, e atacar Clermont-Ferrand, Vichy...

Marat perora. Ouvem uma rádio que repete um comunicado do general Eisenhower:

"O governo de Roma capitulou incondicionalmente... Concedi-lhe um armistício cujos termos foram aceitos por Londres, Washington e Moscou... Os italianos contribuirão para expulsar da Península os alemães..."

Os homens do maqui assobiam, zombam, cantam.

Thorenc reconhece a voz aguda de Marcel Déat que declara que o governo alemão já esperava essa traição italiana. Tomou todas as medidas necessárias. E Déat acrescenta: "O vermelho da vergonha subiu à fronte de todos os italianos bem-nascidos."

Alguém canta numa das fazendolas:

Rádio Paris mente
Rádio Paris é alemã!

Thorenc está diante de Catherine. Ela o observa. Ele abaixa a cabeça e fecha os olhos.

— É preciso ir embora — murmura ele. — É preciso pôr a salvo esta criança.

Ele tem vontade de gritar para que desliguem esse rádio.

Todas as palavras que a estação de Paris profere, todos os acontecimentos que relata, parecem-lhe apenas uma maneira de fazer esquecer a morte que age em toda parte.

Queria cair de joelhos diante de Catherine e implorar-lhe que pense apenas na criança que ela carrega.

Diz:

— Eles não respeitam nada.

Ela pergunta:

— Elas foram encontradas?

Ele fica quieto.

Quem sabe tenha sido melhor elas serem mortas nessa escola do que sofrerem alguns meses mais antes de morrer?

Ele reabre os olhos.

— Mortas — murmura.

Catherine Peyrolles arregala os olhos, a boca entreaberta, os lábios trêmulos, com ar de horror.

— Victorine — murmura ela —, as meninas...?

Ele faz que sim.

Olha atrás dela, para além do verde-escuro dos pinheiros, o acobreado das folhas já tingidas pelo outono que chega.

Segunda Parte

10

Thorenc levanta os olhos. Fica em pânico ao ver seu rosto no espelho.

Não imaginava que pudesse ter esse ar de homem assustado, quase desatinado. Com um gesto instintivo, roça rapidamente a mão pela barba que acaba de descobrir grisalha.

Olha ao redor, inquieto, como se os pacientes que esperam ser atendidos pelo doutor Étienne pudessem adivinhar o que ele está sentindo.

Mas o casal e a velha senhora que folheiam revistas o ignoram.

Ele fixa por um instante Catherine Peyrolles, que entrou ali, nessa sala de espera, uns dez minutos depois dele, como haviam combinado quando chegaram a Lyon, sem saber aonde ir e sem coragem de voltar ao apartamento dela na Rua du Plâtre. Então, decidiram ir à casa do doutor Étienne na Alameda Gambetta.

Mas quem sabe o doutor, como tantos outros nas últimas semanas, também tenha sido preso e seu consultório houvesse virado uma ratoeira?

De modo que Thorenc chegou primeiro e viu o espanto no rosto da empregada. Ela não se afastou para deixá-lo entrar, dizendo que o doutor só recebia com hora marcada. Ele teve de insistir, de pedir que ela avisasse o médico que seu colega, Bertrand de Norois, desejava vê-lo. A empregada acabou cedendo e abriu-lhe a porta da sala de espera.

Sentou-se de cabeça baixa e, quando se empertigou, viu o homem magro, de rosto macilento, olheiras profundas que pareciam sulcar as faces, com o colarinho enrugado e meio sujo, refletido no espelho de moldura dourada em cima da lareira.

Esquadrinhou a própria imagem, demoradamente, horrorizado, no primeiro momento, depois, com uma mistura de perplexidade e aflição.

Era como se ele revisse, em sua fisionomia, as marcas de tudo o que havia visto, sofrido, praticado, sentido, desde maio de 1940.

Mas foi, sobretudo, o que viu na escola de Saint-Rémy — o corpo de Victorine Jallez que ele carregara, as pernas das crianças que percebera na penumbra, entre as camas — que o marcou a esse ponto.

Teve até a impressão de que não conseguiria mais manter-se ereto, que essa lembrança forçava-o a andar curvado, olhando para o chão como para esconder a vergonha que sentia por não ter podido impedir esses crimes, ou, simplesmente, por pertencer a uma espécie, a espécie humana, capaz de perpetrar tais atos.

Thorenc achou que estariam mais seguros na cidade grande que num vilarejo ou num maquis dirigido por um tipo como o capitão Marat.

Na aldeola de Meynier, Catherine não lhe fez perguntas, mas no ônibus que os trouxe a Clermont-Ferrand, ela murmurou, sem olhar para ele, que desejava dizer-lhe um poema, um dos últimos que lera numa revista clandestina, *L'Honneur des poètes*.

Era assinado por Jean Amyot, mas tratava-se, com certeza, de um pseudônimo em alusão a Jacques Amyot, o humanista do século XVI, tradutor de Plutarco.

Thorenc conhecia?

Para ele, não passava de um nome, admitiu Bertrand.

Ela sacudiu a cabeça e, como para se desculpar, acrescentou que, afinal, era uma professora de letras.

Essas poucas frases lhe lembraram que existiam outras coisas além da barbárie, do assassinato, da delação, que havia gente cuja profissão sempre fora, e ainda era, ensinar as obras humanísticas, e o desesperaram em vez de confortá-lo.

Teve a impressão de que se tratava de vestígios de um mundo desaparecido para sempre. Como esse mundo poderia renascer depois do que homens infligiram a outros homens?

* * *

Inclinou-se para Catherine Peyrolles, e ela começou a dizer os versos em voz surda, tensa, não a de uma prece ou uma confissão; antes, a de uma proclamação, de um apelo às armas:

Odeio. Não me pergunte o que odeio
há mundos de mutismo entre os homens, há
o céu frágil sobre o abismo, e o desprezo
dos mortos. Há palavras que se chocam, lábios
sem rosto perjurando nas trevas. E o ar
prostituído na mentira, e a Voz
que polui até o segredo d'alma
mas há
o fogo ardente, a irada sede de ser livre
há os milhões de surdos de dentes cerrados
há o sangue que mal começa a correr
há o ódio e é o bastante para esperar. *

Ela apertou-lhe o pulso repetindo:

Há o ódio e é o bastante para esperar.

A força contida que havia na voz dela surpreendeu Thorenc.

Achou que ela lhe respondia assim às perguntas que ele se fazia desde as mortes de Victorine Jallez e das três meninas.

Odiar, matar se necessário, para manter a esperança: não havia outra saída.

* * *

* No original: *Je hais. Ne me demandez pas ce que je hais // il y a des mondes de mutisme entre les hommes // et le ciel veule sur l'abîme, et le mépris // des morts. Il y a des mots entrechoqués, des lèvres // sans visage, se parjurant dans les ténèbres. // Il y a l'air prostitué au mensonge, et la Voix // souillant jusqu'au secret de l'âme // mas il y a // le feu sanglant, la soif rageuse d'être libre // il y a des millions de sourds les dents serrées // il y a le sang qui commence à peine à couler // il y a la haine et c'est assez pour espérer.* (N.T.)

Pegaram as ruelas da velha Clermont e entraram na Rua do Mercado para ir da Praça de Jaude, onde o ônibus os deixou, até a Catedral.

Garoava. O dia estava frio e encoberto.

As folhas de madeira das janelas do apartamento de Laure Vivien estavam fechadas.

Thorenc interrogou Catherine com o olhar. Deram alguns passos, viraram a esquina da rua e se separaram. Catherine foi esperar Bertrand dentro da Catedral.

Thorenc subiu a escada e percorreu o corredor do pavimento.

Bateu na porta de Laure Vivien e teve a impressão de que o som da batida ressoava num apartamento vazio.

De repente, alguém entreabriu ligeiramente a porta ao lado e depois a abriu toda.

Ele distinguiu um vulto que lhe acenava para entrar.

O corredor do apartamento estava escuro. Sentiu que o corpo de uma mulher esbarrava no seu, mas sem segundas intenções, como uma afirmação de confiante fraternidade. Ela cochichou:

— Levaram dona Laure Vivien há mais de dois meses. De início, ficaram policiais no apartamento, depois foram embora. Deixaram tudo aberto, eu é que fechei as janelas. Se o senhor quiser, eu tenho a chave.

Ele fez que sim e ela lhe passou a chave.

— Não sabemos o que aconteceu com dona Laure — continuou. — Não tivemos coragem de perguntar aos alemães ou à polícia. Quando a gente entra lá não sabe se vai sair. Eles parecem loucos, aqui em Clermont. Prenderam dezenas de estudantes e professores alsacianos da Universidade de Estrasburgo, que tinham fugido para cá. Mataram vários. Os outros, eles meteram num trem e despacharam sabe-se lá para onde. Estão se vingando. Houve aquela manifestação no 14 de Julho e, depois, os resistentes mataram alguns oficiais alemães, explodiram depósitos de munição, sabotaram trens...

Ela falava febrilmente, acrescentando que reconhecera Bertrand, pois o vira várias vezes no corredor quando ele morava na casa da senhora Vivien.

— Meu marido é ferroviário — explicou.

Ele perguntou o que foi feito do abade Vivien.

— Eu sei, eu sei — repetiu ela. — Ele está na prisão de Puy com camaradas de meu marido. Alguns foram condenados à morte, mas o abade não.

E encostou-se em Thorenc:

— Quando é que isso vai acabar? Meu marido... No dia em que vieram por causa da senhora Vivien, pensei que era por nossa causa. Eles me interrogaram. Eu tremia.

Thorenc segurou-lhe os ombros.

— Preciso de ajuda — disse ele.

— Ela se afastou e acendeu a luz.

Ele ficou surpreso com a beleza juvenil do rosto dela, a comovente fragilidade de seu corpo magro.

Ela o fixou, franziu as sobrancelhas, e uma ruga atravessou sua fronte.

Ele se reprovou imediatamente por lhe ter solicitado ajuda. Agradeceu, a mão já na maçaneta da porta, murmurando que ia guardar a chave, mas era melhor que ela esquecesse esse encontro.

Ela segurou-lhe o pulso.

— O que preciso fazer? — perguntou com voz trêmula.

Thorenc virou a cabeça para esconder a emoção.

— O senhor não confia? — insistiu ela.

Ela estava certa de que o marido, Gabriel Morand, concordaria em ajudá-lo. No depósito de locomotivas de Clermont, ele fazia todo o possível para atrasar os trens alemães.

— A senhora não deve falar — diz ele interrompendo-a.

Aflita, ela repetiu em voz baixa:

— Mas eu conheço o senhor, eu o via na casa de dona Laure Vivien.

— Isso não significa nada. Se não for prudente...

Ela sacudiu a cabeça e murmurou que era preciso correr certos riscos, que não se podia deixar os outros prenderem e matarem as pessoas indefinidamente.

— Meu pai era ferroviário. Em minha família, a gente sempre lutou pela justiça. Somos patriotas.

Repetiu em tom decidido:

— Diga o que preciso fazer!

Ele sentiu a garganta apertada e ficou em silêncio a olhar essa jovem mulher que, como tantas outras cujos nomes ninguém sabia, cuja coragem continuava ignorada, resistia, abria as portas, estendia as mãos aos perseguidos.

Ele ainda hesitou, pensando em Laure Vivien, Victorine Jallez e, antes delas, Victor Garel, Léontine Barneron, esses heróis humildes que ofereceram suas vidas.

Num gesto impulsivo, ele estreitou a jovem mulher contra o peito e beijou-a nas duas faces.

Ela pareceu constrangida, mas como poderia imaginar que acabava de devolver um pouco de esperança a Thorenc?

Ele lhe descreveu Catherine Peyrolles e pediu-lhe que fosse buscá-la na Catedral. Eles passariam um dia ou dois no apartamento de Laure Vivien, uma vez que a Gestapo não o vigiava mais.

Ela vestiu rapidamente um mantô de mangas surradas e gola rota, e escondeu os cabelos louros numa boina de tricô de lã azul.

No instante em que ele ia empurrar a porta do apartamento de Laure Vivien, a jovem disse que se chamava Martine.

11

Com as mãos cruzadas na frente da boca, os cotovelos apoiados nos braços da poltrona, a cabeça um pouco inclinada, Bertrand não consegue desviar seus olhos de Catherine Peyrolles.

Ela parece sufocar no ar confinado dessa sala de espera onde os pacientes do doutor Étienne cochicham e sorriem ao olhá-la.

Como de costume, ela tem as mãos pousadas na barriga. Mesmo quando descontraída, ela dá a impressão de segurar e proteger a criança que carrega.

Thorenc comove-se com isso. Durante os cinco dias em que viajaram da aldeola de Meynier a Lyon, ele não cessou de observar a mulher.

Ela nunca se queixava.

Ao encontrar o apartamento de Laure Vivien sujo e desarrumado, as peças atravancadas, os móveis quebrados, o parquê arranhado coberto de cacos de vidro, ela pôs-se imediatamente a limpar, a arrumar os quartos com a ajuda de Martine Morand que trouxe uma vassoura e dois edredons.

Thorenc ficou transtornado com o espetáculo dessa vida saqueada da qual não sobravam mais que fotografias rasgadas. Os facínoras, os bárbaros quiseram apagar até a memória de Laure Vivien, como fazem os esbulhadores.

Acocorou-se no canto de um dos quartos e nem respondeu quando Catherine pediu que ele fosse para outro cômodo, acrescentando que achava que deveriam deixar Clermont o mais depressa. Explicou que não gostava nem um pouco dessa cidade.

Essa foi a única manifestação do quanto ela devia estar sofrendo.

* * *

Ele sentiu frio. Ouvira os guinchos dos ratos no pequeno corredor, seguidos de corridinhas por entre os detritos acumulados na sala de jantar.

No meio da noite, bateram na porta.

Deu um salto, pensando que não tinha sequer uma arma para se defender ou acabar com a vida se não pudesse fugir.

Catherine já estava no corredor abrindo a porta para Martine Morand e o marido.

Traziam tigelas de sopa quente e pão.

Explicaram que haviam esperado, pois não podiam confiar nos vizinhos do primeiro andar cujo filho mais velho acabava de entrar para a Milícia.

Encostaram-se na parede, no escuro.

Gabriel Morand declarou que o apartamento não era um refúgio seguro por causa desses vizinhos que certamente ouviriam passos, vozes, e sobretudo porque esta tarde chegaram a Clermont muitos policiais alemães da Gestapo e *Feldgendarmen*. Os camaradas da estação preveniram os ferroviários do depósito de locomotivas. Amanhã de manhã ou nos próximos dias, certamente haveria batidas e investigações. Os alemães queriam voltar a dominar a cidade. Já haviam prendido vários ferroviários, o que provocou um movimento grevista na linha Paris-Lyon.

Thorenc adiantou-se. Quando voltou a este apartamento, a esta cidade, temeu ter caído numa armadilha.

— Posso tentar tirá-los daqui — sussurrou Morand.

Aproximou-se de Thorenc, acendeu uma vela e colocou-a no assoalho. Martine saiu na ponta dos pés e voltou trazendo copos e uma garrafa de vinho.

Bertrand viu que ela jogou um xale nos ombros de Catherine, ouviu quando ela perguntou para quando era o nascimento da criança; e comoveu-se com essa cumplicidade entre duas mulheres de origens tão diferentes.

Mas ele também se sentia ligado a Gabriel Morand que lhe servia vinho e bebia com ele dizendo:

— Vai ser preciso partir esta noite mesmo. Há um trem de carga. Até Lyon, os ferroviários podem se responsabilizar por eles. Será uma viagem demorada, talvez vários dias, pois não é um trem prioritário, mas também não é controlado pela Gestapo nem pela Polícia francesa, e os camaradas estarão prevenidos em todas as estações.

Thorenc bebeu lentamente, olhando para Catherine que, encostada na parede, parecia não ouvir. Mas, antes mesmo que ele respondesse, ela declarou que estavam prontos para partir de imediato, se fosse preciso.

— Então vamos — decidiu Morand.

Martine os abraçou.

Thorenc observa Catherine Peyrolles. Tem a impressão de tê-la conhecido de verdade durante esses dias, enquanto esperavam, escondidos num vagão de carga, que um ferroviário viesse buscá-los para levá-los a outra linha.

Precisaram galgar os dormentes à noite. Toda vez que ele quis estender a mão a Catherine, ela recusou, com um movimento de cabeça e uma expressão teimosa.

Olhou-a enquanto ela descia devagar da plataforma e atravessava os trilhos tentando subir sozinha no vagão.

Aí, ela precisava aceitar ajuda, mas, dentro do vagão, quando parecia sofrer a cada sacudidela, ela fazia uma careta, orgulhosa, valente, às vezes até arrogante e ríspida, e nunca se queixava.

Ao longo desses dias e noites, no frio que entrava por entre as tábuas dos vagões, Thorenc recordou as mulheres que conheceu: Geneviève Villars, Isabelle Roclore, Claire Rethel e até Lydia Trajani, a selvagem, a rapinante, todas mulheres de coragem. Sim, até Lydia Trajani, corrupta e cínica, enfrentava a vida com temeridade. Examinou o que sentira por cada uma delas. A lembrança de Geneviève Villars foi a que mais o perturbou, talvez porque se tenham amado depois de se procurarem por muito tempo; e porque, afinal, ela se afastara, e isso ainda o fazia sofrer.

Sentira atração por Claire Rethel, tocado por sua juventude e seu entusiasmo. Fez de tudo para tirá-la das mãos da Gestapo e só sossegou no dia em que conseguiu mandá-la para Londres, num Lysander. Mas seria amor?

Amava Catherine Peyrolles?

Ele a admirava. Sentia-se mais frágil que ela.

Mas essa força, ele também encontrara em Geneviève Villars de quem o pai gostava de dizer que parecia um pedaço de sílex.

Também não sentia a mesma admiração por Isabelle Roclore, que por muito tempo ele tratara como uma secretária eficiente, um corpo generoso e complacente, mas revelou-se heróica, quando o escondeu em casa, onde acolheu Stephen Luber e a irmã Karen procurados pela Gestapo, quando aceitou ser amante de Michel Carlier, diretor do *Paris-Soir*, para colher informações que ela transmitia à Resistência?

Sim, ele tivera muita sorte em conhecer essas mulheres.

Acima de tudo, ficara orgulhoso por Catherine ter querido um filho dele.

Ela se apruma. Ele lhe sorri.

São todas essas coragens acumuladas — de Martine Morand, de Geneviève, de Isabelle, de Claire, de Catherine... — que o ajudam a sobreviver.

O que seria dele, o que seria da França sem essas mulheres que, no meio da angústia e do desespero, mantêm o impulso da vida?

Ele se assusta. Ouve a voz da empregada do doutor Étienne. Está novamente em guarda.

A porta da sala de espera é aberta. Surge uma mulher sorridente, com os cabelos presos num turbante vermelho.

Ela pára na soleira. Observa cada paciente. Seus olhos demoram-se em Catherine Peyrolles.

No momento em que ela vira a cabeça para Thorenc, ele a reconhece.

12

Thorenc fecha os punhos e não se mexe mais. Não abaixa os olhos. Está fascinado.

Esquece que se acha na sala de espera do doutor Étienne.

Olhando para Sonia Barzine que continua a observá-lo, ele acha que está encarando a própria morte.

Ela estava presente quando ele matou Mercier.

Ela desceu do carro ao mesmo tempo que Klaus Wenticht. Ele a revê no alpendre da casa do traidor.

Wenticht deve usá-la para visitar os locais suspeitos ou — como a Gestapo costuma fazer com seus agentes — para passear ao acaso pelos bairros das cidades onde a polícia alemã suspeita que haja resistentes. Sonia Barzine deve entrar nos restaurantes, nos bares, nas igrejas. Quem vai desconfiar dessa jovem de uma elegância tão exótica e uma beleza que atrai todos os olhares?

E Wenticht fornece-lhe as características físicas dos homens e mulheres que procura.

A função dessa mulher é justamente localizar, apontar, denunciar, seduzir, como fez com Mercier e o levou a trair.

Ela acompanhou Wenticht a Paris, quando ele levou Jean Moulin, arquejante, para a sede da Gestapo, na Avenida Foch, 84.

É a morte.

Ela lança um olhar a Catherine Peyrolles. Também a reconheceu portanto.

E se ela está ali, na casa do doutor Étienne, é porque a Gestapo sabe que o médico tem ligação com os resistentes.

Thorenc inclina-se para apanhar uma revista na mesinha que fica no centro da sala. Pressente que Sonia Barzine o observa, hesitante.

Ouve quando ela pergunta ao casal de pacientes:

— Estão esperando há muito tempo?

Ela se espanta:

— Meu Deus, mas a que horas o doutor vai me atender?

Dirige-se para a porta e acrescenta que vai voltar depois.

Ela deixa a sala. Thorenc se levanta, inclina um pouco a cabeça para que Catherine compreenda.

A empregada está fechando a porta da frente.

Thorenc a empurra. Avista a silhueta de Sonia Barzine, que começa a descer a escada.

Dá um salto, tapa a boca da mulher com a mão esquerda, enquanto lhe aperta o pescoço com o braço direito. Ela se debate. Tem um corpo nervoso. Ele a derruba no patamar.

Catherine aparece, ajuda Thorenc a empurrar Sonia Barzine para dentro do apartamento.

Ela abre uma porta. É um quarto.

Thorenc joga a delatora na cama.

Catherine amarra os tornozelos de Sonia Barzine com um lenço, enquanto Thorenc comprime um travesseiro na cara da mulher. Ela se debate. Ele a imobiliza com um violento soco no estômago.

Ele afasta lentamente o travesseiro. Ela parece desmaiada. Thorenc enfia-lhe um lenço na boca, arranca-lhe o turbante e rasga-o para fazer uma mordaça; depois, amarra-lhe os pulsos nas costas.

Ela abre os olhos.

Thorenc não pode suportar esse olhar aflito.

Vira a cabeça e revista a bolsa de Sonia Barzine.

Joga na penteadeira uma carta timbrada com a águia de Hitler onde se destaca, em letras pretas, a palavra GESTAPO.

Ele mostra a Catherine várias fotografias com os nomes de Jacques Bouvy, do doutor Étienne, de Catherine Peyrolles, de Pierre e Philippe Villars, de Bertrand Renaud de Thorenc e do major Pascal no verso.

Há também um revólver de cabo de madrepérola.

— É preciso agir rápido — murmura ele.

Catherine olha novamente para Sonia Barzine e sai do quarto.

Thorenc aproxima-se da cama. A prisioneira geme. Ele se obriga a pensar em todos os companheiros de luta mortos, nas mulheres cujos filhos foram maltratados para que elas falassem, nas que foram presas quando amamentavam, e obrigadas a abandonar a criança recém-nascida.

Pensa nas três meninas de pele mate, e em Victorine Jallez que empurrava o balanço. Pensa em Jean Moulin, denunciado, torturado, talvez pela própria Sonia Barzine.

De fato, há uma mulher na Avenida Foch, 84, que cobre com um lençol úmido os prisioneiros que se recusam a falar, e depois os espanca a bordoadas e os mergulha cinco ou seis vezes numa banheira até sufocá-los.

Talvez essa torturadora seja Sonia Barzine.

Ela cheira a morte.

Mas ele só vê um corpo amarrado e dois olhos desatinados. Só ouve os gemidos. Não suporta infligir esse sofrimento.

Tem vontade de vomitar.

Catherine entra no quarto com doutor Étienne.

Thorenc estende-lhe as fotos.

— Estamos todos identificados — diz ele.

— A escada de serviço não deve estar vigiada — murmura o médico.

— Não podemos deixá-la ali — observa Catherine Peyrolles.

Thorenc recua. Doutor Étienne sacode a cabeça.

— Não posso, não posso, sou médico — repete ele, saindo do quarto.

Catherine apanha o travesseiro.

— Espere-me na entrada — diz ela virando-se para Bertrand.

Ele hesita. Ela volta-se para ele, empurra-o com violência para fora do quarto e fica sozinha.

Ao cabo de alguns minutos, Catherine Peyrolles junta-se a Thorenc.

Estende-lhe a carta da Gestapo, o revólver, as fotos. Doutor Étienne os arrasta para a escada de serviço. Fita-os com um olhar aterrorizado.

Vai até o quarto, entreabre a porta.

Vê o corpo de Sonia Barzine estendido na cama, o travesseiro comprimido em cima do rosto da jovem.

13

Thorenc ouve os gritos da criança e pára embaixo da escada.

Agarra o corrimão.

A cada grito, ele inclina-se um pouco mais para a frente como se quisesse resistir a um impulso ou, ao contrário, correr para o quarto do primeiro andar, onde Catherine Peyrolles está deitada desde a noite anterior, quando chegaram à fazendola dos Ambrosini.

O doutor Étienne e Julia Ambrosini a ampararam enquanto ela subia a escada, degrau por degrau.

Thorenc manteve-se afastado, de cabeça baixa, no pátio da fazenda.

Desde que deixaram Lyon, ele não a olhou de frente nenhuma vez.

Ela estava sentada no banco de trás do carro que o doutor Étienne dirigia.

O médico virava-se constantemente, perguntando, a cada solavanco, se ela sentia dor, se tinha contrações. Sempre que dava uma freada, Étienne pedia desculpas por ter preferido essas estradas vicinais, de terra, geralmente cheias de sulcos, mas, segundo assegurou quando saíram de Lyon, eram menos vigiadas.

Então, pouco depois de Crest, eles foram detidos por uma primeira barreira de milicianos. Os homens, jovens, mostraram-se desconfiados e os forçaram a descer do carro; mas, quando viram o estado de Catherine, amoleceram e tornaram-se amistosos. O chefe apresentou-se como tenente Legal, do corpo de guardas independentes da Milícia.

Mostrou as colinas e os maciços que se estendiam de um lado a outro da estrada, barrando o horizonte. Disse que serviam de esconderijo para os bandidos, os terroristas, e acrescentou:

— Eles pilham, roubam, sabotam, matam. Os que cometem esses crimes podem até ser franceses — é verdade que desempregados, criminosos reincidentes ou desertores —, mas são sempre comandados por estrangeiros, assassinos profissionais, judeus, comunistas...

Quando Étienne se preparava para acionar o motor, o chefe se debruçou e recomendou prudência:

— É o exército do crime, doutor! Eles não respeitam nada.

Depois, bateu com mão espalmada no teto do carro e acenou para os milicianos afastarem a pilha de troncos que haviam atravessado na estrada.

O doutor Étienne acelerou, a princípio em silêncio; depois recomeçou a falar e observou que as estradas rurais talvez não tivessem sido uma boa escolha.

Há alguns dias, a Rádio Paris e os jornais colaboracionistas haviam dado destaque a uma série de declarações contra os maquis. Propalaram que Darnand certamente seria encarregado da manutenção da ordem pelo governo, visto que o chefe da Milícia acabava de ser admitido nas SS, bem como quatorze dos colaboracionistas que compunham seu Estado-Maior.

Todos haviam prestado juramento a Hitler, "Führer germânico e reformador da Europa", a quem prometiam solenemente "obedecer até a morte, com a ajuda de Deus!"

E esse homem ia tornar-se ministro sob as ordens de Laval que, por sua vez, exortara os procuradores-gerais a condenarem à morte todos os "terroristas".

Étienne calou-se bruscamente como se de repente a evocação da morte lhe lembrasse que haviam deixado uma mulher sem vida, amarrada a uma cama, morta por sufocação.

— Este fim de guerra — continuou ele —, estes meses que faltam, talvez um ano, serão cruéis.

As sabotagens se multiplicaram, as execuções também. Naturalmente Thorenc e Catherine Peyrolles não ignoravam isso.

As ações dos grupos independentes da Resistência, dos maquis, dos FTPF eram cada vez mais audaciosas. Em Toulouse, os *partisans* executaram o procurador-geral Lespinasse, que condenara à morte um companheiro de luta. Em seguida, foi a vez de o intendente de polícia, que agia sob as ordens da Gestapo, ser liquidado.

— Isso dá o que pensar a todos os colabôs — murmurou ele.

Mas os colaboracionistas mais ferrenhos iam tornar-se tão perigosos quanto feras acuadas que não têm mais nada a perder. Étienne ouvira um editorial de Jean-Hérold Paquis, na Rádio Paris; Paquis e Philippe Henriot eram os mais talentosos e os mais perversos porta-vozes da colaboração, e o médico tivera a impressão de ouvir a fala de "desvairados".

— Sabem o que disse Jean-Hérold Paquis? — perguntou.

Thorenc teve vontade de gritar que queria silêncio, que não podia agüentar mais essa tagarelice que reduzia a morte e a barbárie a simples palavras, a mero ruído que escapa da boca, a nada mais que frases entre as muitas que, aliás, o doutor Étienne interrompe para dar uma olhadela em Catherine, e perguntar de novo se ela não está sentindo dor demais.

Como sempre, ela não respondeu, e Bertrand não se virou nem uma vez para ela, como se temesse que a visão do rosto e das mãos de Catherine o levasse a imaginá-la curvada sobre a cama em que jazia Sonia Barzine.

O médico continuou:

— Eu ouvi bem o que ele disse: "Imaginei escrever o poema da SS. Os da Rádio Jornal de Paris, cujos nomes lhes são familiares, pediram a honra de estar entre aqueles que usam o escudo negro riscado por duas letras estilizadas: SS. A bandeira negra com as letras brancas, misteriosa amante de uma revolução européia, atrai toda a juventude de um mundo velho. É este o milagre desta guerra..." Não é um demente?

Étienne não conseguia ficar mais que alguns minutos calado e não demorou a afirmar que a situação era comparável à que os médicos enfrentavam. Na véspera da cura, há como que um ressurgimento do mal — qualquer que seja a fonte: vírus, micróbio, tumor, lesão... —, como se esperasse atacar uma última vez, num impulso suicida, feito um escorpião que morde ainda antes de ser esmagado. É o momento crucial, quando é preciso sobretudo não fraquejar.

— Nós esquecemos isso porque estamos um tanto eufóricos...

Enumerou as vitórias no Leste, a libertação da Córsega que, segundo os últimos comunicados da Rádio Londres, já começara, uma vez que a Frente Nacional deflagrou a insurreição, os resistentes ocuparam Ajaccio e estão combatendo os alemães em Bástia com o apoio das unidades italianas que passaram para o lado da Resistência e com a ajuda das tropas francesas vindas da África do Norte.

— Vai tudo bem — acrescentou ele —, mas é agora que vamos sofrer realmente.

— *Ele* não vai nascer na Córsega — murmurou a futura mãe.

A voz pareceu cheia de amargura a Bertrand, e ele se censurou por não ter tido coragem de tirar Catherine e o doutor Étienne do quarto, e matar Sonia Barzine sozinho, já que, para ele, ela era a própria morte e merecia morrer.

Deixara a Catherine a tarefa de executar a sentença. E agora não ousava olhá-la, como se ela fosse culpada, ela que sem dúvida agira, antes de tudo, para proteger seu filho, pensando em Victorine Jallez e nas três meninas de Saint-Rémy, na sorte que lhes reservaram os milicianos que acabavam de chamar os maquis de "exército do crime"!

Thorenc fechou os olhos tentando não mais pensar, na esperança de adormecer. E deve ter conseguido, pois ficou surpreso quando o carro parou no pátio da fazendola Ambrosini.

Afastou-se logo do grupo que se formou em torno de Catherine: Julia Ambrosini, Gaston, Régis e Aldo.

Ouviu Julia repetir que uma criança que nasce numa casa é a vida, a prosperidade, e já fazia vinte anos, desde que tivera Aldo, o caçula, que não havia um nascimento na fazenda.

— Seja bem-vinda! — disse ela abraçando Catherine Peyrolles.

Thorenc viu Catherine ser levada para a casa, apoiada no braço do doutor Étienne, com Julia Ambrosini amparando-a pela cintura.

O vento sul começou a soprar, carregado de umidade, empurrando na direção do platô umas ondas escuras que submergiam a imensa praia azul.

Imediatamente antes de entrar na casa, Catherine parou, e Bertrand pensou que ela ia se virar e chamá-lo para junto dela.

Não era ele o pai da criança?

Deu um passo à frente. Mas ela se limitou a cochichar, inclinada para Julia Ambrosini, e desapareceu no interior da casa.

Pouco depois, Julia saiu gritando que queria lenha, que precisava preparar bacias de água fervendo e toalhas quentes para o doutor.

Thorenc viu-se sozinho no pátio. Sentiu frio quando as primeiras gotas do temporal começaram a cair.

Mas, em vez de se abrigar na casa atravessou o pátio e pegou a trilha que subia para o Lago Noir e o platô.

Recebeu as rajadas de chuva, violentas e geladas, como um castigo merecido, uma maneira de pagar o que ele chamava de sua covardia, o fato de ter deixado Catherine perpetrar um ato bárbaro e necessário, de ter fugido ao olhar dela e, agora, não ter sido sequer capaz de acompanhá-la até o quarto.

É verdade que ela nem sequer se virou para ele.

Com certeza não queria partilhar a criança.

Thorenc ficou parado.

Talvez ela se comportasse assim porque não o sentira bastante forte para se responsabilizar por outra vida que não a dele.

Um raio rasgava o céu quando ele voltou a caminhar.

14

Thorenc estende as mãos para as chamas e olha os corpos enrolados nas cobertas no fundo da gruta.

Diante dele, do outro lado da fogueira, estão sentados Joseph Minaudi e José Salgado. A barba do espanhol está mais cheia que na última vez em que se encontraram, e, sob as sobrancelhas hirsutas, os olhos parecem dois pontos claros numa bola preta.

Minaudi, ao contrário, raspou a barba, o que faz sobressair os traços angulosos de seu rosto, as cicatrizes que parecem navalhadas meio rubras — a do pescoço sempre atrai o olhar de Bertrand.

Ele imagina a coragem que o companheiro precisou para cortar a garganta dessa maneira. Conjetura, uma vez mais, se ele próprio seria capaz de resistir à tortura. Levara pancadas do comissário Dossi; Klaus Wenticht espremera seu ombro ferido, mas nunca fora realmente torturado como o foram Minaudi, Moulin e até Claire Rethel, entre milhares.

Tem medo de ceder à dor e de se iludir também; quem sabe foi assim que Mercier começou a falar, acreditando trapacear com os torturadores, pensando revelar apenas o supérfluo, mas, pouco a pouco, juntam-se os fios da meada e ele acaba por soltar tudo o que sabe. Só existe uma lei, e ele jura respeitá-la: não revelar um único nome, calar a qualquer preço e, tão logo possa, no primeiro minuto, se possível, matar-se, nem que seja atirando-se contra a parede da cela.

Joseph Minaudi despeja devagar um pouco de aguardente num copo e o estende a Thorenc que aspira o odor de ameixa.

Ergue o copo e dá um trago.

— Gaston Ambrosini nos dá o que pode — diz Minaudi com sua voz roufenha —, mas a verdade é que somos uma centena.

Indica os maquis deitados junto às paredes da gruta que a fumaça escureceu.

— Eles comem pouco — continua. — Sentem frio. Querem lutar e não recebem os meios. Só temos uma arma para cada seis ou sete!

Salgado concorda abaixando a cabeça e fica assim, parado, os olhos voltados para as chamas, murmurando como se temesse ser ouvido pelos rapazes do maqui:

— Há meses não recebemos nada de pára-quedas, por quê? Os SS, os milicianos, os guardas-francos, as patrulhas de repressão começam a cercar os maquis no Vercors, nos Glières e no Ain.

Ergue a cabeça e fixa Bertrand.

— Diga você, Thorenc, você que está em contato com Deus, por que não nos mandam armas? O que estão pensando lá em Londres, Argel, Washington? Que queremos fazer a revolução, continuar na França a guerra civil que perdemos na Espanha? Lá, foi Franco quem começou. Nós só fizemos nos defender. Você sabe muito bem!

Elevou a voz, mas, ao dar-se conta do quanto ela ressoava na gruta, calou-se logo e estendeu seu copo para Minaudi tornar a encher de aguardente.

— Se nos atacarem — diz Minaudi mostrando os rapazes do maquis —, você vai encontrar esses mesmos corpos deitados assim, lado a lado, só que mortos. E desfigurados. Os milicianos furam os olhos dos "terroristas" — dos "bandidos", como eles dizem — antes de fuzilar. Se é isso que Londres está querendo...

Thorenc fica indignado. Já abordou tantas vezes o assunto com Pierre Villars, com o major Pascal... É claro que os ingleses dão preferência às redes que eles mesmos controlam, as que são formadas pelos oficiais e agentes da Special Operations Executive; mas o principal é que todos os aviões ingleses estão sendo utilizados para bombardear a Alemanha e diversas cidades francesas, a fim de preparar o desembarque, no dia D.

Minaudi dá de ombros:

— Bastaria um avião para despejar toneladas de armas de pára-quedas! Será que não há um único bombardeiro disponível?

Salgado esvazia o copo num trago e enxuga a boca com as costas da mão. A guerra, a clandestinidade, o maqui mudaram brutalmente o professor que Thorenc conhecera em Madri, há mais de cinco anos.

— Na verdade, há duas estratégias, Thorenc — diz ele, — e nós sabemos disso. Alguns, o pessoal de Londres e Argel, querem que esperemos o dia D para agir. Quanto a nós, queremos desmantelar o inimigo, liquidá-lo dia a dia, explodir depósitos de munição, talvez até dominar regiões, vilarejos, cidades, por que não? É assim a guerra de guerrilha, mas eles querem isso? Ou será que estão com medo dos maquis? É o que me pergunto, Thorenc, é o que me pergunto...

Bertrand os ouve. Minaudi desfia as vitórias do Exército Vermelho. Ele enche a boca para pronunciar essas duas últimas palavras, com ênfase, os olhos brilhando. O Exército Vermelho libertou Jitomir, Smolensk, Kiev...

— Nossos camaradas...

Sua voz, geralmente roufenha, torna-se cheia de fervor quando fala da mesma maneira sobre os FTPF e a MOI.

— Em Paris, nossos camaradas matam alemães quase todo dia — diz ele. — Acabam de liquidar Julius Ritter, adjunto de Sauckhel, o homem que organizou a operação que enviou operários franceses para trabalhar na Alemanha.

— Ritter, pode imaginar, Thorenc? Isso é que é lutar! Aqui, a gente desanima, se sente inútil.

Minaudi inclina-se para as chamas.

— Conte alguma coisa — pede ele.

Thorenc alça os ombros. Contar o quê? Que Catherine Peyrolles matou Sonia Barzine, uma delatora, amante de Wenticht?

— A Gestapo e os alemães sabem muita coisa — responde. — Quase tudo. Conhecem a identidade da maioria de nós. E devem ter a localização dos maquis.

Salgado cruza os braços.

— Há uma guerra dentro da guerra — ironiza. — É isso, como na Espanha! E às vezes as pessoas usam o inimigo para se livra de um concorrente que luta a seu lado contra esse mesmo inimigo...

Thorenc levanta-se. Não quer ouvir mais nada. Conjetura se Catherine Peyrolles já terá parido.

Sai da gruta.

O vento virou. Uiva por entre os penhascos. Afasta a umidade e as nuvens do Sul, com rajadas geladas vindas do Norte.

O céu está tão claro que parece uma placa metálica incrustada de diamantes resplandecentes com o enorme disco branco de reflexos azulados cujo pálido luar clareia o Lago Noir e as falésias.

Minaudi sai da gruta e junta-se a Thorenc que pergunta:

— E Stephen Luber? Ele era um dos dirigentes da MOI.

— Preso, condenado à morte, na prisão de Puy — responde o ex-sargento. — Execução para qualquer momento. Talvez já tenha sido morto, talvez não.

Apalpa o pescoço e dá uma risada:

— Mas, mesmo condenado à morte, a gente ainda consegue fugir! Stephen é duro na queda. Um alemão. Se não o matarem logo, ele sobrevive!

Minaudi faz um sinal para Bertrand se aproximar.

Explica em voz baixa que os camaradas vão tentar tirar Luber da prisão. E, se a operação for bem-sucedida, está previsto que ele vá se esconder ali.

Thorenc também queria falar do abade François Vivien, prisioneiro em Puy, mas não tem tempo.

Minaudi segura-lhe o braço.

— Tem essa mulher, essa que chegou com você, e tem também o doutor — diz ele. — Aqui, estamos precisando de um médico, ele pode ficar conosco. Mas ela e sobretudo a criança, impossível! Ela vai nos enfraquecer. Se os alemães atacarem, a primeira coisa que vão fazer é queimar a fazenda. Os Ambrosini sabem disso. Eles virão para cá; Julia Ambrosini também: é uma camponesa. E os filhos Régis e Aldo vão lutar do nosso lado, como o pai. Mas o que é que você espera de uma mulher com um recém-nascido nos braços? Mande essa mulher embora, Thorenc!

Minaudi dá alguns passos, afastando-se de Bertrand.

— Mas pode ser que nem os alemães nem os milicianos ataquem; talvez a gente é que desça até o vale e sitie eles.

Sacode a cabeça.

— Em todo caso, pode acreditar, Thorenc: aqui, ninguém está em segurança. É preciso fazer guerra de guerrilha, isto é, com mobilidade; senão, é melhor dispersar.

Thorenc tem vontade de gritar que não existe um lugar na França onde se esteja a salvo do perigo.

— Tente tirar a criança do país — continua Minaudi. — Ou então a confie a pessoas que nem sabem que existe gente que está lutando em volta delas.

Sorri.

— Isso existe... Essa gente com certeza é mais numerosa até do que nós!

Minaudi volta a se aproximar. Atarracado, ele transmite uma tal energia que dá a impressão de ser um bloco inteiriço, sem uma fenda; a Thorenc ele passa um sentimento de segurança e o desejo de agir.

O ex-sargento põe as mãos nos ombros de Bertrand:

— Capitão — diz ele como se quisesse trazer a lembrança da primavera de 1940, quando combateram lado a lado nas Ardenas e, como dois solitários, conduziram sua própria guerra para não caírem prisioneiros —, capitão, precisamos de armas, senão, vamos ser degolados. E esses rapazes que vieram até aqui não merecem acabar dessa maneira.

Thorenc enlaça o pescoço de Minaudi, numa "gravata" amiga.

— Vou fazer todo o possível — responde.

Precisa encontrar Pierre Villars e o major Pascal. Compromete-se a conseguir que mandem pára-quedas para o maqui do Lago Noir.

Começa a descer a trilha. Minaudi afasta-se, assobiando *A Marselhesa*, depois, *A Internacional*.

Já alvorece quando Thorenc entra no pátio da fazendola dos Ambrosini.

Afora o pisoteio dos carneiros no aprisco, tudo parece em silêncio.

Ele empurra a porta, e, de repente, os gritos, o choro de criança que o arrepiam da cabeça ao pés...

15

Thorenc olha as folhas de papel no centro da mesa.

As palavras em negro separadas por espaços brancos parecem-lhe lápides funerárias, e as frases datilografadas, fileiras de túmulos.

— Estão nos massacrando — murmura Pierre Villars. — Centenas de prisões, de execuções. Seiscentos em Corrèze, num só dia, durante uma operação dos SS contra um maqui.

Thorenc estende a mão e apanha uma folha.

— Eles invadiram todas as redes, todos os movimentos — prossegue Villars. — Querem nos destruir antes do desembarque. Laval, Pétain, Darnand, todos sustentam o mesmo discurso: é preciso matar!

Fala com um esgar de raiva e nojo, como se essas palavras o emporcalhassem.

Diz que Pétain instigou os procuradores-gerais a endurecerem: "Os senhores têm o apoio das pessoas honestas e devem agir com autoridade" — foi a declaração de Pétain.

— Isso que significa: senhores, condenem à morte!

Pierre Villars sacode a cabeça e continua:

— Laval foi mais cínico ao interpelar os magistrados: "Se, de minha parte, eu defendo a França, os senhores têm o dever de defendê-la comigo... Se eu tenho coragem, tenham-na também: quando um terrorista mata, ele deve ser condenado à morte!"

Villars deu um murro na mesa.

— De fato, basta ser preso para ser executado, ou deportado, o que vem a ser quase a mesma coisa.

Quanto a Darnand, foi mais claro ainda quando declarou aos chefes das

Milícias: "Não lhes peço que tragam gente, peço-lhes que digam: Nós trucidamos terroristas." E nas prisões, ele procura os nossos camaradas que escaparam ao pelotão, para executá-los ou entregá-los aos alemães que, por sua vez, estão fuzilando às dezenas, quase diariamente, em Bordeaux, no Havre, em Lille, no Monte Valérien.

Villars põe a cabeça entre as mãos.

— Uma hecatombe! — murmura.

Thorenc começa a ler e estremece diante da lápide de papel com o nome de Karen Luber, irmã de Stephen.

Ele recorda a noite que passou com ela no apartamento de Isabelle Roclore onde ambos estavam escondidos.

Karen foi presa em Paris, juntamente com Manouchian que substituíra Stephen Luber à frente dos FTPF da Mão-de-Obra Imigrante. Ela reagiu. Feriu quatro policiais franceses que a perseguiam, depois que ela matara um coronel alemão. Cercaram-na em uma cave onde estava escondida, e dispararam várias balas em cima dela.

Após algum tempo, Thorenc tem a impressão de que já não estar sentado em volta da mesma mesa que Pierre Villars, o doutor Étienne e o major Pascal.

Ouve-os. Eles falam do futuro, dos comitês de Libertação que devem ser criados em cada departamento, da escolha dos futuros comissários da República*, das oposições que existem dentro do Conselho Nacional da Resistência, da Frente Nacional, que Pascal diz ser uma invenção comunista, um biombo para esconder as manobras do Partido.

Queria escutá-los. Mas tudo isso que apaixona e divide homens corajosos, engajados na mesma luta, deixa-o indiferente como se uma grossa parede de vidro se interpusesse entre ele e os outros.

Está de volta àquela noite com Karen Luber, em novembro de 1940. Sente a mesma perturbação que sentiu então diante da jovem magra, loura, de olhos negros.

---

* Representantes do Estado nos departamentos franceses. (N.T.)

Agora, ele imagina aquele corpo sofrendo de punhos cerrados, apesar da dor, os golpes que lhe desfecham nas costas feridas para que entregue os nomes de seus camaradas.

Mas ela se cala.

Então, será torturada de novo até não passar de despojos ensangüentados que serão jogados numa vala sem outra sepultura que não o nome numa folha de papel.

Bertrand levanta a cabeça.

Pelas janelas estreitas, ele vê o pátio da fazendola Ambrosini.

O sol de inverno estende sua luz pálida, um dourado diluído sobre o aprisco.

Vê Catherine Peyrolles encostada na parede.

Está embalando o seu filho.

Ela nunca lhe confiou a criança, mantém-se afastada como se temesse que ele a tirasse dela. Quando a deixa dormindo no quarto, fica sentada num degrau da escada como a impedir que alguém suba.

Apenas disse a Bertrand, sem olhá-lo sequer:

— Dei-lhe o nome de Max.

O nome de guerra de Jean Moulin.

Bertrand ficou paralisado, mas, no instante em que ia confessar o que sentiu ao ouvir os primeiros vagidos do filho e o que sentia toda vez que o via, ela já se afastara.

— Os jornais dos diferentes movimentos deveriam publicar as últimas cartas de nossos companheiros, suas declarações diante dos juízes — sugere o major Pascal.

Ele cata um caderninho de notas nos bolsos e o folheia:

— Martial Brigouleix, chefe do Exército Secreto no Departamento de Corrèze, fuzilado no Monte Valérien com outros cinqüenta companheiros nossos. Olha o que ele escreve: "Conservem o moral à altura do nosso. Que a vida seja mais bela depois!... Viva a França!"

Pascal está emocionado.

— São palavras que fazem estremecer — murmura ele. — Até os juízes alemães ficaram abalados. Tony Ricou, de Combat Nord, declarou diante do tribunal de Sarrebrück: "Não sinto nenhum ódio pela Alemanha... E não foi seu grande poeta Schiller quem disse: 'Antes da vida, existe a honra'?" E no mesmo dia, André Morel citou Fichte: "'Diante da ocupação, mantenha-se firme e resista...' É o que estamos fazendo, nem mais nem menos."

Pascal tosse para limpar a voz. Diz que conheceu muitos companheiros e poderia citar dezenas de frases análogas.

— É preciso que o país as conheça — insiste ele —, elas pertencem a ele. É nosso patrimônio comum!

Thorenc retoma a leitura. A Organização Civil e Militar foi dizimada. Lévy-Marbot está escondido. É um milagre não ter sido preso. Geneviève Villars desapareceu. Delpierre conseguiu escapar à polícia alemã, mas está gravemente ferido.

— Estamos todos acuados — comenta Villars. — Meu irmão Philippe foi obrigado a deixar Lyon. Está escondido num vilarejo do Drôme. A Gestapo dispõe de nossas descrições físicas, e sem uma reação imediata e eficaz de...

Indica Thorenc e, depois, o doutor Étienne.

Bertrand ergue a mão. Olha para Catherine Peyrolles que agora anda no pátio, para lá e para cá, e passa e repassa diante das janelas, com a cabeça do bebê reclinada no ombro.

— Catherine e o bebê não devem continuar aqui — declarou ele. — É preciso encontrar um refúgio onde a criança fique em segurança.

Pierre Villars afasta os braços. Doutor Étienne observa que a fazendola Ambrosini é isolada, e os caminhos que dão acesso a ela estão guardados pelos homens do maqui do Lago Noir.

— Você acredita que com algumas espingardas, uma dezena de metralhadoras de mão e outros tantos revólveres eles vão conseguir enfrentar um batalhão da SS ou centenas de milicianos? — objeta Thorenc.

Os outros não respondem.

Ele percebe que essa verdade os incomoda. Preferem mencionar uma vez mais, com entusiasmo, o desfile de 11 de novembro, os maquis do Ain que isolaram a cidade de Oyonnax durante algumas horas e percorreram as ruas fardados, com bandeira e guarda de honra à frente. O comandante do maqui, coronel Romans, depositou um ramo no monumento aos mortos. Tinha a forma de uma Cruz de Lorena e a inscrição: "Os vencedores de amanhã são os de 1914-18." Toda a população se reuniu, cantou *A Marselhesa* e aplaudiu os maquis.

O major Pascal levanta-se, caminha ao redor da mesa, e posta-se diante da lareira.

— É claro — diz ele — que é preciso deixar o filho de Catherine ao abrigo, mas o maqui do Lago Noir tem meios de se defender. Embora precise ser comandado por um chefe militar, e não por dois homens corajosos, mas, tecnicamente, deficientes.

Volta para perto da mesa.

— Cá entre nós — continua ele em tom mais baixo —, Salgado e Minaudi são dois comunistas. Sou tão favorável à colaboração leal com os comunas quanto me recuso a ser comandado por eles e permitir que assumam a direção das operações militares, como acontece aqui.

Pierre Villars empertiga-se, enrubescido.

— Você sabe o que Darnand diz? — investe ele com veemência. — "Para mim, não faz diferença que sejam antigos oficiais, comunistas ou anarquistas, pois encontramos a influência comunista em todas essas organizações. Não há maquis bons ou maus." Quem diz isso é Darnand! Queira você ou não, para ele, você é tão comunista quanto Salgado e Minaudi. É um bandido, um terrorista. E sei muito bem que alguns pensam como você, e a Gestapo é que sai ganhando.

O major precipita-se contra ele, aos berros. Thorenc e Étienne interpõem-se.

— Na região de Bordeaux — retoma Villars —, prometeram a um chefe da OCM tratar bem alguns grupos não-comunistas, desde que entregassem à Gestapo as armas lançadas de pára-quedas e a deixassem destruir os maquis comunistas. Os alemães até libertaram alguns resistentes presos, em troca das armas e munições que estavam estocadas para atender à insurreição. Isso é um engodo, Pascal!

O major avança, estica o braço. Treme de raiva.

— Você, Pierre Villars, sua coragem eu respeito. Não duvido do seu patriotismo, mas não conheço suas idéias políticas. Você foi ligado aos comunistas. Quanto a mim, fui da Cagoule. Todo mundo sabe. Estou pouco ligando. Mas você, Villars? Nós conhecemos os métodos comunistas: eles se escondem atrás da Frente Nacional, infiltram-se nos movimentos e tomam conta deles. Talvez você seja um agente do Partido, Villars! Mas eu, eu que sou a favor de uma cooperação leal, quero saber para onde vamos. Amanhã, depois da Libertação, não quero viver num país governado pelos soviéticos. Pois não esqueci nada, Villars, nem o pacto germano-soviético, nem a longa inércia dos comunistas entre 1939 e 1941, para ficar só nisso!

Pascal abaixa o braço.

— Depois, o sangue dos mártires encobriu tudo isso, mas eu lhe digo: eu continuo em guarda, e não sou o único. E, por favor, não me venha falar de *pacto* com a Gestapo!

Thorenc observa Pierre Villars cujos lábios tremem.

Está pálido. Diz que não responderá, pois desde 1940 a unidade da Resistência é seu único objetivo e ele luta para libertar a nação. Depois, quando os alemães forem expulsos, o povo decidirá sobre o regime político que deseja. É este o pensamento do programa de De Gaulle, a quem Villars se mantém fiel. Não está entre os que escolheram Giraud ou foram visitar os ministros de Pétain.

— Nem eu! — replica o major.

Thorenc segue com os olhos Catherine Peyrolles que afaga e beija a carinha de Max.

Não quer pensar em outra coisa senão nela e na criança. Não pretende responder a Villars que não desistiu de lançar mão da velha calúnia difundida por Vichy, segundo a qual ele, Thorenc, teria negociado com Cocherel, assessor direto de Pucheu, ministro do Interior.

Sente comiseração ou, antes, desprezo, por Villars e pelo major Pascal. O que eles evocam já está tão distante! Querem repartir o futuro e ainda falam do início dos anos 40! Stalin não é mais aliado de Hitler, mas o vingador de Stalingrado! Pucheu, agora, já não escolhe os reféns que os alemães devem fuzilar; está numa prisão da Argélia à espera de ser julgado. Um corpo expedicionário francês luta na Itália ao lado dos ingleses e dos americanos. Os oficiais que o comandam eram pró-Vichy até novembro de 1942. E naquela época, alguns deles mandaram abrir fogo contra os americanos que desembarcavam em Marrocos e na Argélia.

Quem pode prever o que vai acontecer depois do dia D? Talvez De Gaulle, que conseguiu afastar Giraud e criar uma Assembléia Consultiva, um esboço de governo, em Argel, consiga impedir que os americanos administrem diretamente a França? Mas talvez alguns prefiram alijá-lo, então? E também se pode temer um confronto entre resistentes "vermelhos" e "brancos", com os franceses se digladiando entre si, como acabam de fazer Villars e Pascal. Loucura! Loucura!

Thorenc abaixa a cabeça.

— É preciso encontrar um refúgio para o filho de Catherine — repete ele.

Faz-se um longo silêncio.

Pascal e Villars voltam a seus lugares em torno da mesa.

O doutor Étienne murmura, acabrunhado, que não imaginava tais oposições entre franceses que enfrentam o mesmo inimigo.

E informa que, em relação a Catherine e a criança...

Bertrand o interrompe:

— Ninguém quer saber o endereço. Que Étienne leve pessoalmente Catherine e Max para esse refúgio.

Villars e Pascal aprovam.

Calam-se por um bom tempo.

A luz do dia se vai, e a penumbra invade a sala.

Os dias são curtos como a vida, nesse mês de dezembro de 1943.

Thorenc pensa na carta de Pierre Brossolette da qual Villars lera-lhe algumas frases.

Lembra-se desse jornalista que ele e Delpierre encontravam antigamente nas coletivas de imprensa. Os três foram alunos da Rua d'Ulm.

Sarcástico, sempre jogando para trás com um gesto rápido a mecha branca que repartia seus cabelos ao meio, Brossolette era, sem dúvida, o mais brilhante dos três. Foi para Londres, tornou-se um dos chefes do BCRA e estava de volta a Paris, em missão.

Thorenc sente que o que Brossolette escreve vale para todos os clandestinos:

"Para terminar, digo-te que há oito dias estou em estado de 'grande alerta'. Nossos amigos que têm contatos na Gestapo me preveniram que, neste momento, ela demonstra uma consideração muito especial por mim, que inclui ratoeiras de luxo e vigilância em grande estilo. Estou muito atento. De resto, a noite tem caído cedo. O que, aliás, nos salva a todos. Se estivéssemos em agosto, cairíamos todos na esparrela ou estaríamos reduzidos à inação. Viva a noite, pois!"

A porta se abre.

Thorenc vê Catherine entrar com o filho no colo.

Quando passa diante da lareira, ele tem a impressão de que ela caminha no meio das chamas.

16

Thorenc inclina-se para frente, enfia a cabeça nos ombros como se quisesse que o frio que o envolve desde que se sentou na beira da cama não o enregelasse, mas escorresse por sua nuca e suas costas.

Ele está tiritante. Arrepende-se de ter levantado num pulo e afastado as cobertas. Mas teve a impressão de que o chamavam.

Escuta.

Ouve apenas o surdo rumor da neve que continua a cair.

Terá sonhado? Procura lembrar.

A voz vinha do pátio da fazendola Ambrosini. Abafada como se alguém quisesse ser ouvido sem ter coragem de gritar. Antes um lamento, uma súplica, que um chamado.

E, no entanto, ele deu um pulo e empunhou a arma que estava embaixo do colchão.

Depois, nada além dessa impressão de que o silêncio se adensa, torna-se consistente como se os flocos de neve sussurrassem antes de se acumular e abafar qualquer ruído.

Ele não se mexe.

Desde que Catherine Peyrolles deixou a fazendola, ele acordava toda noite, assim, sobressaltado.

Às vezes, pensava ouvir o barulho de um motor, quando não, rumores de passos e vozes.

Imaginava que os SS e os milicianos cercariam a casa, e pulava da cama. E então, sentava-se para constatar mais uma vez que havia sonhado. Sentia-se sonolento. Não conseguia frear o desencadeamento de imagens e de pensamentos que o dominava.

A seqüência é sempre a mesma.

Primeiro, ele recorda os últimos comunicados da BBC transmitidos tarde da noite, pois é o último a se deitar, às vezes às duas ou três da madrugada, quando Gaston Ambrosini, Régis, Aldo e, finalmente, Julia já deixaram a sala.

Sobe quando o fogo se apaga e o frio o vence.

Deita-se sem tirar os sapatos. Esconde o rosto sob as cobertas. Tem a impressão de que assim, com pouco ar, entre desfalecimento e sono, vai dormir melhor. Mas, ao cabo de alguns minutos, afasta as cobertas num gesto instintivo e respira fundo.

Queria dormir, mas não consegue afastar da mente as notícias a cada dia mais surpreendentes: Mussolini, libertado pelos SS de Skorzeny, cria uma República Social no norte da Itália e ordena a execução do próprio genro, o conde Ciano. É então que homens ligados a Pétain, os generais Laure e de La Porte du Theil, mudam de opinião, são presos e deportados, enquanto o Marechal, impávido, continua a passear nos jardins de Vichy.

Em seguida, vêm as lembranças — sempre a mesma cena: Julia Ambrosini, carregando o filho de Catherine Peyrolles, aproxima-se e diz:

— Você nunca beijou o nosso pequeno Max, tem medo de crianças?

Ela lhe estende Max, e ele hesita em segurá-lo.

De repente, a voz seca de Catherine:

— Vamos embora, doutor Étienne está esperando.

Ela se interpõe entre Thorenc e Julia, pega a criança e se afasta.

— Essa Catherine sabe o que quer — comenta Julia. — Será que ainda os veremos de novo?

Julia corre para o pátio, estreita contra si a jovem mulher e a criança.

Thorenc aproxima-se. Queria trocar pelo menos um olhar com Catherine, entrever o rostinho de Max, mas eles já estão no carro que arranca e sai do pátio.

* * *

Foi nesse dia que começou a nevar.

Pierre Villars e o major Pascal partiram no fim da tarde: um precisava voltar a Paris; o outro, a Marselha.

Não se apertaram as mãos. Pascal saiu primeiro, e Villars esperou que ele estivesse longe para pegar a estrada.

Os picos embranqueceram, mas a terra em volta da casa ainda continuava de um vermelho escuro, e a neve demorou vários dias para cobri-la inteiramente.

Thorenc espera a volta do doutor Étienne. Não consegue deixar de entrar pelo menos uma vez por dia no quarto que Catherine ocupava. Olha o berço feito de um barril cortado no sentido vertical, forrado de palha. Nunca viu Max dormindo ali. Imagina que Catherine não lhe falou mais depois do nascimento da criança, para mostrar que queria ignorar a presença dele, sua existência mesmo. Na mesinha diante da janela, ele encontra um caderninho em que ela escreveu — copiou, certamente — estes seis versos na primeira página:

Há toda a indecifrável
felicidade em cada face
Há contra as alvuras
mãos que se armam de seu sangue.
Há como que um sortilégio
num nome de mulher ou de criança. *

Ele vira as páginas, todas em branco. E é como se visse a ausência.
Põe o caderninho no bolso.
E sai como um ladrão, fugindo pelo campo coberto de neve.

* * *

* No original: *Il y a dans chaque visage // tout le bonheur indéchiffrable // Il y a sur toutes les neiges // des mains qui s'arment de leur sang. // Il y a comme un sortilège // dans un nom de femme ou d'enfant.* (N. T.)

No platô, os maquis só saem das grutas que rodeiam o Lago Noir para apanhar lenha ou descer à fazendola para comprar farinha e, vez ou outra, um carneiro.

— Quando as pessoas estão com fome, elas perdem a cabeça — observa Gaston Ambrosini —, não sabem mais o que fazem.

Conta que as fazendolas, na outra vertente do platô, foram saqueadas, e os rebanhos, dizimados. Os camponeses acusam os maquis do Lago Noir de explorá-los. Alguns dizem que foram extorquidos, que receberam certificados de confisco em troca de sacos de cereais e gado.

Gaston Ambrosini abaixa a cabeça.

— Tem sempre um camponês que vai achar muito injusto isso — diz ele. — Vai querer se vingar. E você sabe o que ele vai fazer.

Os milicianos, os patrulheiros, os GMR e os SS estão percorrendo as estradas da região. Querem esquecer a lembrança das manifestações ocorridas aqui e ali, em 11 de novembro de 1943, e deixar um rastro de sangue em toda parte.

É preciso que o terror impere.

Eles dispõem de informações precisas. É aí que está a vingança dos que se sentem espoliados.

Alemães e milicianos atacam centenas e centenas de maquis. Furam os olhos dos que sobrevivem, depois fuzilam não só os militantes dos maquis, mas os camponeses também e, entre estes, talvez até o próprio informante.

Uma noite, um caminhão parou na entrada do pátio. De arma na mão, Thorenc precipitou-se escada abaixo a fim de tentar resistir e ganhar tempo para que os Ambrosini fugissem da fazenda e fossem prevenir o maqui do Lago Noir.

Então ouviu vozes alegres que gritavam por Salgado e Minaudi. Abriu a porta e viu os vultos que se adiantavam debaixo de neve, enquanto o caminhão já se afastava.

Uns quinze homens entraram na casa. Um deles se adiantou e parou diante de Thorenc:

— Ainda estou vivo, e você também!

Julia Ambrosini jogou umas toras na lareira, e as chamas iluminaram o rosto de Stephen Luber, o do abade François Vivien e dos homens que haviam fugido da prisão de Puy, dois dias antes.

— Setenta! — exclamou Luber.

Mas a grande maioria já se reunira aos maquis de Auvergne e do Monte Meynier.

Os homens contaram como um dos guardas da prisão fez contato com a Resistência e conseguiu que um grupo de sete francos-atiradores entrassem no presídio e neutralizassem os GMR de guarda.

Thorenc observou Stephen Luber cujo rosto expressava uma violência contida, mas inquietante. Os cabelos não passavam de uma rala grama loura, quase branca. As sobrancelhas também foram raspadas, embora as arcadas superciliares formassem duas arestas vivas.

De início, Thorenc se surpreendeu com o mutismo de Luber. Tentou trocar algumas palavras, mas o outro virou a cabeça, designando o abade François Vivien.

— Você se responsabiliza por este homem? — perguntou.

— Ele estava preso com você, não é? — respondeu Thorenc e depois mencionou que o abade o escondera na casa da própria mãe.

Laure Vivien havia sido presa pelos alemães. O abade também salvara três meninas judias que estavam refugiadas na casa de sua tia Victorine Jallez.

E calou-se, deixando a frase em suspenso, sem coragem de contar o que acontecera.

— Ter sido preso não prova nada — replicou Luber. — A Gestapo costuma introduzir agentes nas celas. Eles escutam. Estimulam confidências. Às vezes chegam até a ser um pouco torturados para inspirarem confiança. Os alemães podem até permitir uma fuga para localizar os resistentes, os maquis, identificar as redes e organizar as buscas.

* * *

De braços cruzados, Vivien ouviu Luber sem interrompê-lo, nem se indignar com as suspeitas lançadas contra si.

Thorenc fez um gesto irado. A velha animosidade que nutria pelo alemão despertou.

Virou-lhe as costas, apertou as mãos dos dez homens que se aqueciam diante da lareira, tomando aos bocadinhos a sopa que Julia Ambrosini lhes serviu.

Pensou em Karen, a irmã de Stephen Luber, morta. E recriminou-se por essa atitude, lembrando-se de tudo que o próprio Luber sofria, suportava, há mais de dez anos, da força que precisa para sobreviver, sempre perseguido, tendo de desconfiar de todos, tendo escapado à morte graças apenas a sua própria diligência, à sua dureza. Essa vida explicava o cinismo, a suspeita que ele alimentava permanentemente em relação a todos.

— Sua camarada Catherine Destra, a que atirou no comissário Dossi na Rua de la Joliette, em Marselha — perguntou-lhe Thorenc. — Que foi feito dela?

Luber olhou-o fixamente:

— Matamos Dossi, finalmente — respondeu. — Na casa dele.

— E Catherine Destra?

Luber se levantou sem responder e sem tirar os olhos de cima do jornalista.

Bateu palmas para pedir silêncio e disse que agradecia em nome da Frente Nacional a acolhida que os FTPF receberam. Agora, iam subir ao maqui. Eram combatentes sem uniforme, mas iam-se mostrar mais disciplinados e mais combativos que uma tropa de exército regular.

Abriu os braços como se quisesse empurrar para fora os homens que ainda se demoravam diante da lareira.

O vento trouxe flocos de neve para dentro da sala.

Os homens se amontoaram diante da porta, vacilando em sair, mas Stephen Luber lançou um "Vamos, camaradas!" que era uma ordem, e todos mergulharam na noite riscada de neve.

François Vivien hesitou. Thorenc segurou-o pelo braço e o puxou para trás.

O abade olhou-o espantado.

— O senhor fica aqui — murmurou Bertrand.

Era uma intuição que não sabia explicar, mas tinha certeza de que devia agir assim.

Luber se voltou. Olhou para Vivien, depois para Thorenc, e adiantou-se:

— O padre fugiu conosco. Ele fica conosco.

Vivien soltou o braço devagar.

— Naturalmente, naturalmente — repetiu ele dirigindo-se para a porta.

Thorenc o viu afastar-se atrás dos vultos que desapareciam rapidamente na neve.

17

Thorenc soergue-se. Desta vez não foi sonho. Alguém acaba de chamá-lo.

Levanta-se, vai até a janela, abre-a.

Cai uma neve densa que dá uma cerração acinzentada à noite.

Ele se debruça. E, de novo, a mesma voz.

Distingue, enfim, o vulto diante da porta da casa. Parece um espantalho negro agitando os braços.

Reconhece o abade Vivien. Acena-lhe, calça rapidamente os sapatos, e desce.

Vai abrir a porta, quando se dá conta de que empunha o revólver na mão esquerda. Enfia-o na cintura, sob o suéter.

O abade entra. Sacode-se. A boina e o casacão forrado de pele de carneiro estão cobertos de flocos de neve. A barra da sotaina, enlameada.

Thorenc atiça o fogo; súbito as brasas iluminam a sala com uma luz avermelhada, e surgem as primeiras labaredas.

Vivien junta-se a Thorenc em frente à lareira.

Ele sorri, mas tem o rosto lívido; às vezes fecha os olhos como se quisesse não ver mais.

— Eles me julgaram — murmura.

Thorenc segura-o pelos ombros, sacode-o, força-o a abrir os olhos.

— Fui condenado à morte — continua o abade. — Queriam me fuzilar. Afinal, largaram-me numa gruta. Eu fugi.

Vivien abaixa a cabeça.

— Não por mim, nem por minha vida... — continua.

Apóia as duas mãos na parede acima da lareira como se quisesse absorver todo o calor.

— Algumas pessoas disseram a Stephen Luber que levei os alemães à clínica do doutor Boullier. Elas me viram no local.

Empertiga-se, vira-se para Thorenc.

— Minha vida pertence a Deus — diz ele. — Mas há um outro homem, um italiano, Tornari, um pedreiro de Clermont-Ferrand que eles dizem ser espião, um provocador trotskista.

Afasta as mãos e sacode a cabeça repetindo, de olhos arregalados, a voz horrorizada:

— Trotskista! Stephen Luber insistiu que os trotskistas sempre foram aliados dos hitleristas.

Vivien cai sentado na beira da lareira e deixa pender a cabeça, a testa quase tocando os joelhos.

— Fomos julgados por três homens. Outros vieram declarar suas suspeitas. Em 1936 ou 37, Tornari presidira um comitê pela defesa das vítimas de Stalin. Tornari não negou, rebateu dizendo que combatia os fascistas na Itália desde 1920, e foi por isso que se exilou, pois um tribunal fascista o condenara à morte em 1926. Mas Luber afirmou que não podiam confiar num trotskista que, em 1939, havia conclamado os comunistas a se oporem a Stalin e à URSS. Os três juízes votaram pela pena de morte erguendo as mãos. Quanto a mim, houve uma abstenção, mas Luber disse que um comunista jamais se abstém: era absolvição ou condenação. Então, o que se absteve mudou de idéia e votou também pela pena morte.

Ergue-se subitamente.

— Vão fuzilar o italiano — diz ele agarrando Thorenc. — Temos de voltar lá em cima. Precisamos tentar salvá-lo.

Sacode Bertrand que o afasta.

— Se ele morrer... — murmura o abade.

Persigna-se.

— Só fugi para lhe avisar — acrescenta.

Thorenc abre a porta e depara com Stephen Luber e dois homens armados de metralhadoras de mão.

— Ele foi julgado — diz o alemão indicando o padre.

Bertrand dá um berro e, num salto, agarra Luber pela garganta empurrando o cano do revólver contra as costas do alemão.

Joga-o no meio da sala, sob o olhar apavorado dos dois maquis.

— Faltava o meu testemunho — diz ele. — Você vai deixá-lo aqui tranqüilo.

Ouvem-se passos. Thorenc percebe que Gaston Ambrosini e os filhos acabam de descer. Ordena-lhes que desarmem os dois maquis. Ameaça atirar em Stephen Luber.

Vê Régis colocar as metralhadoras em cima da mesa, fora do alcance dos dois homens.

— Você está louco! — grita para Luber. — Quero que soltem o italiano. Você não tem o direito de vida e morte!

Stephen Luber volta-se ligeiramente para ele.

Thorenc empurra-o com violência e obriga-o a se sentar.

O alemão olha-o com ar de desprezo.

— Você é um aristocrata, Thorenc — diz ele —, mas pensa como um pequeno-burguês. Não compreende nada da luta política, do que está em jogo nesta guerra.

— Liberte esse homem! — repete Thorenc.

Luber dá de ombros.

— A sentença já foi executada — responde.

Thorenc sente como se houvesse recebido uma punhalada em pleno peito. Tem a impressão de conhecer toda a vida de Tornari, de poder imaginar cada episódio dela: a luta contra os fascistas na bacia do Pó, os *squadristi* que o perseguiam, o exílio, a indignação diante dos crimes de Stalin e da aliança da URSS com Hitler, o assassinato de Trotski pelos soviéticos, e a opção pela Resistência aos nazistas, a prisão em Puy, talvez a tortura, a fuga; finalmente, esse bafejo de esperança, quando, bruscamente, esses camaradas viram carrascos e terminam o trabalho que os juízes fascistas apenas começaram...

* * *

Um sentimento de injustiça aperta-lhe a garganta.

Desfecha uma violenta coronhada na nuca de Stephen Luber, que desaba em cima da mesa.

Faz sinal para que os dois homens que assistiam à cena com ar desarvorado peguem suas armas e vão embora. Eles hesitam; um deles murmura que só estava obedecendo ordens — indica Stephen Luber com a cabeça —, mas que se entristece com tudo isso.

Por um instante, Thorenc sente-se abatido. Tem vontade de fugir para longe dessa selvageria.

Olha ao redor. Gaston, Régis, Aldo, os dois maquis, o abade Vivien, todos têm os olhos fixos nele. Precisa agir. Precisa falar.

Mostra Luber. Ordena que o levem para o maqui.

— Guardemos nossas balas para os SS e os milicianos — acrescenta. — Vamos precisar muito delas.

Envergonha-se por dizer tais obviedades, mas surpreende-se com a aprovação ruidosa e entusiasta com que são recebidas.

Os dois maquis aproximam-se e, antes de levantarem Luber, dão uma "gravata" amiga em Thorenc.

Gaston Ambrosini, Régis e Aldo aproximam-se e, por seu turno, felicitam Thorenc. O abade Vivien reza de mãos postas.

Os maquis saem com Luber.

Thorenc os segue, dá alguns passos pelo pátio, olha a neve que cai.

Terceira Parte

18

Thorenc caminha lentamente na neve imaculada que cobre o platô.

O sol já ilumina a elipse do Lago Noir, mas ainda não ultrapassou a crista dos penhascos. As escarpas permanecem na penumbra. Contudo, Bertrand pressente que os homens já estão lá, na frente das grutas. Acenderam fogueiras. As chamas iluminam suas silhuetas, e rumores de vozes atravessam o lago amplificados pelo eco.

Thorenc pára. Ainda não o viram. Sente-se tentado a retroceder, a voltar à fazendola Ambrosini e ao calor da sala grande.

Esta manhã, Gaston Ambrosini e o abade Vivien tentaram convencê-lo a não subir ao Lago Noir.

— Luber é um boche — resmungou Gaston. — Comunista, ainda por cima. Vai atirar em você. Esse sujeito detesta você, a gente sente isso.

O abade acrescentou que era preciso dar o tempo do remorso a esses homens que julgaram e mataram, o tempo que dá a consciência da falta.

— Se você os provocar com sua presença, eles vão se obstinar no ato que cometeram.

— Vão matar você — enfatizou Julia Ambrosini. — E a partir do dia em que você não estiver mais lá, o que eles não farão? Vão virar bandidos!

Jacques Bouvy, que acabava de chegar de Lyon, ouviu em silêncio, a princípio; depois, quando Thorenc saiu, ele saiu junto e foi caminhando ao lado na esperança de convencê-lo de que a execução do italiano fora de fato uma tragédia, um escândalo, mas, mesmo assim, seria tragada pela torrente de acontecimentos, de modo que não valia a pena dar demasiada importância ao caso.

Bouvy contou que atos semelhantes aconteciam aqui e ali. No maqui de Saint-Rémy, o capitão Marat também executou três trotskistas que fugiram com Luber da prisão de Puy. Em Marselha, durante uma evasão, os comunistas espanhóis deixaram dois anarquistas nas celas, embora houvessem sido presos por atos de Resistência. Tais comportamentos revelavam a realidade dos comunistas, lembravam que era preciso vigiá-los, efetivamente, contê-los, mas, por outro lado, convinha não se deixar obcecar por esses comportamentos, na verdade, pouco freqüentes. Eram dolorosos, mas não mudavam o sentido da guerra. Como disse De Gaulle: "O que está em jogo é a condição humana."

— E começamos pelos homicídios! — objetou Thorenc.

Bouvy parou e deu um pontapé colérico no muro.

Depois de quase quatro anos de combate, era-lhe insuportável ouvir tais palavras!

— É a guerra, Thorenc! Ou eles ou nós! E "nós" inclui Stephen Luber, Minaudi, Salgado. "Nós" inclui todos os que não suportam mais os nazistas, todos os que lutam pela Libertação, é isso! Você é um chato, Thorenc!

Bertrand continuou a andar e Bouvy gritou que se Luber o matasse, ele, Bouvy, não tinha mais lágrimas para chorar as mortes inúteis. Guardava-as para chorar os verdadeiros mártires.

Mas acabou por correr atrás de Bertrand, segurou-o pelos ombros e pediu que refletisse, que não envenenasse as relações com os comunistas.

Havia gente demais à espreita, esperando apenas uma fragmentação, o desmoronamento mesmo da Resistência. No Sudoeste, a Gestapo já havia manobrado direitinho alguns chefes da OCM. Portanto, no justo momento em que a repressão recrudescia, eles deviam manter-se unidos.

Bouvy voltou a andar, ofegante, ao lado de Thorenc.

Disse que Darnand tornou-se secretário de Estado para a Manutenção da Ordem. Era ele quem nomeava os chefes de polícia, criava cortes marciais. Seus homens acabavam de assassinar um casal de velhinhos, Victor Basch e a mulher Hélène, porque esse sábio de oitenta anos fora presidente da Liga dos Direitos do Homem. Até os alemães hesitaram em matá-los.

Os milicianos é que o fizeram e largaram os corpos dos dois velhinhos na beira da estrada.

Bouvy repetiu:

— Eles prestaram juramento a Hitler. São até piores que os SS.

Já haviam começado a cercar o maquis dos Glières e o do Vercors. Darnand agrupou centenas de milicianos e de GMR. Assassinavam os camponeses suspeitos de ajudar os maquis, queimavam as fazendolas, matavam as crianças, as mulheres.

— E você quer perder tempo com a sorte de um trotskista?

Bouvy deu uma risada irônica e passou o braço em torno dos ombros de Thorenc acrescentando que, apesar de tudo, estava pronto a acompanhá-lo. Ia dizer aos homens do maqui que eles faziam parte do Exército da Libertação; portanto, havia uma estratégia de conjunto e regras a serem respeitadas.

— Se estivermos juntos, Luber não ousará matar você. Se você for sozinho, ninguém vai defendê-lo e, mais tarde, quando você for julgado, se for julgado... serão todos solidários ou cúmplices, como preferir. Portanto, vou com você, mas é burrice.

Thorenc parou. Disse que queria subir sozinho. Pretendia falar sozinho aos maquis.

Bouvy o encarou:

— Afinal de contas, se matarem você, será uma outra maneira de encerrar o incidente. Pois então, vá, Thorenc!

E acrescentou:

— Mas, se não lhe matarem, você vai assumir a chefia do maquis do Lago Noir — sua risada ressoou na aurora que nascia. — Sua estratégia é arriscada, mas esperta.

E repetiu:

— Vá, Thorenc!

Bertrand está contornando as margens do Lago Noir.

A penumbra que escondia as grutas desfaz-se de repente e os homens surgem à luz do sol como se entrassem em cena subitamente.

Ele reconhece Salgado e Minaudi, depois, sozinho, na frente, Stephen Luber com uma atadura branca em volta da cabeça.

Thorenc percebe que eles o viram. Aproximam-se de Luber, rodeiam-no, e as vozes eclodem aos borbotões, repercutindo na neve, ao redor de Thorenc.

Ele pára. Vê o largo rastro que sai das grutas: um traço marrom que leva a um retângulo de terra vermelho-escuro. Ao redor, a neve é parda e cheia de pegadas.

Portanto eles o mataram e enterraram ali.

A neve que caiu tão cerrada durante a noite, na fazendola Ambrosini, poupou o platô, deixando esse rastro endurecido na terra descoberta.

Thorenc o percorre.

Pode reconstituir a cena seguindo essas pegadas.

Dois homens agarraram e com certeza arrastaram o italiano. A malta veio atrás.

Ele pára à beira do retângulo e fica um bom tempo imóvel, tentando imaginar o rosto e os pensamentos desse homem. O italiano, entretanto, estava informado dos crimes cometidos por ordem de Stalin, tanto na Rússia, como na Espanha. Sabia a sorte que estava reservada aos trotskistas em toda parte, inclusive ao próprio Trotski, que teve o crânio esmagado a golpes de picareta. Mas, em seus piores pesadelos, nunca deve ter imaginado acabar assim: depois de uma fuga, pelas mãos daqueles que ele deveria considerar seus camaradas.

Thorenc ouve os homens se aproximarem. Estão calados, mas os passos calcam a neve.

Ele sabe que chegaram às suas costas.

Vira-se.

Salgado e Joseph Minaudi estão na primeira fila, entre esses trinta homens de rostos tisnados.

Distingue Luber a alguns passos atrás. O alemão carrega a metralhadora no ombro. Pode atirar. Durante anos, estiveram tão freqüentemente em oposição ! O que é um morto a mais ou a menos numa guerra?

Thorenc dá um passo à frente. Já não enxerga os homens.

Foi como se o sol explodisse numa miríade de facetas, com a esmeralda do Lago Noir engastada no meio.

— Este é o nosso maqui — começa Salgado. — Nós é que decidimos...

Thorenc levantou a mão e abaixou-a lentamente, mostrando a terra, a neve pardacenta. Salgado cala-se.

— Quem quer que tenha matado esse homem — diz Bertrand —, quaisquer que tenham sido as circunstâncias de sua morte aqui e os motivos invocados para condená-lo, a história dirá que ele tombou vítima de nosso inimigo, o fascismo.

Sua voz treme, mas as palavras saem espontaneamente. Concatenam-se sem que ele precise refletir.

— O fascismo — continua ele —, o nosso inimigo, contra o qual devemos lutar juntos, em toda parte, inclusive aqui. Precisamos expulsar o fascismo, expulsá-lo da França e de nossas cabeças!

Já não enxerga os rostos.

Recua um passo. O sol não o ofusca mais. Vê os homens voltados para ele, ansiosos, sem hostilidade.

As palavras agora se atropelam, mas ele as contém. Não ousa dizer os versos que Catherine Peyrolles lera para ele:

Acima dos tiranos roucos de mutismo
A nave silenciosa de vossas mãos
Acima da mesquinha ordem dos tiranos
A ordem das multidões e dos vastos céus. *

---

* No original: *Par-dessus les tyrans enroués de mutisme // Il y a la nef silencieuse de vos mains // Par-dessus l'ordre dérisoire des tyrans // Il y a l'ordre des nuées et des cieux vastes.* (N.T.)

Está tão comovido com a lembrança da voz de Catherine, que lhe tremem os lábios.

Repete:

— Esse homem foi vítima de nosso inimigo, o fascismo.

Pensa na frase de De Gaulle, que ouviu na BBC há alguns dias:

"A Resistência Francesa, na escuridão de seu calabouço, nas trevas da clandestinidade, pode dizer o que dizia o mártir ante o tirano: Minha noite não tem sombra."

Mas há esta terra revolvida, este corpo enterrado, a sombra desta vítima assassinada.

É esta sombra que precisamos expulsar.

Dá um passo adiante e a claridade ofusca-o novamente. Começa a cantar:

Aux armes, citoyens!
Formez vos bataillons!...

As vozes ásperas dos homens batem nas falésias e voltam mais fortes a Thorenc.

19

Thorenc estremece, recua um passo em direção à parede da gruta, encosta-se, afinal, e aperta os dedos contra as asperezas da rocha como se quisesse agarrar-se a ela para não escorregar e cair de joelhos nesta terra escura.

Abaixa a cabeça.

Régis Ambrosini está sentado no chão junto ao fogão onde as achas acabam de se consumir entre quatro pedras grossas; às vezes, algumas se partem num estalo, soltando uma súbita e rápida incandescência.

De vez em quando, Régis é sacudido por um tremor que ele tenta dominar. Segura a cabeça entre as mãos, encolhe braços e pernas, comprimindo-os contra o peito.

De repente, empertiga-se e retoma o relato. Interrompe-se de quando em quando para se enrodilhar de novo, reprimir um soluço que lhe aperta a garganta e reduz as palavras a um grito, um soluço.

Acalma-se.

Olha novamente para Thorenc e depois para Minaudi, Bouvy, Salgado e Stephen Luber que formam um círculo à sua volta.

Diz:

— Eles vão matar todos nós. Vão nos massacrar a todos.

Conta de novo como se não pudesse suportar o silêncio dos que o rodeiam:

— Não ouvimos quando eles chegaram. Depois, vi os dois caminhões na estrada mais abaixo. Eles subiram a pé. Cercaram a fazenda e foi então que ouvimos alguém gritar. Aldo e eu nos levantamos. Reconhecemos a voz do doutor Étienne. Ele chamava, pedia que lhe abrissem a porta. Olhamos o pátio, da janela do quarto. Era lua cheia. O doutor estava em pé, sozinho. Ele nos viu e, subitamente, começou a gesticular e a berrar: "É a Milícia, é a Milícia!"

Régis parou, os olhos esgazeados. Parecia ver o doutor Étienne, ouvi-lo ainda. Acrescenta que ficaram tão espantados, Aldo e ele, que continuaram na janela e se debruçaram.

Sacode a cabeça e murmura:

— Não adiantava nada tentar alguma coisa. — O doutor gritou principalmente para aliviar a consciência, porque foi ele quem trouxe os milicianos aqui.

À beira das lágrimas, ele acrescenta num esgar:

— Não condeno ninguém. Talvez eu não tivesse essa coragem. E depois, ele agora está morto.

Funga e enxuga os olhos com as costas da mão.

— Quando ele gritou, os tiros foram imediatos. Vieram do aprisco, no fundo do pátio. O doutor Étienne caiu. Eles começaram a atirar na fachada da casa. Gritavam que iam pôr fogo na fazenda. Meus pais se levantaram. Meu pai disse para minha mãe se esconder na cave. E abriu a porta. Bateram na cara dele, nas pernas, e ele teve que se ajoelhar. Nós, meu irmão e eu, fomos empurrados contra a parede, com o abade Vivien. Depois, encontraram minha mãe e disseram que iam matar todo mundo se um de nós não viesse ao maqui dizer para vocês se renderem, se quiserem ficar vivos; do contrário, eles vão queimar todas as fazendas, todos os vilarejos que alimentam os maquis, e os SS vão chegar para atacar também, e tudo vai acabar como em Glières: num massacre. Eles me escolheram. Tenho que voltar dentro de cinco horas. Senão, eles vão matar os outros. Disseram que iam começar pelo abade, depois seria meu irmão, em seguida meu pai; minha mãe ficaria por último para sofrer. Estão instalados lá, começaram a saquear tudo, a degolar os carneiros...

Ele torna a falar, recomeça tudo como se temesse omitir algum detalhe; explica que viu o rosto do doutor Étienne todo machucado: deve ter sido torturado.

— O grito que ele deu... nunca mais vou esquecer aquela voz — resmunga Régis Ambrosini.

* * *

Thorenc agarra-se à rocha.

Será que Étienne também entregou Catherine Peyrolles e Max? E, se ainda estão vivos, onde estarão escondidos? O médico era o único que conhecia o esconderijo.

Durante alguns minutos, ele não ouve nada, nem sabe mais onde está.

Pensa que, nessas últimas semanas, costumava sair do maqui do Lago Noir para ir à fazendola, na esperança de ver o carro do doutor Étienne no pátio.

E sempre se demorava a voltar, a pretexto de ouvir os comunicados da BBC para informar os maquis sobre a evolução da guerra.

De fato, assim que chegava ao Lago Noir, os homens se reuniam a seu redor.

Quando comunicava que dois mil aviões haviam bombardeado Berlim, Hamburgo, o Ruhr, ou a entrada das tropas soviéticas na Polônia, na Romênia, ou então as sabotagens, os descarrilamentos que os ferroviários realizaram em Saint-Étienne, em Clermont, em Béziers, o bombardeio da prisão de Amiens que permitiu a evasão de dezenas de condenados à morte, e a revolta dos prisioneiros de Eysses, era interrompido por hurras. Os maquis brandiam as armas. E quando Thorenc mencionava as execuções, as prisões, o suicídio de Pierre Brossolette, o fuzilamento de dezenas de revoltosos de Eysses, os assaltos da Milícia e dos SS ao maqui de Glières, um surdo rumor se elevava, os homens cantavam de punhos erguidos: *Às armas, cidadãos!*, e alguns entoavam: *É a luta final...*

Depois, juntavam-se em torno de Thorenc e diziam:

— Queremos lutar, não podemos deixar nossos camaradas serem massacrados assim!

Seguido por Luber, Salgado, Minaudi e Bouvy, Thorenc entrava na gruta que servia de posto de comando. Ele repetia que o desequilíbrio de forças era grande demais para que pudessem sustentar operações ofensivas. Deviam pensar em se dispersar em pequenos grupos de uns trinta homens. Luber quase sempre concordava afetando um certo desprezo.

— O capitão tem razão — dizia.

Minaudi também era da mesma opinião. Falava dos combates na floresta das Ardenas, em maio de 1940. Eram só dois, o capitão Thorenc e ele, mas mataram um bocado.

Thorenc o interrompia para interrogar Salgado e Bouvy, que se mostravam reticentes.

Diziam que era preciso manter cidadelas da Resistência na retaguarda do inimigo, conseguir que os Aliados mandem pára-quedas com armas, talvez tropas até; lançar um apelo à mobilização a fim de que os homens da região acorram ao platô e depois atacar o inimigo que nunca ousaria aventurar-se nas trilhas que sobem até lá.

— No entanto, foi isso que os SS, os milicianos, os GMR fizeram em Glières — objetava Luber com a aprovação de Thorenc.

Assim transcorriam os dias. A neve derreteu. O doutor Étienne nunca mais voltaria.

Quando soube da execução de Manouchian, do suicídio de Pierre Brossolette — que se jogou do quinto andar da Avenida Foch, 84, para não falar —, Bertrand se convenceu de que o médico também fora preso.

E tentava de toda maneira — sem conseguir — escapar a essa obsessão, a essas imagens de milicianos cercando o carro do médico, obrigando-o a descer, sob a ameaça de metralhar todos, e Catherine com o pequeno Max no colo.

Parecia-lhe que Philippe Henriot falava deles, dos homens do maqui do Lago Noir, de Pierre e Philippe Villars, quando martelava com seu tom enfático:

"E agora zombem, senhores membros da Resistência, senhores chefes de bandos, senhores comunistas, zombem, e depressa! Pois o seu tempo está contado. Estão presos pelo pescoço. Temos nas mãos a prova do pânico e do desatino em que se encontram. Lyon, sua capital, acaba de ver o tacão de Joseph Darnand abater-se sobre a obstinada proliferação do crime bolchevique. Seus planos estão em nossas mãos. Sabemos os nomes de seus cúmplices, dos covardes que jogam nos dois campos!"

* * *

Essas palavras feriram Thorenc como sons metálicos.

A cada dia, mais ele se convencia de que os matadores, à medida que tomavam consciência da proximidade da derrota, redobravam seus crimes. Toda a atmosfera, mesmo ali, no alto deste platô varrido pelo Mistral, onde o céu era tão azul quanto os afrescos da Sistina, parecia empesteada de morte.

Na Rua Lauriston, eles furavam os olhos, arrancavam os dedos; Lafont organizava expedições nas províncias, em companhia de Bardet e Marabini, com dezenas de matadores recrutados entre os árabes da "corja" parisiense.

A algumas ruas dali, um tal doutor Petiot queimava os judeus depois de saqueá-los, enquanto Knochen, o chefe da Gestapo na França, oferecia prêmios a quem os denunciasse, esclarecendo que era preciso apanhar toda a parentela: "Os pais, os filhos, os filhos casados, os irmãos, as irmãs, os irmãos casados, as irmãs casadas, as crianças de tenra idade encontradas nas casas. Para apanhá-los em casa, era recomendado que levassem um parente... Deviam usar o maior número de pessoas da população judaica, se realmente quisessem expurgar os judeus do território."

Thorenc sentia horror e desgosto diante dessa loucura bárbara que dominara o país, a Europa toda, e dos milhares de seres humanos sacrificados assim: mil e duzentos num único bombardeio em Nantes, centenas em Rouen, em Boulogne-Billancourt...

— Se tivéssemos explosivos em quantidade suficiente — dizia Bouvy —, podíamos destruir mais e melhor, e teríamos cuidado com a vida dos franceses, ao passo que as bombas lançadas de cinco mil metros de altura, ninguém sabe onde vão cair...

Pétain e Henriot tentavam usar o desespero das vítimas contra os "anglo-saxões, os judeus-bolcheviques". Henriot chegou a proclamar: "Se você quer que a França viva, combata na Waffen SS!"

Régis Ambrosini repete mais uma vez que o tenente da Milícia prometeu salvar a vida dos maquis que se renderem; senão, os SS e os guardas-independentes queimariam as fazendas e os vilarejos, depois atacariam o platô.

— Vão matar todos nós! — repete ele.

* * *

Thorenc afasta-se da parede da gruta. Dirige-se para o arco azul do céu. Olha o Lago Noir rodeado de relva alta.

Se descer, talvez consiga descobrir o que aconteceu com Catherine e Max.

Vira-se. Estão todos atrás dele, observando-o, à espera de que ele fale.

Diz que vai descer com Régis até a fazenda.

Os outros deverão aproveitar esse tempo para organizar a retirada e a dispersão do maqui. Salgado, Minaudi, Bouvy e Luber, cada um assumirá o comando de um grupo.

Explica que vai conversar o mais demoradamente possível com o chefe da Milícia, a fim de dar tempo para os maquis se afastarem o máximo.

— E você? — pergunta Stephen Luber aproximando-se. — Está pensando que eles vão mesmo manter a palavra? — acrescenta com menosprezo.

Bertrand alça os ombros.

Procura a sepultura do italiano. Mas agora um mato novo recobre toda a terra.

Murmura olhando para Luber:

— O que é um morto a mais ou a menos nesta guerra?

Depois, com um largo gesto, mostra as cristas dos penhascos que dominam os cumes cobertos de neve.

É nessa direção que os homens devem caminhar.

E começa a descer em companhia de Régis Ambrosini.

Ao chegar à beira do platô, tem a impressão de que a trilha que sobe do vale está suspensa em pleno céu.

20

Thorenc cruzou os braços.

Os milicianos o cercam, xingam, dão-lhe coronhadas, enfiam os canos das armas em suas costas, nos flancos. As vozes parecem latidos.

Ele avança pelo pátio.

Avista primeiro o corpo do doutor Étienne, que os cachorros farejam; em seguida, vê Julia Ambrosini em pé, as costas contra o muro do aprisco. O marido está encolhido, o rosto ensangüentado; o filho Aldo, acocorado, as mãos cruzadas sobre a cabeça. O abade Vivien reza encostado no muro.

Thorenc pára.

Os milicianos o empurram, mas ele não se mexe.

Diz que veio para negociar com o chefe deles, que não pode admitir franceses inocentes serem maltratados. Se não chegarem a um acordo, as forças que estão sob seu comando atacarão a Milícia.

Fala alto e forte como quem se dirige a uma multidão.

Milicianos saem da casa. Alguns cambaleiam, descompostos, a jaqueta preta desabotoada.

Aproximam-se, fazem ameaças. Cheiram a vinho e aguardente de ameixa. Dizem que é preciso prender esse safado pelos colhões e obrigá-lo a mijar tudo o que sabe. Um deles acrescenta que antes vai lhe queimar os pés.

Thorenc está calmo. Acredita que conseguirá resistir às pancadas e à dor.

Se não precisasse ganhar o máximo de tempo possível, ele enfrentaria a morte atirando-se contra um miliciano para estrangulá-lo, e só morto deixaria de apertar a garganta do sujeito.

* * *

Repete em tom de comando que quer ver o oficial que solicitou o encontro.

Os milicianos o xingam. Um deles tasca-lhe um pontapé na canela esquerda. Ele se desequilibra, mas consegue não cair.

Tem certeza de que, tão logo caia, eles o matarão.

Fica indignado:

— Os milicianos terão de prestar conta de todos os seus atos perante a Justiça francesa!

Eles berram, o rosto contorcido de fúria.

Seguram Thorenc pelos ombros e o empurram para perto do corpo do doutor Étienne:

— Olha aí o que vocês vão virar, carniça!

Ele vê o rosto inchado de Étienne, as arcadas superciliares abertas, os lábios tumefactos. A morte cristalizou o sofrimento no rosto do médico.

Bertrand não pode acreditar que Étienne tenha entregado Catherine Peyrolles e a criança. Se foi preso, foi depois de tê-los deixado no esconderijo. Foi então que o torturaram. Resistiu o quanto pôde, depois concordou em trazer os milicianos à fazendola.

Os milicianos tentam obrigar Thorenc a ajoelhar-se junto ao cadáver do médico. Ele se debate e grita:

— Quem é o comandante aqui?

Consegue soltar-se.

Acha que os maquis já devem ter deixado o Lago Noir. Os que partiram primeiro já devem ter alcançado o sopé da falésia e entrado na trilha que leva ao cume.

Hesita. Se der um salto, pode desarmar um desses bêbados gritalhões e abrir fogo; talvez Régis e Aldo possam até aproveitar o tiroteio para fugir.

Vê sair da casa um rapaz de cabeça descoberta.

Reconhece-o: é o tenente dos guardas independentes da Milícia que parou o carro do doutor Étienne perto de Crest, depois da execução de Sonia Barzine. O miliciano mostrou-se quase amistoso ao ver que Catherine estava grávida. Chegou até a aconselhar o médico a tomar cuidado, porque a região, segundo ele, estava infestada de bandidos, de terroristas pertencentes à escória judeu-bolchevique...

O rapaz se dirige para Thorenc:

— Então, acabei encontrando um depois do outro!

Tocou o cadáver do doutor Étienne, com a ponta do pé.

— Primeiro, o doutor, agora o senhor! Só está faltando a mulher, mas o senhor vai me falar dela. Está lá em cima com os bandidos, no platô?

Dá um giro ao redor de Thorenc.

— Está lembrado? Tenente Legal. Devem ter gozado muito com a minha cara, não é? Mas esse aí — dá um pontapé no corpo de Étienne — parou de rir bem depressa!

Legal aproxima o rosto a ponto de encostar no de Thorenc. Fede a álcool.

— O senhor não está rindo.

Sacode a cabeça.

— Mas ainda não sei se é mais inteligente que o doutor.

Legal agarra Thorenc pela gola do casaco de pele de carneiro. Diz que propôs salvar a vida de todos os homens que se renderem; e não exercerá nenhuma represália mais contra os moradores dos vilarejos e das fazendas. Mas exige que entreguem as armas, mostrem onde os contêineres estão armazenados e forneçam o código da comunicação radiotelegráfica com Londres.

Thorenc fica impassível. A intenção de Legal é clara: com o código, ele pode se apossar do que for lançado de pára-quedas, fazer provisões de armamentos para seu proveito, surrupiar o dinheiro e armar uma cilada para os eventuais enviados de Londres. Nas últimas semanas, a Gestapo realizou com sucesso uma série de operações desse tipo.

— Não se trata de um comércio — prosseguiu Legal com voz pouco segura —, mas de uma capitulação.

Thorenc desprende-se com um movimento brusco que surpreende o jovem oficial. Este ri sarcástico, zomba do nervosismo do prisioneiro:

— Se o senhor se recusar, será fuzilado junto com os outros — indica a família Ambrosini e o abade Vivien —, e amanhã, os reforços que estou aguardando entrarão em ação com o apoio da Luftwaffe.

— E se eu aceitar? — pergunta Bertrand.

— Bem, bem! — repete Legal.

E explica que Thorenc deverá redigir uma ordem de rendição. O padre irá levá-la ao maqui, escoltado por dois milicianos.

— Quanto ao senhor, fica aqui com aqueles lá.

— Quais as garantias para os meus homens? — pergunta Thorenc.

Sente-se tranqüilo, agora. Sabe que Catherine e Max ainda estão em liberdade.

Chega a sorrir, a essa idéia. Pode morrer ali. Não terá de se preocupar em encontrá-los. Um dia, Catherine é que virá à fazendola com o filho, para que ele conheça o lugar onde nasceu. E talvez, então, ela fale a Max sobre o pai dele.

— Garantias, garantias... — engrola Legal sorrindo. — Mas eu sou francês como o senhor, e, entre franceses, a gente se entende, não é?

Empurram Thorenc para a sala grande da fazenda. Os móveis, o guarda-louça estão quebrados. A mesa está coberta de garrafas.

Obrigam-no a sentar-se: precisa escrever a ordem de rendição.

Comprimem-se a seu redor.

E súbito, as explosões, os clarões de incêndio: os dois caminhões estacionados no pátio estão em chamas.

Os milicianos gritam, precipitam-se para fora. Thorenc dá um salto, empurra Legal e sobe a escada galgando os degraus de quatro em quatro, enquanto atiram contra ele.

Choca-se com um miliciano, arranca-lhe a arma, derruba-o, mata-o. Refugia-se em seu quarto e da janela atira nos outros milicianos pegando-os de flanco.

Vê Julia e Gaston estirados lado a lado, o abade Vivien ainda está de pé. Régis e Aldo lutam contra os milicianos.

Na entrada do pátio, ele avista Stephen Luber e uns vinte maquis que avançam atirando e os que se rendem de mãos erguidas são mortos imediatamente.

Legal grita que é oficial francês.

Thorenc ouve Luber ordenar o cessar-fogo.

Desce para o pátio. Legal escapa dos guardas e precipita-se para ele, berrando:

— O senhor é um oficial francês, que nem eu, tínhamos feito um acordo!

Bertrand vira a cabeça.

Vê o abade Vivien abençoando os mortos um por um.

Vê Régis e Aldo ajoelhados junto aos corpos dos pais.

Olha para Stephen Luber.

— Meus camaradas não quiseram abandonar você — explica Luber.

Sorri e acrescenta:

— Não gosto de você. Mas é um bom oficial, e os homens o admiram.

Thorenc escolhe três homens e faz um movimento de cabeça indicando o tenente Legal.

Caminha em sua direção.

— Por traição e assassinato, o senhor está condenado à morte. A sentença será executada imediatamente.

O rosto de Legal está lívido. Ele faz um esforço para ficar de pé, mas desmorona. Arrastam-no para um canto do pátio.

O estampido da rápida descarga de tiros rasga o céu impassivelmente azul.

21

Thorenc se aproximou da beira do penhasco e contemplou os ramalhetes amarelos e vermelhos dos incêndios que pontuam as estradas e as trilhas que vão do vale ao platô e ao Lago Noir.

O tênue fulgor já esmaecido, velado pela fumaça e pela noite, é a fazendola Ambrosini que acaba de arder.

Os grandes luzeiros cujas fagulhas sobem às estrelas como pétalas ao vento são os vilarejos de Foucasse e de Balmas, e as labaredas retorcidas que galgam as vertentes são as quintas Ardisson e Malaussène, as herdades fortificadas de Gaubert e Panis.

Ele fecha os olhos, acabrunhado por um sentimento de impotência, quase de vergonha. Não conseguiram impedir que todas essas vidas fossem reduzidas a cinzas. Quantos corpos de crianças, de mulheres, de velhos, nesses prédios consumidos pelas chamas! Quantos jovens perdidos, sacrificados, martirizados, trancados nos apriscos que seriam regados a gasolina e explodidos a granada!

Ouviu as explosões durante o dia todo. Às vezes, trazidas por uma lufada de vento, pareciam tão perto que os homens se viravam para trás; mas quase sempre ouvia-se apenas uma série de rumores surdos e longínquos, e era difícil localizar os rolos de fumaça que se confundiam com a cerração do dia. Depois veio a noite, e avistaram as fogueiras que incendiavam todo o horizonte.

Thorenc não tinha coragem de olhar para Régis e Aldo Ambrosini.

Eles já haviam enterrado os corpos dos pais numa vala cavada às pressas à margem da trilha. O abade Vivien ajoelhou-se ao lado deles, mas Luber deu ordem de retomar a marcha enquanto os filhos ainda colocavam pedras grandes sobre a fina camada de terra.

Thorenc incitou os dois irmãos e o abade a seguirem Luber; e marchou atrás da coluna, voltando-se para a sepultura em que não tiveram tempo de colocar sequer uma cruz.

Pois os SS e os milicianos estavam a uns cem metros abaixo. Dava para ouvir a mistura de vozes alemãs e francesas, e os motores que resfolegavam nas estradas íngremes, cheias de buracos.

— Vão queimar a fazenda — murmurou Régis.

— Devíamos ter soltado os carneiros — acrescentou Aldo.

Parou e virou-se para trás como se quisesse arrepiar caminho, mas Thorenc o empurrou e mandou os dois irmãos seguirem na frente da coluna para guiá-la além do Lago Noir, na direção da crista das falésias e mais além ainda, aonde os SS e os milicianos não pudessem se aventurar.

Quando disse isso, voltou a sentir vergonha.

Iam abandonar esses camponeses que os acolheram e os alimentaram à fúria dos bárbaros; e até os que se recusaram a ajudá-los seriam exterminados. Quando descobrissem seus camaradas mortos no pátio da fazenda, os milicianos ficariam cegos de ódio e massacrariam tudo que ainda estivesse vivo nos arredores, animais e gente. Era a vida, simplesmente a vida que eles desejavam aniquilar.

Quando isso terminaria? Quando ele deixaria de estar reduzido à impotência?

Essas perguntas, bem como um insidioso cansaço, não paravam de atormentar Thorenc durante a marcha.

Várias vezes, ele deixou a coluna se afastar, para ficar sozinho a contemplar a paisagem em que sobressaíam, como grandes blocos quadrangulares, as casas das fazendolas e das herdades fortificadas e, nas saliências do terreno, alguns vilarejos encarapitados qual um amontoado de rochedos.

Para impedir a destruição desses lugares e salvar os habitantes, quem sabe devessem atrair os SS e enfrentá-los, canalizando sua fúria contra os combatentes?

Pôs-se a correr e alcançou Luber que caminhava atrás dos irmãos Ambrosini.

Ofegante, começou a argumentar, insistindo que não deviam abandonar os camponeses. Deviam atacar os SS e a Milícia.

Luber lançou-lhe um rápido olhar e apontou para o céu.

Fazia alguns minutos que um avião da Luftwaffe sobrevoava o planalto, a pouca altura.

Luber fez que não com a cabeça. Desequilíbrio de forças, disse ele, repetindo a mesma expressão que Thorenc costumava empregar nas discussões com Bouvy e Salgado.

Parou de andar, deixou que a coluna passasse, e encarou Thorenc que ficou ao lado dele, na beira da trilha.

— São meus homens — disse Luber. — Quem os comanda sou eu. Eles me obedecem. Se algum deles, seja lá quem for, contestar minhas ordens, eu o liquido. E minhas ordens são de recuar o mais depressa, sem se fazer notar.

Luber voltou a caminhar, dizendo ainda que já haviam perdido muito tempo e corrido riscos demais no ataque à fazendola Ambrosini.

— Nós salvamos você — acrescentou. — Matamos uns vinte homens, recuperamos as armas deles: ação útil, portanto, mas agora chega!

E voltou-se para explicar:

— Você nunca vai compreender, Thorenc, que o homem sozinho não tem importância. Ele não passa de peça de uma máquina que deve vir em primeiro lugar. A máquina precisa girar. E se para isso for preciso suprimir uma peça enguiçada, eu jamais hesito. Mandei fuzilar o italiano, e não me arrependo. O padre fugiu, mas agora está marchando conosco. Ele não me incomoda mais. A máquina gira. Não tenho ódios pessoais, Thorenc. Não gosto de você, como você sabe, e há muito tempo. Mas salvei sua vida. A máquina, Thorenc, a máquina! Mas, se você se fizer de besta, se nos expuser ao perigo de sermos localizados — mostrou novamente o avião que passava sobre eles com um barulho ensurdecedor —, eu mato você.

Afastou-se, e Bertrand o seguiu.

Caminharam até o cair da noite quando apareceram os clarões dos incêndios.

22

Através das cortinas de fina renda branca, Thorenc vislumbra os ramos que brotam nos plátanos.

Durante alguns segundos, deixa de ouvir Pierre Villars, como se toda sua atenção estivesse concentrada no leve movimento dessas folhas verde-pálido por entre as quais se percebem, como um pano de fundo pintado, o rosa e o ocre das fachadas de Vaison-la-Romaine.

Surpreende-se: Villars acaba de se calar. Thorenc vira a cabeça. Villars o encara murmurando que queria que avaliassem a importância de que se reveste esse período decisivo.

— A alguns meses da Libertação da França, justamente quando a Gestapo deflagra golpes atrozes contra a Resistência — eu disse atrozes, sim, e voltarei a isso —, o Conselho Nacional adota um programa de ação que envolve todos os movimentos e todos os partidos.

Villars estende as mãos para os papéis que estão em sua frente, na mesinha de tampo de mármore e pés de ferro forjado.

Retoma a leitura:

— "Nascida da ardorosa vontade dos franceses de recusarem a derrota, a Resistência não tem outra razão de ser senão a luta cotidiana incessantemente intensificada..."

Pára, lança um olhar interrogativo a Thorenc, a Jacques Bouvy, ao major Pascal e, diante do silêncio deles, sacode a cabeça.

— Essa missão de combate não deve terminar com a Libertação — diz ele.

* * *

De repente, Thorenc não consegue mais ouvir nem ficar sentado nesta salinha exígua. Levanta-se, vai até a porta-balcão, e abre as cortinas.

A estreita sacada dá para a Praça de Montfort onde os plátanos começam a se encher de botões.

Hesita, abre as duas folhas da porta e vai apoiar-se na balaustrada, entre dois jarros de terracota.

Alguns homens jogam bocha no saibro amarelo que margeia a praça.

Outros, de boné caído sobre os olhos, estão abancados no terraço de um café.

Thorenc tem uma sensação de vertigem.

Vira-se, vê Villars arrumando os papéis, Bouvy e o major Pascal sentados num canto da salinha, cochichando inclinados um para o outro.

Pascal deve estar contando o que viu em Nîmes, quando atravessou a cidade, de bicicleta, para ir à casa de um camarada que o levaria a esse encontro em Vaison-la-Romaine.

Quando chegou ao apartamento, o major encontrou apenas Thorenc, e logo começou a falar; agora deve estar contando de novo o que viu na saída de Nîmes: as árvores altas em que os alemães haviam dependurado vários resistentes; mais adiante, seis outros patriotas haviam sido atirados do alto de um viaduto com uma corda amarrada no pescoço e presa no parapeito.

Seus cadáveres balançavam sobre a pista inferior do viaduto, chocando-se contra as capotas dos caminhões e carros que passavam.

Thorenc agarra-se na balaustrada como para não perder o equilíbrio.

Desde que deixou o grupo de Luber e se esgueirou por entre as patrulhas alemãs, guiado por Régis, tem a sensação de vacilar como alguém que sai das trevas e acha-se, subitamente, diante de uma luz ofuscante.

É tenebroso o relato do camponês em cuja casa eles se esconderam.

Ele viu o que aconteceu em Balmas. Os homens de Lafont cercaram o lugarejo, depois reuniram e espancaram os aldeões, mataram os que protestavam. Violaram as mulheres e até as meninas. Saquearam, pilharam e incendiaram algumas casas. Lafont usava farda alemã e pavoneava-se diante de seus homens, franceses e árabes. Quando o bando da Rua Lauriston foi embora, chegaram os russos.* Pareceram despeitados por não terem sido os primeiros a estuprar, a roubar, a torturar, a matar. Esvaziaram as adegas que os homens de Lafont esqueceram e acabaram de queimar o vilarejo.

A noite era isso; e todos os dias passados nos cumes, nas grutas, para escapar ao cerco.

A noite era também o sofrimento de Régis e Aldo, a maneira como se apoiavam um no outro como dois feridos que se amparam.

E, passada a Ponte do Ouvèze, Thorenc sentiu que perdia pé nesses campos pacatos, nessas estradas desertas e brancas, em meio às fileiras verdejantes do vinhedo.

A longa noite de quase duas semanas que acabava de viver, enquanto atravessava os cumes e metia-se nos desfiladeiros, arrancando a pele das mãos na aspereza do calcário, parecia-lhe pertencer a outro universo, tão distante dos campos de Vaison-la-Romaine quanto o Rio Vístula pode estar do Ouvèze.

E ali, quem se preocupava com a sorte dos poloneses, dos judeus, de Julia e Gaston Ambrosini? Sentiu-se estrangeiro nessa vida que lhe surgia tão normal, tão terrivelmente tranqüila.

Em Vaison-la-Romaine, ao chegar à Praça de Montfort, viu milicianos que não pareciam mais que rapazes transviados, turbulentos, que vestiram a farda para poderem cometer alguns delitos sem correr perigo, mas que bastariam dois tapas para fazê-los tremer.

E no entanto, outros semelhantes a eles haviam assassinado Victor e Hélène Basch, Julia e Gaston Ambrosini; eram os mesmos que queimaram fazendolas e vilarejos.

Na Praça Monfort, eles tagarelavam sob os plátanos repletos de botões, um quê de insolência no olhar de desprezo com que seguiam Thorenc, quando ele caminhava lentamente para a casa onde ia se encontrar com Pierre Villars, Jacques Bouvy e o major Pascal.

* * *

* Trata-se dos russos que emigraram da Rússia, depois da Revolução Soviética, para a Ucrânia e listaram-se ao lado da Alemanha. (N.T.)

Ele sai da sacada e entra na sala.

Pierre Villars cruzou os braços. Levanta-se afastando a cadeira bruscamente e vai fechar a porta-balcão. Senta-se outra vez.

— Eu disse que os alemães nos desfecharam golpes atrozes.

Vira-se para Thorenc, depois para Bouvy:

— Primeiro, foram os maquis de Glières que não conseguiram escapar a tempo. Resistiram durante nove dias: duzentos mortos, cento e sessenta prisioneiros. Imaginem a sorte que os espera.

Dá um soco na mesa.

— É uma lição ao mesmo tempo heróica e trágica. Vocês fizeram bem em se dispersar.

Dirigindo-se novamente para a porta da sacada, Thorenc murmura que os camponeses, os aldeões de Balmas pagaram caro pelos homens do maqui do Lago Noir.

— Nos Glières também pagaram — replica Pierre Villars. — E ainda por cima, perdemos jovens combatentes, chefes exemplares: o tenente Tom Morel, o capitão Anjot, sem contar as toneladas de armas que foram lançadas de pára-quedas tarde demais e caíram nas mãos dos alemães.

— Não se deve mais... — começa Thorenc.

Queria dizer que a estratégia das praças fortes só pode levar à derrota; mas cala-se.

Será que nunca controlamos o rumo dos acontecimentos? Eles se desencadeiam. Como avaliar de antemão suas conseqüências?

O chefe do maqui do Ain, cuja análise Pierre Villars relata, considera que os combates nos Glières foram "uma derrota das armas e uma vitória das almas".

Quem sabe chegamos realmente a um ponto em que a morte contribui para dar nascimento à vida?

Thorenc encosta-se na porta-balcão e ouve de novo Pierre Villars que atribui à proximidade do desembarque aliado na França o descomedimento dos alemães e da Milícia.

O comandante da Polícia Militar alemã já mandou divulgar, em todas as unidades, instruções que prevêem, em caso de combate em território francês, a prisão de todos os suspeitos, a mobilização da Milícia; e a população civil é proibida de deixar o domicílio sem ordem das autoridades alemãs, continua Villars.

— A hora do confronto geral se aproxima. É por isso que eles nos atacam com força redobrada — acrescenta.

Fica um bom tempo calado, os olhos semicerrados, e depois cita calmamente os nomes de todos os resistentes presos, alguns torturados, mortos; outros deportados, como Brigitte Friang, Claude Bourdet...

Interrompe-se de novo e acrescenta:

— Também prenderam Philippe.

E, como se temesse não ser compreendido, insiste:

— Meu irmão, Philippe Villars.

Levanta-se e, com voz mais firme:

— Mas as sabotagens da rede ferroviária continuam.

Mostra sua sacola:

— Tenho aqui a lista das dezenas dc descarrilamentos que provocaram centenas de mortes nas tropas alemãs. Eles atacam, mas, de agora em diante, atacamos com a mesma força. Em Clermont-Ferrand...

Thorenc pensa em Martine e Gabriel Morand. Terão sobrevivido?

— Em seguida ao ataque de um destacamento das tropas alemãs, na Praça da Poterne — continua Villars —, a Gestapo e a Milícia fizeram mais de trezentas prisões. Vários desses presos foram fuzilados.

— Quem? — pergunta Thorenc.

Villars olha-o espantado e levanta os ombros sem responder.

Dirige-se para a porta.

— Executamos Cocherel, que foi adjunto de Pucheu — acrescenta já na soleira. — Pucheu foi condenado à morte e fuzilado em Argel.

Faz um sinal para Thorenc ir encontrá-lo na entrada. Segura-o pelos ombros.

Thorenc não quer ouvir. Sacode a cabeça. Recua um passo para se soltar, enquanto Pierre Villars deixa cair os braços lentamente.

— Ela foi presa em Lyon — murmura. — Sabemos que foi interrogada por Wenticht no Hospital-Escola Militar. Ela cometeu a imprudência de voltar para casa na Rua du Plâtre. O apartamento ainda estava sendo vigiado

Thorenc tem a impressão de ouvir a voz de Catherine Peyrolles. Aperta as têmporas entre as mãos.

— Você agüenta firme, não é? — pergunta Villars.

Thorenc olha para ele.

— A criança? — murmura.

Villars tem uma crispação:

— Ela estava sozinha.

Max está vivo!

— Ficou alguns dias na prisão de Montluc — continuou Pierre Villars. — Foi deportada há três dias.

Catherine precisa viver!

Thorenc foi o primeiro a deixar o apartamento da Praça de Montfort.

Os jogadores de bocha continuavam a se interpelar, rindo, sob os olhares dos jovens milicianos que comentam a partida.

Ele passa perto deles. Está armado. Poderia matá-los.

Mas afasta-se.

Margeia as ruínas do fórum e das termas.

Pára, olha as pedras gastas da via romana que segue reta por entre as colunas caídas, em direção ao sol imutável.

Quarta Parte

23

Thorenc sentou-se na parte mais sombria do recinto e procurou ler o anúncio de sua própria morte nos rostos e olhares dos homens e mulheres nas mesas.

A noite começara a cobrir a Praça Saint-Jean e apenas alguns apliques iluminavam o café, difundindo uma luz azulada.

Curvou-se com os punhos apoiados na beirada da mesa e, disfarçadamente, levou a mão direita ao bolso do impermeável, pegou o revólver, enfiou-o por dentro do cinto e ficou segurando a coronha.

Mas o contato do metal na palma da mão, o peso e a dureza do revólver que lhe pressionava a barriga conseguiram tranqüilizá-lo.

Sentia medo, desde que chegara a Lyon.

Sombras demais nessa cidade; e como ele não haveria de encontrá-las, uma vez que Klaus Wenticht redobrara o prêmio a quem fornecesse informações sobre o chamado Bertrand Renaud de Thorenc, assassino, terrorista, condenado à morte por contumácia?

Jacques Bouvy, que o recebeu na Estação de Perrache, foi quem lhe contou isso. Bertrand não fez um comentário, mas teve a imediata impressão de que se atirara conscientemente na esparrela.

Enquanto ouvia Bouvy, esquadrinhava os rostos.

Bouvy explicou que a sentença fora pronunciada por uma corte marcial, das que o Waffen SS Darnand, secretário de Estado para a Manutenção da Ordem, havia criado.

Nesse dia, em menos de uma hora, a corte mandou executar dez rapazes que caíram prisioneiros no maqui dos maciços montanhosos de Clermont-Ferrand.

Thorenc pensou no maqui de Meynier, no capitão Marat, nas meninas, em Catherine e, portanto, em Max.

Max, Max...

— Os rapazes do maqui — continuou Bouvy — recusaram-se a ter os olhos vendados. Entoaram *A Marselhesa* e foram fuzilados de dois em dois, de mãos dadas.

O pelotão de fuzilamento era constituído de patrulheiros. Uns cem milicianos assistiram a esse assassinato coletivo. Alguns desmaiaram.

— A canalha é covarde — murmurou Bouvy.

Depois, enquanto percorriam a Calçada Charlemagne em direção ao apartamento da Calçada Suchet onde Thorenc ficaria escondido, Bouvy acrescentou:

— Estão à sua procura, Thorenc. Têm gente da Rua Lauriston em Lyon. Esse pessoal conhece você. Não saia de casa. E, assim que puder, vá para Argel. Em algumas semanas, quando acontecer o desembarque, você volta.

Mas as sombras o chamavam a Lyon: a lembrança dos Villars, do doutor Étienne, de Catherine Peyrolles e de Max...

Imaginou que Catherine e o doutor Étienne teriam achado um refúgio para Max nessa cidade. E pensou que poderia encontrá-lo.

Perambulou pela Calçada Gambetta e pela Rua du Plâtre. Interrogou os dominicanos do Convento Fra Angelico.

Correu riscos, mas pretendia forçar o acaso.

Então, percorreu a cidade de ponta a ponta, zombando dos conselhos de prudência que Bouvy lhe prodigalizara.

Devia sair somente depois do cair da noite, evitar os bairros centrais, desconfiar dos transeuntes, insistira Bouvy.

De fato, Wenticht aperfeiçoara ainda mais o seu método. Cada informante, geralmente bons fisionomistas, procurava apenas por um número limitado de resistentes, não mais que cinco para cada agente.

Devia desconfiar das mulheres que, ao vê-lo, pegavam a *trousse* para se olhar no espelho. Fotos de Thorenc poderiam estar escondidas ali.

Devia vigiar os homens que tiravam o chapéu e olhavam o lado do avesso: geralmente eles colavam no fundo da copa do chapéu os retratos dos suspeitos que estavam encarregados de localizar.

Nos primeiros dias, Thorenc conseguiu dominar a angústia. Obsedava-o a vontade de encontrar uma pista que o levasse a Max. Depois, o medo, alimentado pela decepção e pela desesperança, foi mais forte.

Perdera Max, talvez eles o houvessem matado diante de Catherine.

Pois os SS e os milicianos eram bem capazes de fazer isso.

Não se passava um dia sem que fossem encontrados resistentes assassinados, quase sempre pelos guardas independentes de Darnand.

Alguns não tinham rosto: os torturadores prendiam-lhes uma granada no pescoço, e os corpos mutilados eram encontrados na beira das estradas, nas praças ou no meio da rua.

Ao tomar conhecimento desses fatos, Thorenc teve a impressão de que o esquartejavam.

Toda noite, ele ouvia a BBC no apartamento da Calçada Suchet. A esperança chegava logo. O desembarque estava oficialmente anunciado para as próximas semanas.

"Preparem-se para guiar as tropas aliadas após o desembarque", repetia o locutor a cada transmissão.

"Observem os movimentos do inimigo e estejam prontos para nos apontá-los", acrescentava.

As mensagens pessoais dirigidas aos movimentos de Resistência sucediam-se às dezenas, antes mesmo da leitura do noticiário. Isso, "devido aos acontecimentos capitais que estavam sendo preparados", conforme justificavam.

O desembarque, esse sonho, essa miragem, estava, pois, ao alcance da vista, mas ele, Thorenc, sobreviveria até lá?

Tentava afastar esse medo que era também a intuição de que não conseguiria escapar ao destino daqueles com quem convivera e que já haviam desaparecido: os Villars, Étienne, Catherine...

Não queria mais ouvir esses nomes.

Debruçava-se sobre o rádio.

Diziam que o general Kœnig, o de Bir Hakeim, assumia o comando das Forças Francesas Internas. Multiplicavam-se as sabotagens.

De Gaulle, chefe do Governo Provisório da República Francesa, falava com uma segurança, um ardor, que faziam Thorenc esquecer o cheiro de mofo, a poeira, as paredes infiltradas de umidade, as vidraças cobertas de fuligem desse quarto onde ele não conseguia dormir.

As palavras que ouvia afugentavam até o medo. Farfalhavam como bandeiras.

Seria concebível que a noite terminasse, que se pudesse dizer: "O 1º de maio de 1944 foi o último primeiro de maio celebrado sob a vergonhosa invasão"? E que De Gaulle marcasse "encontro com o povo da França na Canebière, em Marselha, na Praça Bellecour, em Lyon, na Grand-Place, em Lille, na Praça de Broglie, em Estrasburgo, ou em qualquer lugar de nossas cidadezinhas, uma vez libertadas, ou, enfim, em algum lugar entre o Arco do Triunfo da Étoile e a Notre-Dame de Paris"?

Essas palavras o faziam estremecer de emoção.

Achava irrisórias e desprezíveis as trêmulas lamúrias da voz de um Pétain que, sob a proteção alemã, ia falar em Paris, em Rouen, em Dijon, para derramar suas lágrimas hipócritas sobre as vítimas dos bombardeios ingleses e americanos.

O Marechal que ousava dizer:

"Quando a tragédia atual houver terminado e, graças à defesa do continente pela Alemanha e aos esforços unidos da Europa, nossa civilização estiver definitivamente a salvo do perigo que o bolchevismo faz pesar sobre ela, chegará a hora em que a França reencontrará o seu lugar"

Thorenc indignava-se: "a defesa do continente pela Alemanha"! E Pétain sustentava essas idéias justamente quando patriotas eram fuzilados todos os dias, e, para se vingar de um descarrilamento, os SS matavam dezenas de reféns em Ascq!

* * *

Ele gostaria de poder andar de um lado para o outro neste quarto, de aumentar o volume do rádio, de gritar de alegria ou de raiva. Mas precisava conter-se para não ser ouvido pelos vizinhos, ficar sentado de orelha colada no alto-falante do aparelho. Erguia os braços de contentamento, quando a BBC anunciava a vitória do corpo expedicionário francês na Itália, no Rio Garigliano, ou os feitos dos maquis, e exortava a preparar a "insurreição nacional". Brandia os punhos quando ouvia Philippe Henriot dizer na Rádio Paris que "a batalha que se desenrolava no mundo era entre duas formas de governo, o bolchevismo e o fascismo, e [que] a democracia não passava de uma antecâmara do bolchevismo"; ou a participação da constituição de um "Comitê Francês dos Waffen SS, liderado por Marcel Déat, Paul Marion, Jacques Doriot e Philippe Henriot"...

Às vezes, de madrugada, quando Thorenc cochilava diante do rádio, Bouvy chegava trazendo um esboço de comunicado dos Movimentos Unidos de Resistência, da Frente Nacional, da CGT, do Partido Comunista, que era preciso mandar ao impressor. Thorenc lia:

"Os patriotas devem unir-se, armar-se e lutar!"

Bouvy punha em cima da mesa a correspondência que devia fazer chegar aos diversos responsáveis, para que aprovassem os planos Vert, Bleu, Violet e Bibendum, que organizam as sabotagens das vias férreas, das linhas elétricas e telefônicas e prevêem ações de retardamento das divisões de tanques alemãs para impedi-las de alcançar o local do desembarque.

DESEMBARQUE!

Thorenc repetia essa palavra, e Bouvy a murmurava sacudindo a cabeça.

— Faz quatro anos... — começava ele.

Entreolhavam-se: tão longos esses anos e tão rápida a inversão das coisas, da derrota e do isolamento à vitória e à volta de todos os altos funcionários, policiais e magistrados, que, de um dia para o outro, descobriam-se resistentes!

Eles riam disso.

* * *

Depois, Bouvy abaixava a cabeça e cochichava, em tom subitamente monocórdio, os nomes dos que haviam tombado nos últimos dias, quase sempre por denúncia.

E acrescentava que os alemães começaram a atacar o maqui do Vercors e o do Monte Mouchet, no Maciço Central. Se não os ajudarem, os homens dos maquis serão exterminados, como foram os de Glières.

Thorenc sentia que a angústia arrastava-o novamente para esta intuição, esta certeza mesmo: a de que ele também não tardaria a reunir-se às sombras.

— Pegaram Pontcarral, um dos principais chefes militares do Exército Secreto — continuou Bouvy.

Levantou a cabeça e acrescentou:

— Jacques Bingen, o delegado de Londres, suicidou-se.

Thorenc sentou-se na beira da cama, ao lado de Bouvy.

Depois de Delestraint, foi a vez de Moulin, de Brossolette; parecia que uma maldição desabava sobre os que assumiam as mais altas responsabilidades.

Bouvy tirou do bolso duas folhas de papel e colocou-as no colo de Thorenc, murmurando:

— Leia, depois destrua. Eu tirei cópia. É o testamento de Bingen. As circunstâncias em que foi preso são tão suspeitas quanto as de Max. Leia!

Bouvy se levantou e lembrou que o encontro com o major Pascal seria no Café de l'Église, Praça Saint-Jean.

Thorenc apanha as duas folhas de papel. Sim, realmente, ele já caiu de cabeça do lado das sombras.

Começa a ler:

"*14 de abril de 1944*. Escrevo estas poucas páginas esta tarde, porque, pela primeira vez, sinto-me realmente ameaçado, e de qualquer maneira as semanas vindouras certamente trarão a todo o país, e certamente a nós, uma grande, sangrenta e, assim espero, maravilhosa aventura...

Caso, depois da Libertação, eu não possa me fazer ouvir, quero que este papel leve a certas pessoas o 'ponto' de algumas de minhas reflexões recentes ou atuais..."

Thorenc fica tão emocionado que interrompe a leitura.

Não conheceu Jacques Bingen. Sabe apenas da coragem desse homem que resolveu saltar de pára-quedas na França, como fizeram Moulin, Passy, Brossolette e tantos outros, para tecer a rede dos movimentos de modo a constituir esta Resistência unida, presente em cada ponto do território, que observa e persegue o inimigo, pronta a todos os sacrifícios para expulsá-lo da França.

"Nenhum sofrimento — prossegue Bingen — poderá retirar jamais o benefício da alegria de viver que acabo de experimentar depois de tanto tempo."

Bertrand pára de ler novamente.

Imagina Jacques Bingen sendo interpelado às cinco e meia da manhã, de 13 de maio de 1944, quando saía da Estação de Clermont-Ferrand onde passara a noite num dos carros-leito que a SNCF alugava aos passageiros, à guisa de quarto de hotel.

Quatro agentes alemães o levaram para a sede da Gestapo na Avenida de Royat, em Chamalières, onde o deixaram com dois guardas. Bingen dominou um deles, conseguiu fugir, e foi uma francesa que, ao vê-lo correr, alertou um caminhão alemão que passava e apontou o fugitivo.

E Bingen, apanhado de novo, engoliu sua cápsula de cianureto.

Thorenc dobra lentamente a primeira folha.

"Alegria de viver" — escreveu Bingen.

Decerto não é isso que Bertrand sente, mas sim, depois de quatro anos, o imperioso dever de viver, freqüentemente entremeado com a tentação de morrer, tão forte é a angústia, tão profundo o desespero.

Pensa nessa francesa por quem Bingen lutava e que o denuncia ao passar por ele, por acaso, naquela rua de Chamalières, tornando-se, assim, a agente do destino dele.

Thorenc desdobra a segunda folha de papel. É a cópia de uma carta de novembro de 1943, endereçada ao coronel Passy, chefe do BCRA.

Escreve Bingen:

"Esta carta é apenas... para comunicar, muito secretamente, uma dúvida inquietante que me vem à mente.

É que deve haver em Londres, na sua casa ou na casa de ingleses, um agente alemão, bem posicionado que se comunica com a Gestapo.

Cito apenas um certo número de fatos inquietantes..."

Thorenc passa os olhos nas poucas linhas que se seguem, depois queima as duas folhas num pires.

Sente-se cercado pelas sombras.

Levanta-se, desliza a arma para dentro do bolso do impermeável. Junta os envelopes que Jacques Bouvy o encarregou de entregar ao major Pascal. Percebe logo que terá de dominar o medo, a cada passo, entre a Aléia Suchet e o Café de l'Église na Praça Saint-Jean.

Terá medo de encontrar Ahmed e Douran, pois são eles que Henry Lafont deve ter enviado a Wenticht para identificar Bertrand.

Vai achar que o homem que entra no café depois dele, põe o chapéu virado ao contrário em cima da mesa e parece perscrutar o fundo da copa, é um agente que compara a foto do tal Bertrand Renaud de Thorenc colada no feltro com o rosto do homem que ele seguiu até ali.

A porta do café se abre. O major Pascal entra, lança um rápido olhar a Thorenc e, em vez de se encaminhar para ele, encosta-se no balcão.

Thorenc fica alerta. Algo de inesperado está se passando, para Pascal se comportar dessa maneira.

Súbito, percebe dois vultos atrás das cortinas.

Num salto, eles entram no Café e agarram Pascal pela cintura. Pascal protesta, grita que não compreende, que é um equívoco, que vai mostrar seus documentos.

Thorenc sente que os homens hesitam. Um deles se afasta: vai telefonar, talvez?

Thorenc não pensa mais.

* * *

Atirou no primeiro homem. Pascal atingiu o segundo.

Agora, Thorenc atravessa correndo a Praça Saint-Jean.

Ele conhece o bairro. Sobe em direção à Notre-Dame de Fourvière.

Vai passar a noite nos jardins que circundam a basílica. Pula as grades, corre pelas aléias, deita-se atrás de uma moita, o rosto encostado na terra.

Quantas vezes, desde maio de 1940, ele já experimentou por alguns minutos fugazes a intensa alegria de quem escapou da morte e reconforta-se no contato com a terra.

Talvez tenham sido essas emoções que Bingen quis transmitir quando mencionava a "maravilhosa aventura", a "alegria de viver", e falava de "um paradisíaco período no inferno".

Thorenc vira-se, cruza as mãos sob a nuca.

Por entre as ramagens, ele avista o céu claro desta noite de maio.

Faz um tempo agradável. A terra fofa está apenas úmida.

Tudo é silêncio.

Ele respira calmamente.

Tem a impressão de que a sombra a seu redor tornou-se fraternal.

24

Thorenc virou a cabeça para não ver os rostos dos dois homens sentados à sua frente.

Através de uma estreita janelinha de ripas, ele divisa os ciprestes do parque.

O mistral os sacode, verga-os. Estremece as portas, infiltra-se, desliza pelos ladrilhos cinzentos do vasto salão de teto baixo sustentado por pilares enegrecidos. Rodopia pela chaminé da lareira encimada pelo brasão dos Peyrière.

Às vezes zune tão forte, que Paul de Peyrière e o filho Charles calam-se por um instante, como se o vento levasse suas vozes.

Thorenc analisa-os mais uma vez e sente, de pronto, raiva e repulsa; teme ceder, então, a um gesto de fúria e ódio. Poderia matá-los: quantos não foram mortos por culpa desses dois que, desde antes da guerra, já eram íntimos de Abetz e Alexander von Krentz, e freqüentavam o Círculo Europa na casa de Cécile de Thorenc, na Praça des Vosges.

Esses dois foram dos mais decididos baluartes de Pétain: Paul de Peyrière, um dos chefes da Legião dos Combatentes, e o embaixador Charles de Peyrière, conselheiro diplomático do Marechal.

Eles não mudaram.

Paul de Peyrière ainda é o velho elegante e autoritário, seguro de si, tal como Thorenc o conheceu nas recepções da Praça des Vosges.

Charles de Peyrière ostenta a mesma altivez distante que afetava outrora, quando era embaixador em Varsóvia e aprovava a política nazista.

* * *

Thorenc os observa. A atitude deles é arrogante, qual uma provocação. Nenhum vestígio de remorso ou dúvida em suas palavras. Como se esses quatro anos de barbárie não houvessem existido, como se eles dois não houvessem armado a derrota, favorecido a capitulação, apoiado a colaboração.

Quando eles se pavoneiam, é como se Moulin, Brossolette, Bingen, o doutor Étienne, os milhares de fuzilados e deportados houvessem se sacrificado em vão.

Thorenc aproxima os dedos da coronha do revólver.

— Quisemos nos encontrar com você, com você particularmente, Thorenc — diz Paul de Peyrière —, porque, com suas origens de família...

Abaixa a voz:

— Você conhece os elos que me uniram a sua mãe Cécile de Thorenc, não vou insistir...

Lança uma olhadela ao filho Charles e continua:

— Você não pode, você, Thorenc, tornar-se um desses fanáticos, para não dizer criminosos, cujo objetivo não é a libertação do país, mas, sim, a revolução.

Estende o braço para Bertrand e enfatiza cada palavra com um gesto da mão.

— Pois não se iluda, a aposta está clara, a mesma que nos foi apresentada em 1936: queremos a revolução, ou estamos decididos a salvar a civilização européia do bolchevismo? Em 1940, nossa opção foi ditada por essa única preocupação, e hoje, como então, é preciso escolher.

Vira-se para o filho.

— É sobre isso que precisamos conversar entre franceses sensatos. E o momento não é mais para oposições secundárias.

Sacode a cabeça e prossegue:

— Fico feliz por seus amigos o terem enviado aqui, como desejávamos, para nos ouvir, a Charles e a mim, porque, obviamente, nossa iniciativa não é pessoal. Ela procede das mais altas autoridades do Estado...

Thorenc pensa que poderia e deveria liquidá-los, pois se esses dois homens sobreviverem, certamente conseguirão escapar ao castigo. Vão se refugiar na

Suíça e deixarão que o esquecimento venha com o tempo, e as divisões entre os resistentes se agravem, para voltar e readquirir a posse de seus bens, seus cargos, suas posições.

Arrepende-se de ter aceitado este encontro. Errou em dar ouvidos a Pascal.

— Você deve deixar Lyon — disse o major. — Paul de Peyrière quer fazer contato conosco e deseja que você nos represente. Por que não?

Bouvy mostrou-se reticente. Afirmou que Pierre Villars não fora informado dessa iniciativa dos Peyrière. Mas Pascal havia assumido responder favoravelmente à proposta desses dois convictos colaboradores de Pétain e de Laval que deveriam ter acabado num fosso, como Pucheu, com as mãos amarradas e os olhos vendados.

— Ora, Pascal está reatando com seus amigos de antes da guerra porque tem medo do pós-guerra! — concluiu Bouvy.

O major não negara:

— Não quero morrer como os oficiais poloneses, em Katyn, com uma bala na nuca atirada pelos homens da polícia secreta bolchevista, a NKVD — disse ele. — E os Peyrière não cometeram crimes pessoalmente. Não denunciaram ninguém. Não foram ministros do Interior. Não podem ser comparados a Pucheu, a Darnand, nem a Cocherel ou Henriot. Eles são mundanos. E, de resto, meu caro Thorenc, nós lutamos ao lado de gente que, até junho de 1941, via muitas virtudes em Hitler só porque Stalin era aliado dele. Você acha que é por acaso que os nossos comunistas, agora, nas vésperas do desembarque, querem se assenhorear de todos os postos-chaves da Resistência? Acha que o apoio que receberam de Giraud, na Córsega, a proposta dos ingleses de armar cem mil FTPF sejam obras do acaso? Trata-se sempre de minar a autoridade de De Gaulle. Não confio em nossos agentes, Thorenc. Acho que devemos nos precaver. E, de qualquer maneira, foram os Peyrière que solicitaram. Precisamos saber o que eles têm na cabeça.

— Salvar a pele — respondeu Bertrand.

— Por que não? — exclamou Pascal. — Se o desejo e o medo deles forem ao encontro dos interesses do país, então é preciso ouvi-los!

O major contou a Thorenc que o general Xavier de Peyrière, que foi um dos chefes do Exército do Armistício mais devotados a Pétain, acabara de ser preso pela Gestapo e deportado para a Alemanha.

Pascal segurou-lhe o braço e acrescentou:

— E depois, Thorenc, todo mundo é da mesma opinião, depois da nossa aventura na Praça Saint-Jean não podemos ficar nem mais um dia em Lyon. Wenticht mobilizou todos os agentes: assim, juntemos o útil ao conveniente! Como interlocutor dos Peyrière, você será o dono da bola. É você quem vai decidir.

Saíram juntos de Lyon e, com pequenas paradas, pegaram as estradas regionais, tal como fizera antes o doutor Étienne.

Mas Étienne estava morto. Deportada e talvez morta, Catherine Peyrolles. E Max, seu filho, desaparecido!

Essas recordações perseguiram Thorenc durante toda a viagem. Apresentou seus documentos, com indiferença, aos milicianos e aos *Feldgendarmen* que os pararam várias vezes.

As estradas, mesmo as vicinais, eram percorridas efetivamente por comboios de tropas alemãs. E geralmente eram soldados estranhos, esfarrapados, que falavam russo. E esse exército composto de contingentes estrangeiros não se parecia nada com o que Thorenc vira desfilar em julho de 1940, na Champs-Élysées e na Rua de Rivoli. Tinha a cara da derrota. Contudo, nos caminhões da Milícia que seguiam os carros da Wehrmacht, freqüentemente ele avistava homens ensangüentados, acorrentados, vigiados por jovens milicianos.

E bastou essa visão para tirá-lo do alheamento, devolvendo-lhe de repente e ao mesmo tempo a raiva e o medo.

Fez os últimos quilômetros, sozinho, de bicicleta.

Devia encontrar o major Pascal na Abadia de Sénanque, próxima ao castelo dos Peyrière. Reconheceu as estradas que percorrera outrora quando ia ao *mas* Barneron.

E lembrou-se de Léontine, de Gisèle, com os corpos atirados no fundo do poço. E do radiotelegrafista Marc Nels, talvez inocente, que haviam enterrado nos confins de um bosque de pinheiros.

Então, quando avistou, no alto da escadaria da entrada do castelo, no final da larga alameda margeada de plátanos, Paul e Charles de Peyrière tais como sempre os conhecera, seguros de si, de seus legítimos direitos, da retidão de suas decisões e idéias, ele se perguntou por que aceitara essa entrevista.

Talvez tenha sucumbido primeiro à curiosidade, a esse reflexo profissional de jornalista; talvez tenha sido tentado a conhecer todos os aspectos da época em que vivia; e talvez tenha querido muito simplesmente ter certeza de que ainda odiava tão intensamente esses dois homens que haviam traído.

Pedalou até os Peyrière, com os maxilares crispados, lembrando-se de que o título do poema que Catherine Peyrolles lhe recitara um dia era precisamente: "De dentes cerrados" (*Les dents serrées*).

E murmurou os dois últimos versos:

Há o sangue que mal começa a correr
Há o ódio e é bastante para esperar...

25

Thorenc cruza fortemente os braços. Está com frio. Esforça-se para conter as mãos, impedi-las de atacar, de pegar a arma que sente pesar no bolso. Com o mesmo gesto, ele se protege destas palavras que o ferem e o ofendem:

— O presidente Laval não é o homem que as pessoas descrevem — perora Paul de Peyrière. — Convivo com ele na Câmara há uns trinta anos. É um homem de Estado, um pouco ardiloso, é verdade, mas tem o interesse nacional como preocupação primeira. Eu garanto, Thorenc, que ele trava uma guerra de usurário contra os alemães, não lhes entregou nada de essencial. Quando cedeu num ponto, sobre os judeus, por exemplo, ou sobre o Serviço do Trabalho Obrigatório, foi para tomar com a outra mão o que parecia ter concedido.

Paul de Peyrière pigarreia e sorri.

— Ele é um *auvergnat*, Thorenc! E nenhum alemão, nem mesmo Hitler, poderia vencer a resistência de um homem de Auvergne. Ele é da boa raça dos Arvernes: barganham e, no final, saem ganhando. Eu lhe dou os judeus estrangeiros, mas você não toca nos judeus franceses. Concordo que rapazes franceses vão trabalhar na Alemanha, mas você me devolve prisioneiros. Foi assim que ele negociou!

O castelão levanta-se e vai até a janela.

— Mas — prossegue ele —, vá fazer uma opinião pública, que não enxerga nada além dos tíquetes de alimentação e esqueceu que os alemães nos venceram e são nossos ocupantes, compreender isso! Naturalmente, também há os que não perdoam Laval por ter tido visão certeira desde 1934, pois foi ele quem negociou com Mussolini, e até com Stalin, para conter

Hitler. Só os judeus queriam a guerra, e os comunistas rejeitaram a política de equilíbrio europeu porque, desde aquela época, eles procuravam favorecer a expansão do bolchevismo a qualquer preço. E é neste pé que estamos de novo. E, mais uma vez, é o presidente Laval o obstáculo que eles precisam eliminar para alcançar seus objetivos.

Thorenc contempla os ciprestes do parque. O mistral sopra mais forte e as árvores, como que ajoelhadas para sempre, não se reerguem mais.

— Ninguém pode contestar esta análise — aquiesce Charles de Peyrière, enquanto o pai volta a se sentar. — Sabemos que inúmeros patriotas estão engajados na Resistência. Admito que, para alguns, isso podia parecer uma escolha honrosa, mas hoje estão muitíssimo inquietos com o que se passa. O Exército Vermelho avança, os comunistas apossam-se dos postos de comando em toda a Europa. Para onde vamos, Thorenc? É um momento crucial para a nossa civilização, para o nosso país. Mas nós ainda podemos reverter a situação!

Charles de Peyrière inclina-se para a frente. Thorenc recua; tem a impressão de se comprometer, de resvalar, só de ouvir essas palavras. Não queria escutar mais nada. Ocorrem-lhe os primeiros versos do poema:

Odeio. Não me pergunte o que odeio
há mundos de mutismo entre os homens...

— É preciso ir mais longe que o Marechal — prossegue o diplomata. — Ele sente as coisas, mas não se pode negar que é antes de tudo... o que também é um problema de artérias... o homem da prudência. Você leu os discursos que ele pronunciou em Paris, em Rouen e principalmente em Nancy?

Charles de Peyrière empertiga-se e declama em tom mais solene:

— "Nenhum francês deve imiscuir-se nesse conflito — disse o Marechal. — É preciso ficar bem tranqüilo, olhar as pessoas lutarem e não se meter num ou noutro partido, porque sofrerão represálias aterradoras. Trata-se, por conseguinte, de ser comedido."

Fica em silêncio durante um longo momento, como se quisesse dar tempo para Thorenc refletir, e continua:

— É uma posição apreciável, mas nós, meu pai e eu, pensamos juntamente com muitos outros e, naturalmente, com o presidente Laval, que não é adequada à situação. O perigo, com efeito, é imenso.

— Você conhece François Pietri? — pergunta Paul de Peyrière. — É o nosso embaixador em Madri. Ele está em contato diário com os americanos e com os ingleses também. Mas Londres não tem mais peso, Washington é que dirige o trem. É preciso que você saiba, Thorenc, e avise aos elementos sensatos da Resistência: os entendimentos estão em curso, para...

Olha para o filho e faz um aceno para que ele continue.

— Um compromisso de paz no Oeste — encadeia Charles de Peyrière — e talvez... a imprensa espanhola, que tem seus contatos, chega a falar nisso... uma reversão de aliança para barrar o bolchevismo. Veja você que trunfos a França terá nas mãos se jogar rápido e com discernimento! Nós podemos ser os intermediários entre Berlim e Washington: somos os únicos capazes de desempenhar esse papel. Os Estados Unidos sempre apoiaram o Marechal. Quanto ao presidente Laval, ele tem relações pessoais com os meios políticos americanos: pelo lado da mulher que, como você sabe, é uma Chambrun, família que se distinguiu na Guerra da Independência. Quem no mundo, senão ele, pode se vangloriar de ter a confiança de Washington e Berlim ao mesmo tempo? O presidente Laval é o único que pode ser ouvido. É uma oportunidade única de tirar a França do lamaçal onde se arrisca a soçobrar.

Paul de Peyrière interrompe o filho:

— Você compreende, Thorenc? A situação é grave. Trata-se de salvar uma civilização milenar, a nossa civilização cristã, e devolver à França o lugar que é dela. De modo que as pequenas suscetibilidades não devem contar mais. Por isso, apesar de tudo o que nos opõe, fizemos questão de ter este encontro com você.

Thorenc sente-se observado, avaliado. Esforça-se para dominar-se, quando tem vontade de gritar.

— Sabemos, pelo embaixador Pietri — retoma o castelão —, que Roosevelt teme uma revolução na França se De Gaulle vier a assumir o poder. Churchill, por seu lado, está consciente da ameaça bolchevique que pesa sobre toda a Europa. Já os comunistas, esses apostam em De Gaulle e na exacerbação das paixões.

Levanta-se e aproxima-se de Thorenc.

— Foi para conseguir que algumas pessoas no meio da Resistência apóiem uma solução política à altura do perigo, que nós desejamos este encontro. Se conseguirmos reunir os homens sensatos, na França, não importa o campo a que pertençam, excluindo os fanáticos, os extremistas — hesita, afasta as mãos com ar conciliador — ... se você preferir, os milicianos de um lado, e os comunistas de outro, daríamos o exemplo a toda a Europa. Um alemão... não estou falando de Hitler, como vê, estamos muito longe disso, e não estou sendo leviano quando menciono uma outra personalidade que não o Führer... um alemão, um soldado honrado, poderia prestigiar esse movimento. Reuniríamos os deputados da Câmara de julho de 1940 e designaríamos assim um governo de transição, reconhecido pelos americanos, que daria andamento a um armistício no Oeste e, por que não?, a esse grande e indispensável retorno histórico: o Ocidente contra a barbárie!

— Afinal de contas — murmura Charles de Peyrière —, pagaríamos Stalin com a mesma moeda que ele usou em agosto de 1939 no pacto com Hitler!

— Mas — continua o pai —, para isso, é preciso ousadia, meu caro Thorenc, e coragem! O que não falta ao presidente Laval. Na verdade, o Marechal já está indo por esse caminho. E o país também. O Marechal foi aclamado em toda parte, durante a viagem que fez. Os franceses querem a paz, não a guerra civil que, como eles bem sabem, levaria a um governo de soviéticos.

Paul de Peyrière leva a mão ao ombro de Bertrand.

— Seu papel pode ser decisivo, Thorenc. Seria preciso dar andamento a alguma coisa nesse sentido antes que os americanos e ingleses desembarquem. A acreditar nos rumores, é questão de dias. Alguns alemães, que você conhece tão bem quanto eu, são favoráveis a essa evolução. Estão trabalhando pelo lado deles, mas correm perigo de vida. Precisamos ajudá-los.

— Colaborar — resume Thorenc levantando-se intempestivamente.

Recua, berrando os nomes dos fuzilados, lembrando as sombras, todos os deportados, as crianças judias entregues aos alemães.

— Laval é a Milícia! — grita. — As cortes marciais compostas de três milicianos, ao mesmo tempo juízes e matadores! Julgam e executam no ato!

Pára no limiar do salão.

— Aliás, eles me condenaram à morte — acrescenta.

Estende o braço para Paul e Charles de Peyrière petrificados na frente da lareira.

— *Os senhores são* a Milícia! — grita Thorenc. — E, ainda por cima, covardes!

O castelão dá um passo à frente:

— Meu filho Xavier foi preso pela Gestapo — protesta ele. — Você é uma besta obtusa, Thorenc. E suas atitudes não me metem medo.

Neste instante, Bertrand se dá conta de que brandiu o revólver.

Ele abre a porta. O vento o faz recuar.

Tem de atravessar o alpendre e romper, de cabeça baixa, a onda de ar frio e sibilante.

26

Thorenc avança, curvado, pela grande alameda ladeada de plátanos como se quisesse usar a cabeça e os ombros para lutar contra o vento e fazê-lo recuar.

Pragueja, irrita-se, protege o rosto da poeira com o braço esquerdo dobrado diante dos olhos.

E, de repente, percebe um grupo de homens caminhando em sua direção, como que arrastados pelo vento.

Alguns vêm pelos declives que margeiam a alameda, outros avançam pelo meio, envoltos pelos remoinhos em que terra e folhas se misturam.

Estão armados.

Thorenc pára, mas é obrigado a retesar o corpo para que o Mistral não o empurre para trás.

Reconhece Stephen Luber, que ergue a mão ordenando aos homens que parem.

Aproxima-se sozinho de Thorenc.

— Você os executou?

O vento distorce sua voz encoberta pelos uivos das lufadas que vergam os galhos, arrancam as folhas e as jogam no chão; algumas ficam presas nos corpos dos homens que se adiantam e rodeiam Thorenc e Luber.

Bertrand sente o peso da arma que ainda carrega na mão direita. Ele a enfia no bolso e faz que não com a cabeça.

— O que está fazendo aqui? — murmura.

Com um gesto, Luber manda os homens seguirem na direção do castelo.

— Adivinhe! — diz ele.

Estende o braço para afastar Thorenc do meio da alameda.

Bertrand resiste, puxa a arma e ameaça Luber que sorri:

— Quer morrer com eles? Acha que vale a pena?

— Acho... — começa Thorenc.

— Soubemos que eles estavam aí — interrompe Luber. — Você não vai defender essa gente!

Thorenc abaixa a arma.

— Vou... — repete maquinalmente.

Teme ter servido de isca para atrair os Peyrière a esse castelo isolado. Quem teria armado esta cilada e se servido dele?

Não pode ter sido o major Pascal. Mas Bouvy deve ter avisado a Pierre Villars, que por sua vez alertou Stephen Luber. Talvez Villars fosse um agente comunista, como Pascal suspeitava.

— Eles não foram julgados — murmura Thorenc.

Luber o empurra com um gesto irado.

— Ainda precisa de julgamento? — exclama ele. — Você sabe o que os milicianos, os SS fazem; lembra-se do vilarejo de Balmas, do doutor Étienne, de Julia e Gaston Ambrosini! Lembra ou não lembra?

Luber dirige-se para o castelo em largas passadas. Thorenc o segue gritando:

— Nós não somos iguais a eles, compreende, Luber? Não podemos agir da mesma maneira! Esses dois aí queriam conversar conosco, você sabe disso. O general Xavier de Peyrière foi preso pela Gestapo e deportado...

— Nós não conversamos, não negociamos — decreta Luber subindo os degraus da entrada.

Thorenc o puxa pela manga.

Ouvem-se rumores de vozes.

— Recebi a missão de me encontrar com eles para ouvi-los, não para matá-los ou atraí-los a uma cilada!

— E eu tenho ordem de liquidá-los — retruca Luber.

— Como fez com o italiano? — grunhe Thorenc.

* * *

Luber solta-se com um brusco safanão e empurra Thorenc, que é imobilizado por dois homens que o seguram cada qual por um braço.

Bertrand se debate. Luber vira-se para ele.

— Não se faça de idiota — diz. — Pensei que você já os tivesse matado: estava com o revólver na mão. Você os ameaçou, teve vontade de matar aqueles dois. Sabe o que eles fizeram, o que eles encobriram e o que ainda são capazes de fazer se continuarem vivos. São animais nocivos.

Thorenc tenta pular para a frente. Eles o retêm.

— Você fala como um SS — vocifera.

Luber dá de ombros.

— Você quer manter a consciência limpa, Thorenc. — Nunca vai até o fim. Só sabe brandir o revólver e...

Dá um risinho debochado com ar de desprezo.

— ... no último momento, não usa. Ele trava, não é? Como na Rua de la Joliette! Mas eu não, eu termino o trabalho. Executamos Dossi e vamos liquidar os Peyrière.

Luber irrompe castelo adentro.

Batidas de portas, gritos entrecortados.

De repente, Paul e Charles de Peyrière surgem com as mãos amarradas nas costas, os rostos inchados, rodeados por vários homens armados de metralhadora de mão.

Charles de Peyrière olha em frente, vê Thorenc e vira a cabeça com um ar de repulsa.

O pai grita:

— Vocês são criminosos! Você também, Thorenc! É essa a França que você quer? Eles também vão fuzilar você! Thorenc, Thorenc, não deixe que eles façam isto!

Luber faz um gesto para os homens se afastarem, pega a metralhadora de um deles e abre fogo.

Charles de Peyrière é o primeiro a cair.

Mais uma rajada, e o pai, Paul de Peyrière, cai por sua vez.

Luber atira de novo nos dois corpos que parecem soerguer-se num derradeiro espasmo. O sangue começa a escorrer pela laje do alpendre, e folhas de plátano, trazidas pelo vento, cobrem-no aqui e ali.

27

Thorenc avistou os vultos escuros que se esgueiravam ao longo das sebes, nos dois lados da alameda dos plátanos.

Teve a sensação de que lhe arrancavam o sexo, pisoteavam-lhe o ventre até que o sangue morno escorresse das feridas, deslizasse por suas coxas e se alastrasse pelo alpendre, misturando-se ao dos Peyrière que já não passava de uma mancha escura que o vento secara.

Pensou: é o castigo!

Fechou os olhos.

Reviveu o sentimento de estar fechado no quarto escuro aonde sua mãe o levava e obrigava a ajoelhar-se. Muitas vezes, o medo era tão forte, latejava em suas têmporas no ritmo das ondas que batiam nas muralhas de Antibes junto às quais se erguia a casa dos Thorenc, que ele chegava a fazer pipi nas calças, e a urina ardia em suas coxas.

Abriu os olhos, debateu-se tentando escapar aos homens que ainda o seguravam pelos braços. Berrou:

— A Milícia, é a Milícia!

Os primeiros tiros que ecoaram trazidos pelo vento encobriram sua voz. Os homens o soltaram.

Ele saltou imediatamente por cima dos corpos dos Peyrière e correu para dentro do castelo, subiu as escadas, empurrou as portas e enfurnou-se na penumbra de um dos muitos quartos, enquanto gritos, estampidos, o ruído de um motor se sobrepunham, distorcidos, próximos e depois distantes.

* * *

Alcançou o sótão.

Deslizou até o desvão do telhado onde mal havia espaço para se deitar entre as telhas e o forro do teto.

Verificou se o revólver estava carregado, com uma bala engatilhada no cano, e ficou imóvel.

A cada grito, a cada detonação que o vento difundia pelas frestas do telhado, ele se encolhia lembrando-se do maqui que pertencia ao grupo de Bouvy e que, para retardar o avanço da SS, refugiara-se no sótão de uma fazenda, levantara as telhas e resistira ao ataque por várias horas até se matar com a última bala. Foi encontrado mais tarde, depois que os alemães foram embora, com o corpo carbonizado no incêndio da fazenda.

Thorenc levantou uma, depois duas telhas, e recebeu em cheio o chicotear do vento que imediatamente encheu seus olhos de lágrimas.

Avistou primeiro os jovens milicianos que davam bordoadas em volta de um plátano; de vez em quando eles se afastavam abrindo espaço, um deles se aproximava e erguia o braço. Sob o clarão que riscava o céu, Thorenc percebeu que o miliciano desfechava um soco.

Então, distinguiu os dois homens amarrados pelo pescoço e pelos tornozelos no tronco da árvore, um contra o outro, com cordas que davam a volta ao plátano.

As mãos também estavam amarradas.

Bertrand soergueu-se.

Reconheceu Stephen Luber e o major Pascal. Com a cabeça caída no peito, a camisa rasgada e coberta de sangue, Luber parecia estar ferido.

Pascal, ao contrário, tinha a cabeça levantada, e agora era ele o alvo dos socos do oficial.

Thorenc teve a impressão de ouvir o baque surdo da lâmina penetrando o corpo do oficial.

Várias vezes, sentiu-se tentado a fechar os olhos e repor as telhas no lugar, a fim de que a penumbra o protegesse das vozes, dos risos, das injúrias, assim como dos gemidos.

Mas, em vez disso, levantou uma terceira telha e passou o braço pela abertura para tentar mirar os homens. Se abrisse fogo, quem sabe, poderia favorecer a fuga de Luber e Pascal ou, pelo menos, abreviar o sofrimento deles?

Mas era tão inútil quanto querer escapar ao cubículo escuro onde Cécile de Thorenc o condenava a ficar trancado.

De modo que continuou a olhar e escutar, como para partilhar do sofrimento dos dois supliciados, tentando compreender como Pascal pôde ter sido preso.

Também teria sido vítima do "agente alemão bem posicionado que se comunica com a Gestapo", que Bingen mencionara na carta póstuma ao coronel Passy?

Ou terá sido preso na estrada quando se dirigia ao castelo dos Peyrière?

Quem sabe Pascal ouvira rumores da expedição de Luber e quis prevenir, impedir essa execução sumária e protegê-lo também, a ele, Thorenc?

Por outro lado, os Peyrière, depois de compreenderem que a tentativa de negociação com a Resistência havia fracassado, devem ter alertado os milicianos. Devem ter temido que os rumores chegassem a Darnand e à SS, e se anteciparam pedindo socorro aos milicianos, na esperança de que estes reduzissem ao silêncio a testemunha de sua traição.

No dia seguinte, partiriam discretamente para a Suíça onde os amigos de Laval já estavam refugiados.

De resto, Charles de Peyrière, embaixador da França, dispunha de total autorização para viajar ao estrangeiro em companhia do pai.

Uma vez em Genebra ou Berna, reataria amistosas relações com Thomas Irving, John Davies ou substitutos...

A boca de Thorenc encheu-se de uma saliva acre. Ele apertou a coronha do revólver tão fortemente que os dedos ficaram doloridos.

Se, nesse instante, Paul e Charles de Peyrière estivessem em sua frente, ele os teria matado sem a menor hesitação.

Diziam que, desde 1940, os alemães haviam fuzilado mais de seiscentas mil pessoas, reféns e resistentes, e deportado pelo menos duzentos mil.

Desses últimos, quantos sobreviveriam? Os Peyrière mereciam mil vezes a morte, eles que, nesta guerra, haviam preferido o lado da barbárie.

Thorenc pensou em Maurice Juransson, o gráfico da Rua Royer-Collard, um dos primeiros resistentes fuzilados que conhecera, e tantos nomes lhe vieram à lembrança, um puxando o outro, até chegar ao de Catherine Peyrolles.

Um soluço de impotência e raiva o sufocou.

Murmurou o nome de Max sem ser capaz de imaginar o rosto desse filho que, se ainda estiver vivo, agora deve estar começando a andar.

Vivo... mas se Catherine Peyrolles estiver morta ou vier a desaparecer, ele terá perdido para sempre essa criança.

Apoiou a testa no rebordo de uma telha e, de repente, deu-se conta de que o vento parara de chofre.

Soergueu-se, espantado com o silêncio.

Observou os milicianos que se reagruparam a alguns passos do plátano.

Disse consigo que talvez fossem os mesmos que acompanhavam e comentavam as partidas de bocha na Praça de Montfort, em Vaison-la-Romaine.

— Eles precisam morrer aos pouquinhos! — gritou uma voz. — Mire nos colhões e na barriga. Esses nojentos têm de boiar na própria merda!

Súbito, uma voz, a de Pascal, começou a cantar; as palavras, carregadas de dor, quebravam-se e recompunham-se:

Allons, enfants de la patrie...

Em seguida, uma voz hesitante emendou:

Aux armes, citoyens...

Luber ergueu a cabeça e pôs-se a cantar com Pascal.

Um miliciano repetiu aos berros:

— Acabem com eles, acabem com eles, pelo amor de Deus!

Sucederam-se as rajadas, tão numerosas que devem ter matado os dois homens instantaneamente.

Os corpos, ainda de pé, cobriram-se de sangue, as cabeças tombaram sobre os peitos escarlates.

Thorenc viu os milicianos saltarem, como se estivessem fugindo, para a plataforma de um caminhão que sumiu na alameda seguido por um carro.

Quando ouviu o silêncio, ele contemplou os dois corpos que a sombra envolvia pouco a pouco, e recuou para o forro do telhado coberto por uma espessa camada de poeira.

Chorou banhado em lágrimas como chorava, outrora, o menino que a mãe deixava de castigo.

28

Ele ergue os punhos e abaixa-os como se batesse num muro.

Abre a boca, queria soltar um grito de alegria e raiva misturadas.

Sente que esse muro, contra o qual se aferra há quatro anos, cede enfim.

Mas, sob os escombros, há tantos corpos, tantos sofrimentos enterrados, tantos rostos mutilados — os dois últimos de Luber e do major Pascal —, que a raiva sobrepuja o entusiasmo.

Vira-se para Bouvy que, sentado diante do rádio, acaba de decifrar uma dezena de mensagens pessoais codificadas.

Elas anunciam que o desembarque começou, e é absolutamente necessário redobrar as sabotagens, as ações contra o inimigo a fim de retardar as divisões de blindados que avançam em direção às praias onde, a esta hora da noite de 5 para 6 de junho de 1944, os primeiros camaradas devem estar pisando.

Bouvy se levanta, brande também os punhos, mas cala-se como Thorenc, porque os vizinhos ainda pensam que esse apartamento da Calçada Suchet está desocupado, e, se ouvirem passos e vozes, um deles pode alertar a zeladora ou a polícia.

Embora a polícia tenha passado a agir com mais prudência, muitas vezes deixando escapar os resistentes que encontra, para se morrer ainda basta uma palavra de um único delator.

Mas já não é preciso morrer!

Bouvy aproxima-se, abre os braços, e Bertrand estreita-o contra si.

Continuam abraçados por um bom tempo enquanto a voz do locutor repete: "*Les sanglots longs des violons de l'automne blessent mon cœur d'une langueur monotone...** O galo levanta a crista..."

Mas o volume do som está tão baixinho que eles precisam ficar rente ao aparelho e inclinar-se juntos, ombros enlaçados, para conseguirem ouvir.

De repente, Bouvy se afasta, esconde os olhos com a mão esquerda e tapa a boca com a direita tentando abafar os soluços.

Thorenc vira-se. Anda na ponta dos pés até a janela. Mas ela está fechada e não podem abri-la.

Neste momento, ele gostaria de ver o céu de junho para fugir à lembrança de todos os camaradas que morreram antes desta noite, para esvaziar a cabeça repleta desses nomes a ponto de explodir. Tem uma sensação de vertigem como se estivesse dependurado sobre um abismo tão escuro quanto o sangue seco no piso do patamar de entrada do castelo dos Peyrière, sobre um fosso tão escarlate quanto o rastro de sangue que cobria os corpos crivados de balas de Luber e Pascal.

Bouvy enxuga os olhos com as costas da mão. Fica cabisbaixo como que envergonhado por não ter conseguido resistir a emoção.

— Nós chegamos até aqui! — murmura ele.

Thorenc concorda com a cabeça e enlaça novamente os ombros de Bouvy.

Diz que a peça ainda não começou. A cortina está abrindo. Até agora, estavam apenas preparando uma representação que estréia esta noite.

E não diz mais nada. Não pretende confessar que teme não assistir ao último ato. Mesmo que sobreviva, certamente não haverá aplausos nem chamadas ao palco. O teatro será invadido pela multidão dos recém-chegados, dos resistentes de última hora, todos com a braçadeira azul, branca e vermelha marcada com as iniciais FFI** e a Cruz de Lorena. E

---

* "Os longos soluços dos violinos do outono ferem meu coração de um langor monótono..." Primeiros versos do poema *Chançon de l'automne* (*Canção do outono*), de Paul Verlaine, usado como senha para noticiar o desembarque dos aliados na Normandia. (N.T.)

** Forças Francesas do Interior. (N.T.)

parecerá indecoroso trazer a memória daquele estudante que agitava uma bandeira tricolor na Praça da Étoile, em 11 de novembro de 1940.

— Já não precisamos morrer — repete Thorenc com uma voz que ele pretende alegre.

Anda pelo quarto para lá e para cá, sem fazer ruído.

Não agüenta mais ficar trancado. Pressente que as próximas semanas serão as mais difíceis de viver.

A cada instante, aumenta a tentação de lutar sem máscara, de desafiar o inimigo, libertar os vilarejos, ostentar as braçadeiras, agitar as bandeiras, e assim esquecer que carecem de armas, que os homens são valentes mas pouco preparados, e um revólver ou uma espingarda não podem deter um tanque de guerra. Portanto, terá de continuar clandestino, um combatente da sombra, quando o desejo de sair às ruas será cada vez mais forte até se tornar insuportável. E nesse momento, em meio aos escombros do muro derrubado, maior será o risco de morrer.

Thorenc pára diante de Bouvy.

— Mas por que não? — murmura.

Lê o espanto nos olhos do companheiro. Volta a andar pelo quarto.

Não pode dizer que acharia normal, quase justo, morrer agora, uma vez que tantos outros tombaram sem conhecer sequer a alegria desta noite.

E, no entanto, seu corpo se rebela a essa idéia. Quer viver.

Com as duas mãos nos ombros de Jacques Bouvy, ele diz:

— Não vamos morrer.

Brandindo os punhos para o aparelho de rádio, eles ouvem a voz rascante de Laval exortar à covardia:

— "Vocês não devem participar do combate. Os que lhes pedem que parem de trabalhar e os incitam à revolta são inimigos da pátria francesa. Recusem-se a agravar a guerra estrangeira em nosso solo, por horror à guerra civil..." — diz o chefe do governo.

— Canalha! — murmura Bouvy entre dentes.

Está indignado. Que guerra civil? O povo não está dividido em duas facções contrárias. O estrangeiro ocupou a nação, e o povo foi obrigado a baixar a cabeça enquanto milhares de homens se puseram a serviço do inimigo para torturar, saquear, na esperança de continuar no poder sob a proteção do vencedor.

Thorenc fica calado. Lembra-se, de repente, da zeladora do prédio do Bulevar Raspail onde ele morava, e do marido dela, o policial que ela chamava pelo sobrenome: "Maurin". Quantos judeus ele teria empurrado para dentro de um ônibus que os levaria ao Vélodrome d'Hiver? Quantos resistentes, quantos suspeitos teria prendido? Decerto ele tem agora uma braçadeira de FFI escondida no bolso.

Guerra civil?

Talvez a história passe sobre os povos como a onda sobre os seixos. Ela os modela e os arrasta. Eles se sujeitam. Vão para onde os leva a corrente mais forte.

Debruçaram-se ambos sobre o rádio. Ouvem o general Eisenhower declarar que não deve haver uma insurreição prematura; insiste para que os franceses obedeçam às ordens que ele dará oportunamente.

Bouvy olha para Thorenc.

Há quatro anos que este povo recebe ordens! Afinal de contas, não lutamos para continuar a obedecer!

— Os americanos são assim mesmo — começa Bouvy.

Agora é ele quem anda pelo quarto procurando pisar de leve.

Recorda a política dos americanos em Vichy, onde mantiveram um embaixador até esses últimos meses. Fala do apoio que deram a Pétain e depois a Giraud, na esperança de transformar Argel em outro Vichy.

— De Gaulle os incomoda! — murmura. — E nós ainda mais!

Thorenc pensa nas palavras de Paul e Charles de Peyrière.

Então seria simplesmente o caso de mudar de dono? Um, bárbaro; o outro, generoso e benevolente?

Falam em voz baixa, indignados. Depois, tentam dormir. Mas como, se o muro que os aprisionava acaba de cair?

Ouvem Pétain choramingar:

"Não dêem ouvidos aos que, na tentativa de explorar nosso infortúnio, levariam o país ao desastre!"

E súbito, uma voz ressoa. Thorenc se arrepia. É a primeira vez, neste dia, que ele ouve uma voz falar em nome e com a força de todos os que morreram:

"A suprema batalha começou. Após tantos combates, tanta ira, tantas dores, eis que chega o tão esperado confronto decisivo. Que não haja dúvida, é a batalha da França e é a batalha da grande França!" — fala De Gaulle.

Thorenc olha para Bouvy. Adivinha-lhe os olhos cheios de lágrimas. Seus próprios olhos ardem.

O general prossegue:

"Para os filhos da França, o dever é simples e sagrado: trata-se de destruir o inimigo que esmaga e avilta a pátria... Esta batalha, a França vai travá-la com ira... Já não há, no Império, nas Forças Armadas, senão uma única e mesma vontade, uma única e mesma esperança. Por trás da nuvem tão carregada de nosso sangue e de nossas lágrimas, eis que surge o sol de nossa grandeza!"

Thorenc vira-se para a janela.

Deve estar tão claro atrás das folhas de madeira.

Ele pensa em Max, o filho que, se ainda estiver vivo, viverá em liberdade.

Queria ouvir de novo as palavras de De Gaulle, as mesmas que carrega há quatro anos: ira, dor, lágrimas.

E a última: sangue.

Este ainda não parou de correr.

QUINTA PARTE

29

Thorenc abaixa a cabeça e fecha os olhos.

Sente as gotas de suor deslizarem por suas têmporas e nuca.

Puxa a máquina de escrever para junto de si, rodeando-a com os braços, os dedos entrelaçados. Aperta-a contra o peito como se ela fosse a nave de seus sofrimentos, como se ela recolhesse os terrores, os gritos, os corpos de todas as vítimas cuja agonia ele começa relatar.

— É você que tem de escrever isto, Thorenc — disse Bouvy entregando-lhe um maço de folhas de papel.

Ele as percorreu com os olhos.

Leu uma ou outra página.

Teve a impressão de ver os corpos deitados lado a lado.

O primeiro é de um homem de vinte e cinco anos que os SS da Divisão Das Reich fizeram subir ao topo de uma escada. Tem as mãos amarradas, as pernas presas. Está incapacitado.

Os SS o empurram para que ele atinja a altura da sacada do prédio da esquina da Rua du Pont-Neuf com a Quatre-Septembre, em Tulle.

Um soldado alemão debruça-se em cima da balaustrada, passa um nó corredio no pescoço do rapaz, que balbucia, de olhos esgazeados.

Os SS retiram a escada, e o corpo, dependurado na corda presa na sacada, balança batendo na fachada do prédio.

Esse rapaz é um dos noventa e nove enforcados em Tulle, em 8 de junho de 1944.

Na segunda página, o segundo corpo é de uma criança que berra, agarra-se à mãe que se atira para a frente, tenta quebrar os vidros da sacristia da

Igreja d'Oradour-sur-Glane para que o ar entre na nave onde os SS da Divisão Das Reich prenderam todas as mulheres e crianças do vilarejo e colocaram um caixote no altar-mor. Quando o caixote explodiu, uma fumaça negra invadiu a igreja; as mulheres e as crianças começaram a subir nos bancos tentando alcançar os vitrais e quebrá-los para não morrerem asfixiadas.

A mulher consegue; o ameno ar de junho afasta a fumaça. Mas os soldados irrompem na igreja, instalam uma metralhadora e atiram nessas centenas e centenas de corpos amontoados; a mãe morre primeiro, protegendo o filho que acaba devorado pelas chamas da fogueira acesa pelos SS.

Mas Deus teria querido que ele morresse antes dela, aterrorizado, asfixiado?

Um entre os mil que morreram em Oradour-sur-Glane, em 10 de junho de 1944.

Thorenc abanou a cabeça e entregou os papéis a Bouvy, murmurando:

— Eu não posso.

Explica que quer lutar para matar os que mataram, para expor seu próprio corpo em solidariedade a outros corpos, para esquecer na ação e na angústia o corpo desse menino morto que poderia ser o de Max.

Pois Catherine Peyrolles talvez não tenha escondido o filho em Lyon, mas num vilarejo qualquer, imaginando que assim ele estaria a salvo.

E quantos refugiados acreditaram-se longe de qualquer perigo em Oradour-sur-Glane!

Mas basta a proximidade de um maquis, a passagem de uma coluna da SS ou da Milícia, para que o vilarejo ou a fazendola fiquem no centro da tormenta e sejam sufocados, queimados pela barbárie, como aconteceu com Balmas e a fazendola dos Ambrosini, ontem, e Oradour, hoje.

O vento da revolta soprou em toda parte, dezenas de milhares de homens deixaram as cidades, os burgos, para subir aos maquis. É a mobilização geral, a insurreição nacional. Numa única noite, todas as mensagens divulgadas pela BBC exortavam à guerrilha, com o propósito de abrir fogo em toda a França e atordoar o inimigo para que ele não pudesse perceber onde acontecia o ataque principal.

Thorenc ouviu duas vezes os locutores repetirem: "O ácido avermelha o tornassol." E os jovens partiram para as florestas do Vercors, para o Monte Mouchet, o maqui de Meynier.

O capitão Marat disse-lhes que era preciso libertar os vilarejos e que as cidades de Lyon, Saint-Étienne, Clermont-Ferrand e Grenoble já haviam expulsado os alemães. E as canções explodiram, *A Marselhesa* estremeceu os corações. Vamos, filhos da pátria, vamos, formem seus batalhões!

Invadiram os vilarejos. Visto que "o ácido avermelha o tornassol", visto que os Aliados estavam firmes na Normandia, e a batalha da França começara, e era a batalha *da grande França*, eles acreditaram que podiam içar a bandeira tricolor na fachada das prefeituras, desfilar pelas ruas, matar os colaboradores e os milicianos, atacar os carros alemães.

Mas os SS e os guardas independentes de Darnand chegaram com tanques e canhões, os aviões começaram a bombardear o Vercors e o maqui do Monte Mouchet.

Em 7 de junho, Thorenc ouviu a voz esganiçada de Darnand pronunciar palavras corrosivas:

"As ordens são claras. Considerem como inimigos da França os francos-atiradores e os *partisans*, os membros do pretenso Exército Secreto e os grupamentos da Resistência. Ataquem os sabotadores, sejam eles pára-quedistas ou não. Agarrem os traidores que tentam minar o moral de nossas formações. Enfrentem todos eles como fazem os GMR na Haut-Savoie e a guarda no maqui de Limousins... A partir desta noite, mobilizo a Guarda Independente e a Milícia Francesa. Convoco todos os meus homens a deixarem seus afazeres, reunirem suas famílias em locais seguros e juntarem-se depois a suas legiões... Hoje, não se deve ter medo de viver perigosamente, para não sofrer a sorte dos escravos que são degolados...", disse o secretário do Interior.

E no *Je suis partout*, Pierre-Antoine Cousteau, um jornalista com quem Thorenc cruzava antigamente — parece-lhe que faz um século —, escreve:

"Eis que chegamos ao fim do imobilismo, à hora da decisão. É a guerra total no território francês. Ou seja, exatamente o que os mata-mouros da

Resistência almejam com todas as forças há quatro anos. A guerra total com rios de sangue..."

Mas esses matadores franceses não passam de cães vira-latas dos SS, dos russos e ucranianos, que combatem, degolam, enforcam e fuzilam sob o uniforme alemão.

Eles incendiaram os vilarejos e as fazendolas ao redor do maciço do Vercors. Massacraram no Lot, na Corrèze, no Morbihan, na Provence. Nenhuma região escapa a suas sevícias.

Thorenc volta a pensar em Max.

Repete a Bouvy:

— Eu não posso.

Ele quer ir para um maqui. Não foi De Gaulle que, ao voltar à terra francesa em 14 de junho, quatro anos contados dia a dia desde que os alemães entraram em Paris, disse em Bordeaux: "Nosso grito agora, como sempre, é um grito de combate, porque o caminho é tanto o caminho da liberdade como o caminho da honra!"?

— Quero lutar! — repete Thorenc.

Quer sair desses quartos escuros onde as janelas devem estar sempre fechadas, onde precisa andar na ponta dos pés e falar somente em voz baixa.

Não quer mais ter medo de ser reconhecido e agarrado a cada passo que der na rua.

Quer uma metralhadora de mão, uma bazuca, enfiar um detonador numa carga explosiva e lançar feito granada.

Enfim, após quatro anos de luta clandestina, ele quer matar e morrer de rosto descoberto, participar da insurreição nacional.

— Há homens demais para poucas armas — responde Bouvy —, e você sabe disso.

Entrega a Thorenc as mensagens que Pierre Villars conseguiu enviar a Lyon para que eles procurem divulgá-las.

Thorenc lê a primeira, que deve ser comunicada a todos os chefes de redes de maqui:

"Ordem do general Kœnig. Freiem ao máximo atividade guerrilha — stop. Impossível presentemente aprovisionar armas e munições em quantidade suficiente — stop. Romper contato em toda parte na medida do possível para permitir fase reorganização — stop. Evitem grandes ajuntamentos — constituam pequenos grupos isolados."

Thorenc pragueja.

Esquece que é preciso cochichar neste apartamento da Calçada Suchet.

E grita.

Mas então, por que incentivaram a insurreição? Por que todas essas mensagens? Por que difundiram a senha: "O ácido avermelha o tornassol"?

Milhares e milhares de homens foram para os maquis. Cidades e vilarejos foram invadidos. E agora, essa ordem de recuar? Quase uma desmobilização?

Em suma, nas horas que antecederam e se seguiram ao desembarque, foi preciso dar aos alemães a impressão de que toda a França se sublevava, a fim de imobilizar as forças inimigas. Continuavam portanto, de uma outra forma, com a política de bombardeamentos de todas as cidades, das centrais de comunicação, de Nice a Cherbourg, de Calais a Bordeaux. Assim, milhares de mortos ficaram soterrados sob os escombros. Sacrificaram, pois, esses civis e, depois, continuaram a semear a confusão, fazendo os maquis saírem das florestas onde estavam. E agora, dizem: "Voltem para casa!"

Sem responder, Bouvy faz um gesto convidando Thorenc a ler a segunda mensagem que devem tentar transmitir a Argel e a Londres:

"Fomos atacados no Vercors por forças consideráveis vindas de Grenoble. Não podemos pensar em abandonar sem defesa população inteiramente envolvida. Situação dramática devido falta armas e munições. Suplicamos virem ajudar mediante maciço lançamento pára-quedas em todos campos Vercors. Batalhão pára-quedista ajudaria salvar situação."

— Não vão enviar nada — murmura Buvy. — Neste momento, não podem dispensar um único homem, um único avião.

— É preciso estar lá — responde Thorenc.

No Vercors, com Salgado e Minaudi, e até, se for preciso, com o capitão Marat no Monte Meynier.

Se uns e outros ainda estiverem vivos.

Depois de estender mais uma vez os papéis a Thorenc que se recusa a aceitá-los, Bouvy deixa o maço em cima da cama, repetindo:

— Esses crimes precisam ser conhecidos. É preciso...

Faz uma pausa e continua:

— A batalha na França pode durar meses. O país precisa saber!

— Ele sabe — resmunga Thorenc encolhendo os ombros. — Agora, já não interessa saber mais nada. É hora de lutar, de sacar as armas.

Bouvy apanha os papéis.

— As pessoas ignoram o que se passa de uma região para outra — ele objeta. — O pessoal dos vilarejos acreditou que Lyon estava libertada. Em Paris, achavam que todo o sul da França havia se sublevado. Na Rádio Paris, Philippe Henriot continua a denunciar os crimes dos "terroristas", dos "bandidos". Será que podemos deixar o país na ignorância?

— É preciso matar Philippe Henriot — replica Thorenc.

Bouvy cala-se, um instante, com ar de espanto.

— Você é o único, Thorenc, um dos únicos que podem transformar este sofrimento em uma arma, um relato, uma obra — estende-lhe os papéis novamente — que divulgaremos por toda parte, mesmo depois da Libertação, e ninguém esquecerá.

Sacode as folhas na cara de Bertrand.

— Em Tulle — continua — os SS riam enquanto penduravam suas vítimas nas sacadas e nos ganchos de açougueiros. Em Oradour, atiraram em algumas crianças que fugiam pelos trigais e mataram todas. Em toda parte, eles se recusam a sepultar os corpos. Em Tulle, enterraram todos juntos num depósito de lixo. Tocaram fogo nos celeiros onde haviam fuzilado os homens. Incendiaram a igreja onde haviam amontoado mulheres e crianças. Não querem matar somente, querem impedir que a gente se lembre. É por isso que enterram os corpos em valas comuns: para que os nomes desapareçam da terra e das memórias. E queimam pelo mesmo motivo.

Põe a mão no ombro de Thorenc.

— É você, você quem deve devolver identidade a esses mortos, fazer com que o grito deles seja ouvido, não permitir que o sofrimento deles seja esquecido. Você precisa escrever. É a sua luta. Depois, vá para o maqui liquidar Philippe Henriot, vá morrer, se quiser. Mas antes dê a esses franceses a sepultura de palavras a que têm direito.

Thorenc apanha o maço de papéis.

Deixaram o apartamento da Calçada Suchet e se dirigiram para a Rua Vauban. Em três pequenas peças do subsolo, onde o ar e a luz entravam apenas pelos pequenos basculantes que dão para a rua, o Movimento Unidos da Resistência conseguira instalar uma oficina de rotogravura onde imprimiam documentos falsos, jornais clandestinos e panfletos.

É onde Thorenc escreve, uma vez que é impossível bater à maquina no apartamento da Calçada Suchet, pois o tiquetaque das batidas poderia chamar a atenção dos vizinhos.

Separaram-se, assim que saíram do prédio da Calçada Suchet.

Jacques Bouvy caminha uns cem metros à frente de Thorenc.

O tempo está bom nesse mês de junho de 1944. O sol da manhã já é quente. Sua luz desliza ao longo das fachadas, cobre a rua, ilumina o Ródano e o Saône; os dois rios parecem duas jóias brilhantes com a península encastoada entre elas.

Bertrand tem a impressão de estar caminhando num cenário montado para uma festa primaveril que não acontecerá.

As ruas que margeiam o Ródano estão vazias. Bouvy é a única pessoa na Ponte Lafayette. Thorenc vira-se, angustiado. Ouviu um ruído de motor, e é como se o rumor da tragédia já soasse para ele.

Vê surgir um carro preto, desses que a Gestapo ou os milicianos se utilizam. Esforça-se para manter a mesma atitude. Aperta a coronha do revólver. Não vai deixar que o apanhem vivo.

O barulho invade seus ouvidos. O carro passa por ele.

Tem a impressão de que diminuiu a marcha ao passar por Bouvy que entrou agora no Bairro des Brotteaux.

Mas o carro se afasta, e Thorenc apóia-se no parapeito da ponte.

Está sem fôlego. De repente, sente ameaça na claridade e no calor do sol.

Queria a proteção de um tempo cinzento, uma noite e um nevoeiro.

A luz parece-lhe demasiado cruel, em concordância com esse tempo de assassinos.

Pois os milicianos, os SS só querem matar. Quando os guardas independentes de Darnand põem a mão num maqui, eles o torturam, furam-lhe os olhos, retalham seu corpo; agora, nem tanto para fazê-lo falar, mas para desfrutar do sofrimento dele, puni-lo por estar vivo.

O inimigo deve berrar de dor antes de morrer.

Os milicianos tiraram Jean Zay, o ex-ministro da Educação da Frente Popular, da prisão de Riom. Certamente o liquidaram numa estrada de Cher, mas alegaram que foram os terroristas que levaram o prisioneiro.

Eles matam sem ter ao menos a coragem de reivindicar seus crimes, e pouco se importam se acreditamos em suas mentiras.

Thorenc encontra-se com Bouvy na entrada de um jardim fechado por uma grade enferrujada.

Descem os dez degraus que levam ao subsolo de uma pequena casa de fachada descascada.

Antes de entrar nas três peças da oficina, Bouvy mostra as saídas que permitem acesso aos terraços de onde é possível pular para um jardinzinho e fugir.

Na oficina de impressão, o calor é sufocante, mas não se podem abrir os respiradouros quando se está trabalhando.

Thorenc instala-se numa mesinha. Coloca o maço de papéis à direita da máquina de escrever. Começa a lê-los.

Não sabe se conseguirá escrever.

Teria de falar sobre cada uma dessas vidas.

A do homem, no celeiro de Oradour-sur-Glane, trespassado de balas, mas ainda vivo, protegido pelos corpos de camaradas metralhados pelos SS. Ele percebe que os carrascos amontoam gravetos sobre os cadáveres para atear fogo.

E o homem, ensangüentado, arrasta-se para longe do fogo.

Quando ouve o estrondo das explosões, ele se dá conta de que os alemães estão matando sua mulher e seus dois filhos encerrados na igreja.

Bertrand pensa novamente em Max.

Escreve batendo nas teclas cada vez mais rápido, cada vez mais forte.

Copia o testemunho do coronel Georges do FTP que relata o que viu na fazendola do Lot onde se haviam refugiado os rapazes sem armas que queriam, como eles mesmos avisaram, "montar um maqui".

Foram surpreendidos pelos SS da Divisão Das Reich, que dispunham de três blindados e dezesseis viaturas munidas de lagartas.

O que fazer quando só se tem as mãos, e os olhos se abrem em meio aos gritos dos que já estão agonizando?

Thorenc apóia os braços na mesa ladeando a máquina de escrever.

O que acrescentar a esse testemunho?

"As paredes ainda fumegam: vigas calcinadas, arcabouço destruído. Lá, atrás do zimbro, o corpo estirado de uma mocinha, sangrando, os olhos fixos no céu. E, mais além, corpos, mais corpos. As galinhas passeiam e bicam as entranhas dos cadáveres pisados, destroçados, esmagados vezes seguidas pelas lagartas das viaturas."

Essa máquina de escrever que Thorenc aperta contra o peito é como uma criança morta com o corpo já rígido.

30

Thorenc abre os olhos e levanta a cabeça lentamente.

Parece-lhe ter ouvido passos, sussurros.

Fica alerta. Olha em torno, ergue os olhos.

Vê sombras atrás dos basculantes que iluminam a peça.

Afastam-se como se estivessem passando, depois retornam, param; outras sombras vêm juntar-se a elas.

Thorenc pega os papéis. Enfia-os por dentro da camisa. A angústia o sufoca. Queria gritar, saltar dali.

Ele é um desses homens que ainda vivem sob os cadáveres de seus camaradas.

Essas sombras são dos carrascos que se aproximam. Vão atirar, lançar uma granada, atear fogo.

Ele empurra a máquina de escrever.

Põe-se de pé, com cuidado para não arrastar a cadeira.

Tem certeza de que deve estar sendo vigiado da rua, através dos vidros opacos. Cola-se à parede oposta aos basculantes. Na penumbra, esgueira-se junto à parede.

Distingue uma silhueta de mulher na última sala da oficina. Com as mãos apoiadas na mesa de rotogravura e os braços esticados, ela se debruça sobre a rotativa. Deve ter entrado enquanto Thorenc escrevia.

Ele fica imóvel.

Tem a impressão de reconhecer os cabelos pretos que caem lisos e longos sobre os ombros. Os braços nus, a curva dos ombros também lhe parecem familiares. Esforça-se para não ceder a emoção.

Não pode ser Catherine Peyrolles, uma vez que foi presa e deportada. E no entanto, esse jeito de mexer os braços, de jogar os cabelos para trás, esse perfil são de Catherine.

Ela se vira para Thorenc.

O rosto é mais redondo, o olhar diferente, mas a semelhança é tanta que ele não consegue deixar de se perturbar.

Não dura mais que o tempo de um olhar.

As sombras ainda estão reunidas atrás dos basculantes.

Ele faz sinais para a jovem. Ela parece não compreender.

Ela chama Jacques Bouvy em voz clara.

A angústia junta-se à emoção de Bertrand. A voz tem o mesmo ligeiro sotaque de Catherine, as mesmas inflexões graves...

Ela lhe pergunta se já terminou de datilografar o artigo. Diz que vai paginá-lo.

Bouvy se adianta. Ele brinca. Observa Thorenc e comenta que está banhado em suor. Dirige-se para os basculantes. Diz que já podem entreabri-los, agora que Bertrand terminou de bater à máquina.

As sombras se retiraram, entretanto.

Thorenc recua, agarra o braço da jovem.

Ainda tem tempo de pensar que ela usa um vestido estampado de flores, com mangas curtas, como um que Catherine gostava de usar.

Ele balança a cabeça fazendo sinal para impedir Bouvy de estender a mão para o basculante.

Grita:

— Não abra!

Bouvy suspende o gesto, gira sobre si mesmo e encara Thorenc com ar atônito. Ao mesmo tempo em que vê o espanto de Bouvy, Thorenc ouve um fragor de vidros quebrados, estampidos ensurdecedores das balas que ricocheteiam nas paredes espalhando estilhaços de reboco, ouve vozes que berram e vê o rosto de Bouvy crispar-se, a boca abrir-se vermelha de sangue, o corpo oscilar e cair, enquanto os olhos conservam a mesma expressão atônita.

Thorenc puxa a jovem para si e corre para a porta. Precisa alcançá-la antes deles. Tudo se decide em questão de segundos.

Encontra as saídas que Bouvy lhe mostrou quando entraram na oficina.

Enquanto sai por ali, percebe as sombras no alto da escada. O silvo agudo das balas torna-se um baque surdo quando elas atingem a porta metálica ou o cimento.

Ele empurra a jovem, suspende-a para que ela consiga alcançar o primeiro terraço e depois o segundo, um pouco mais alto.

Agora, ao contrário, é preciso pular, correr ao longo de uma sacada. Os gritos ressoam, uma mistura de vozes francesas e alemãs pontua os disparos que já parecem distantes.

Atravessam um jardim, escondem-se atrás de uma sebe que margeia a rua.

Um carro passa devagar, com os vidros arriados e homens armados debruçados nas portas.

Quem sabe é o mesmo carro que diminuiu a marcha quando chegou perto de Bouvy na Ponte Lafayette?

Os homens de Wenticht e da Milícia devem ter preferido só puxar a tarrafa quando achassem que estaria cheia de peixes.

Talvez houvessem esperado mais se Thorenc não gritasse.

Ele segura a nuca da jovem e pressiona para que ela mantenha a cabeça baixa.

O carro ronda. Vozes se aproximam.

Thorenc pega a arma.

Sente que a jovem quer se desprender. Retira a mão. Ela ergue um pouco o rosto. Olha para ele e murmura:

— Mate-me primeiro.

Ele afasta o braço como se, de súbito, sentisse medo de tocá-la.

— Eu suplico — diz ela.

Ela balança a cabeça.

— Não quero que eles...

Ela enfia o rosto na terra.

Ele acaricia-lhe os cabelos. Sussurra-lhe que não serão apanhados, tem absoluta certeza.

Conhece o pessoal da Gestapo e da Milícia. Eles desistem logo. O momento não é como antes quando tinham todo o tempo pela frente. Eles querem matar, mas depressa. Já não procuram prender ninguém nem mesmo arrancar informações. Já não têm forças suficientes para utilizá-las. Então, executam ações momentâneas. O que eles querem, acima de tudo, é liquidar, massacrar.

— Não conseguirão matar todos nós — murmura ele. — Eles sabem. É por isso que estão furiosos, metralham mulheres e crianças. Na verdade, o que eles querem matar é a vida.

Thorenc encosta a cabeça na terra seca e granulosa do jardim.

Arrepende-se de ter falado. Essa mulher não precisa absolutamente de palavras.

Ele a estreita contra si para tentar acalmá-la.

Balançando a cabeça como se quisesse dizer que não aceita o que aconteceu, ela repete:

— Jacques, Jacques...

Thorenc revê os olhos atônitos de Bouvy e a rosa vermelha que logo lhe cobriu a boca.

31

Em pé, ao lado da cama, Thorenc olha a jovem mulher que dorme, nua, os cabelos pretos espalhados no travesseiro branco.

O dia mal acaba de despontar, mas já é vívida a luz que se infiltra pelas frestas das venezianas.

Ela traça listas amarelo pálido no corpo da mulher.

Thorenc inclina-se e estende o braço. Não ousa tocar esse rosto, esse corpo. É preciso que ela continue a dormir, e ele saia do quarto sem acordá-la. Pedirá ao velho senhor que os abrigou que tente convencê-la a ficar alguns dias na casa dele. Ela não deve voltar a nenhum dos locais que freqüentava, pois, sem dúvida, cada "caixa de correio" vira uma armadilha. Alguém deve ter denunciado a rede, já que a Gestapo conhecia o endereço da oficina da Rua Vauban onde se imprimiam as publicações clandestinas.

Ele começou a explicar isso à jovem enquanto estavam deitados de rosto encostado na terra do jardim onde se esconderam depois da fuga.

Mas ela murmurou várias vezes:

— Não, não...

Recusava-se a acreditar que um dos camaradas com quem convivera pudesse ter falado, fornecido os nomes e os endereços aos homens de Klaus Wenticht.

— Conheço todos eles, eu era um dos correios — disse ela.

Soergueu-se um pouco, apoiada nos braços.

— Eu substituí minha irmã quando ela foi presa.

Thorenc sentiu uma alegria imensa, como se, de repente, o destino se mostrasse generoso com ele. Riu em silêncio, e ela pareceu assustada com esse surto de alegria, tão estranho depois do que haviam vivido e na situação em que se encontravam. Afastou-se e olhou em torno como se procurasse ajuda, pois ele parecia ter perdido o juízo.

Ele segurou a moça pelo ombro, obrigando-a a estreitar-se contra ele.

Mas não pôde falar logo: o carro da Gestapo tornava a passar pela rua. As vozes iradas estavam mais próximas. Mais obstinados do que Thorenc imaginara, os alemães deviam estar revistando as casas da vizinhança.

Ele forçou a jovem a rastejar, a esgueirar-se sob a sebe, e foi juntar-se a ela. Seus corpos ficaram colados um no outro, os lábios dela contra o pescoço dele. Ela não se mexeu quando ele lhe confessou por que, ao vê-la debruçada sobre a prensa rotativa, pouco antes do ataque da Gestapo, ele teve a impressão de ver Catherine Peyrolles. Pois era irmã de Catherine, não era? Sentiu apenas que o corpo da jovem se distendia, e ela se tornava uma presença calorosa e confiante. Então ele lhe acariciou as costas por cima do tecido estampado, sedoso e fresco, e desceu as mãos até a altura dos rins.

Fazia tanto tempo que ele não estreitava uma mulher contra si.

Ficaram assim sob a sebe de ciprestes aparados cujos galhos arranhavam seus rostos e agarravam-se aos cabelos da moça.

Lá para o fim da tarde, enquanto detonações secas e esporádicas ainda soavam ao longe, ele ouviu um leve ruído de passos na terra.

Uma voz um tanto trêmula sussurrou que os alemães e os milicianos ainda patrulhavam as redondezas, mas já haviam revistado a casa que ficava no fundo do jardim.

— Vi quando vocês se enfiaram aí. Fiquei atento. Tive medo quando os alemães vieram revistar. Eles espiaram o jardim, mas vocês já estavam embaixo da sebe. Minha mulher disse que precisamos escondê-los.

Seguiram o senhor idoso até a casa. Na entrada, a jovem murmurou que se chamava Laetizia.

Thorenc segurou-lhe a mão.

Os dois velhinhos explicaram que o quarto do filho, no primeiro andar, estava vazio. O pobre rapaz estava prisioneiro no além-Reno; fazia mais de um mês que não recebiam uma carta dele. Estavam inquietos com os bombardeios que varavam a Alemanha de cabo a rabo. Mas o velho acrescentou que ficava contente que esses canalhas fossem esmagados pelas bombas!

Enquanto a velha senhora servia-lhes um prato de sopa, sempre falando do rapaz que ela chamava de "meu menino Julien, meu filho", Thorenc murmurou:

— E o filho de Catherine?

Laetizia não respondeu, e ele apertou-lhe a mão com toda a força. Ela se virou para ele e cochichou que Catherine conseguira enviar uma mensagem quando estava presa em Montluc.

Havia escondido o filho no vilarejo de Berson, perto de Vaison-la Romaine.

Laetizia pareceu surpresa quando Thorenc murmurou "Max"; então, foi ela que apertou a mão dele.

Na penumbra, como se a obscuridade abafasse as vozes, o velho ligou o rádio cautelosamente.

Os alemães estavam cercados em Cherbourg. As tropas do general de Lattre de Tassigny haviam ocupado a Ilha de Elba.

Após cada informação, o locutor repetia:

"É a batalha da França e é a batalha da grande França!"

Enquanto ouvia, Thorenc passou o braço em torno dos ombros de Laetizia. Sentiu-a tão frágil, tão angustiada! Por trás do entusiasmo que a jovem manifestou quando o rádio anunciou que a Resistência conseguira explodir cento e vinte trens de munição nas pedreiras de Jonzac, em Charente — as explosões perduraram por vários dias —, ela lhe pareceu tão apavorada que ele quis tranqüilizá-la.

E ao senti-la enroscar-se nele, experimentou por sua vez uma sensação de força e paz.

* * *

Contudo, olhando em torno dessa pequena sala de jantar cujos móveis envernizados formavam superfícies luminosas na obscuridade cada vez mais densa, ele também se sentiu desamparado.

Estava ali, perseguido, com Laetizia e os dois velhinhos, numa casa de um bairro de Lyon que os carros alemães percorriam, ouvindo essa voz distante, que a estática muitas vezes encobria, decretar uma "ordem do dia de mobilização":

"A todos os oficiais, suboficiais e soldados das Forças Francesas do Interior, combatentes dos grupos independentes, francos-atiradores e *partisans*, corpos independentes da Libertação, homens dos maquis e das milícias patrióticas... o Comitê de Ação Militar ordena a intensificação geral da guerrilha móvel; em caso de ataque de forças inimigas superiores, não disputem terreno... Morte ao invasor! Viva a França!"

Eram palavras de grande ressonância e grande abertura. Repercutiam, heróicas e gloriosas:

"O Comitê de Ação Militar (COMAC) do Conselho Nacional da Resistência, órgão supremo do comando das FFI, felicita-os pelas ações realizadas desde o desembarque das forças aliadas!"

Na sala de jantar mergulhada na escuridão, a velha senhora murmurava:

— Vocês devem estar exaustos depois deste dia. Vou mostrar o quarto do meu menino Julien, meu filho adorado. Que Deus o proteja!

O velho sussurrava que era melhor não acender a luz. Estava convencido de que os alemães ainda espreitavam.

— Conheço esses "chucrutes" — acrescentava. — Estiveram na minha frente durante quatro anos. São homens como os outros, mijam sangue como nós, mas aferram-se com unhas e dentes, e é duro fazer com que larguem a presa. Vamos conseguir de qualquer maneira, e vamos conseguir mais uma vez!

— Eu me despeço — disse a velha senhora.

Thorenc estava encostado na porta que ela acabava de fechar. A velha senhora nem imaginou que eles poderiam não dormir juntos.

* * *

Por um instante, esqueceu-se de onde estava. Pensou no vilarejo de Berson sobranceira a uma paisagem de suaves colinas cobertas de vinhedos, na estrada de Vaison-la-Romaine. Imaginava Max a dar os seus primeiros passos ali.

Então, ouviu Laetizia tatear no escuro, esbarrar numa mesa ou numa cadeira e se dirigir para a janela.

Ela entreabriu as folhas de madeira. E bastou para que um pouco de claridade penetrasse no quarto.

Thorenc percebeu que ela erguia os braços. Os gestos lentos da jovem deslocaram a sombra de um lado para o outro de seu corpo como uma nadadora faz com a água que, no entanto, a envolve.

Ele ouviu o farfalhar do vestido de flores deslizando pela pele. Adiantou-se, de braços estendidos, como um cego, e finalmente encontrou o corpo nu da jovem.

Laetizia murmurou:

— É preciso, é preciso.

Ele experimentou o mesmo sentimento de necessidade.

A cama formava uma mancha estreita, mais clara.

Depois, Laetizia adormeceu imediatamente.

Bertrand se levantou, fechou as folhas da janela e voltou a se deitar junto da jovem, que logo se enroscou nele.

Esse impulso, esse abandono o comoveram, confortaram, acalmaram. Sentiu-se sonolento, por sua vez.

Sonhou com uma criança correndo por entre as crateras abertas pelas bombas.

32

Os homens se afastaram e ele viu, primeiro, as mãos de dedos cortados pousadas sobre o tecido preto.

A sotaina do abade Vivien estava ensangüentada. As mãos postas sobre o peito davam a impressão de estarem unidas como numa prece.

Bertrand se aproximou e viu o rosto do padre. Era uma chaga escurecida e, no meio, as cavidades ainda mais escuras das órbitas.

Ele desviou os olhos.

Viu os homens de braços nus, as mangas das camisas arregaçadas, a braçadeira azul, branca e vermelha com as letras FFI em torno dos bíceps.

Postou-se de cabeça baixa, arma nas mãos.

Do outro lado do abade estendido sobre uma coberta cinzenta, encontravam-se Salgado e Minaudi.

— Precisamos enterrá-lo — disse o último.

Salgado acrescentou que deviam cavar a sepultura no topo do morro; fincariam uma cruz e iriam vingá-lo.

O espanhol brandiu o punho. Seu rosto escondido sob uma barba hirsuta e o braço erguido davam uma impressão de inquebrantável determinação.

— O abade não gostaria que falássemos em vingança — continuou. — Ele tinha descido, sem arma, a Berson para ministrar os sacramentos a uma mulher. Veja você o que os milicianos fizeram com ele. Deus, a Igreja e seus mandamentos não são assunto nosso, camaradas; mas nosso dever é matar aqueles que o torturaram. Não estamos entre os que estendem a outra face. Eles vão pagar!

Thorenc viu os homens se aproximarem do corpo de Vivien, e também erguerem os punhos à altura do rosto.

Em seguida, quatro deles seguraram a coberta, cada um numa ponta, e dirigiram-se para o bosque de pinheiros que coroava a colina.

Foi por esse retalho de floresta que Thorenc chegou.

Conseguira alcançar Bollène pegando alguns trens que ainda transitavam abarrotados. Paravam no meio das vinhas, e era preciso descer depressa dos vagões que aviões de caça metralhavam em vôo rasante, tão baixo que dava para avistar o piloto. Se o trem ou a estrada de ferro fossem atingidos, seria preciso caminhar ao longo dos trilhos até a próxima estação.

Depois, Thorenc comprou uma bicicleta por três ou quatro vezes o preço normal e começou a pedalar nessa paisagem que lhe era familiar e parecia pacífica.

Esperava chegar ao vilarejo de Berson antes do anoitecer.

Ao sair de Lyon, havia imaginado procurar o médico ou o padre da cidadezinha. Um ou outro devia conhecer as famílias e as crianças do lugar.

Estava convencido de que assim encontraria o paradeiro de Max. Queria conhecer as pessoas que o acolheram. Marcaria uma data e, se Catherine Peyrolles não voltasse da deportação, se...

Pedalou mais depressa, pensando que poderia criar o menino junto com Laetizia Bucchi, e sentiu-se quase alegre nessa tarde amena.

Depois, subiria ao maqui de Minaudi e Salgado que ficava, como lhe disseram em Lyon, numa dessas colinas nos arredores do vilarejo.

De repente, na estrada que levava a Berson serpenteando o flanco da colina, ele viu dois caminhões à sua frente. Os homens formavam uma massa escura no meio do ripado da carroceria. Eram milicianos GMR ou guardas independentes.

Dirigiam-se para Berson, decerto na intenção de atacar o maqui.

Erguendo os olhos, Thorenc avistou na estrada acima carros blindados alemães munidos de metralhadoras, a maioria disfarçada entre os pinheiros.

Pensou nas crianças de Oradour-sur-Glane.

E temeu que o destino, esse encadeamento de circunstâncias tão imprevisíveis quanto implacáveis, tenha lhe dado, primeiro, a alegria de saber onde Catherine escondera seu filho, para depois feri-lo mais cruelmente ainda, fazendo-o descobrir que a criança corria perigo de vida.

Abandonou a estrada asfaltada e pegou as de terra, mas nenhuma levava diretamente ao vilarejo. Depois de muitas voltas pelo vinhedo, reencontrou a estrada onde as viaturas alemãs e da Milícia avançavam lentamente.

Mesmo assim, elas chegariam a Berson antes que Thorenc as alcançasse; tentar ultrapassá-las seria correr o risco de ser preso, torturado e fuzilado. Na estrada que levava ao maquis, um homem ainda jovem era um suspeito que não teria a menor chance com os alemães, muito menos com os milicianos.

Compreendendo que por ali não conseguiria chegar ao vilarejo, Thorenc escondeu a bicicleta no meio das vinhas e seguiu a pé. Berson fica encarapitada numa crista rochosa, que domina o vinhedo do alto dessas muralhas naturais.

De modo que ele contornou a cidadezinha por dentro dos bosques de pinheiros que margeavam a estrada. Divisou os caminhões dos milicianos parados diante da poterna de Berson. Os homens saltavam para o chão e metiam-se pelas ruelas, enquanto os blindados alemães munidos de metralhadoras continuavam a rodar em direção ao topo da colina.

Caminhou, ofegante, o mais rápido que pôde e, ao chegar à mata mais densa, intuiu que o maqui devia estar ali. E de fato avistou os homens reunidos em torno de um corpo estirado no chão, um nível abaixo do bosque de pinheiros.

Desceu o declive correndo, espantado por não encontrar nenhuma sentinela. Com que então os alemães podiam alcançar o topo da colina da mesma maneira que ele e se esconderem no bosque para atacar o maquis de surpresa atirando de cima?

Dirigiu-se para esse grupo compacto de homens. Quando Minaudi e

Salgado, que se mantinham afastados, viram Thorenc, fizeram sinal para que os homens o deixassem passar.

Foi nesse instante que ele viu as mãos mutiladas do abade Vivien.

Thorenc está sentado entre as paredes de grandes pedras brancas de um abrigo onde as telhas soltas do telhado deixam passar a luz e o vento que sopra.

Salgado explica que uns dez milicianos instalaram-se, uma semana antes, na sede administrativa de Berson. Acusaram os habitantes de ajudar o maqui, e aterrorizaram o vilarejo.

Um dos moradores subiu para contar o que estavam sofrendo; falou também da mãe agonizante, uma senhora piedosa que pedia a presença de um padre. Mas o de Berson havia abandonado o vilarejo.

Vivien imediatamente resolveu descer a Berson.

— Corajoso esse padre — murmura Salgado. — Não conseguimos que ele mudasse de idéia. Dizia que os milicianos eram filhos de Deus como todos os homens. E que, se o matassem, ele já os perdoara.

Salgado franze os olhos num trejeito que expressa sua incompreensão:

— Coisa de maluco, não é?

Minaudi sacode a cabeça.

— Quando a gente acredita em alguma coisa maior que a própria vida — diz ele com sua voz rouca —, as pessoas logo pensam que a gente é louco. Para os outros, os comunistas também são loucos.

Fecha os olhos e acrescenta a meia-voz:

— Eles jogaram o corpo do abade a cinco metros daqui, para deixar bem claro que sabem onde estamos.

— Mas eles vão saber quem somos nós! — declara Salgado brandindo o punho.

Insiste que está decidido a atacar os milicianos de Berson durante a noite. Não ouve quando Thorenc fala sobre os reforços de milicianos que chegaram ao vilarejo, dos blindados alemães munidos de metralhadoras e que se dirigem para o cume da colina.

— Eu os vi! — repete Thorenc.

— Vamos passar ao ataque — replica o espanhol.

Thorenc inclina-se e insiste: ele viu dois caminhões repletos de milicianos e contou três carros munidos de metralhadoras. O maqui tem ao todo uns cinqüenta homens. As forças são demasiado desiguais. O comunicado do COMAC ordenou recuar diante do inimigo, não disputar terreno, conduzir uma guerrilha móvel. É o que Stephen Luber faria.

— Você viu as mãos do abade? — protesta Salgado. — Não podemos deixar que façam isso, sem reagir. Estamos recuando há oito anos, desde 1936! E você sabe disso: você estava na Espanha...

Envolve o pescoço com o indicador e o polegar da mão direita.

— Não quero mais recuar, não quero mais fugir, quero atacar, Thorenc. A hora é esta. Se temos de morrer, pelo menos matemos antes o maior número possível!

— Você não tem o direito — murmura Thorenc. — Eles vão queimar Berson, assassinar todos os habitantes. Foi o que fizeram em Balmas, em Brantôme, em Oradour. Para vencer, é preciso astúcia e prudência.

— Cai fora daqui! — berra Salgado levantando-se. — O abade era amigo seu e não nosso! Nós até o tínhamos condenado. Queríamos fuzilá-lo. Ele se refugiou na fazenda Ambrosini, junto de você. Você até bateu em Luber para defender o abade... E quando a gente quer vingá-lo, você invoca Luber, vem nos fazer pregação outra vez! Chega, Thorenc! Eu era professor, agora faço a guerra. Você era jornalista e ainda pensa como se estivesse sentado atrás de uma máquina de escrever, refletindo antes de escolher uma palavra!

Põe a mão no ombro de Thorenc:

— Daqui a alguns meses você vai estar diante da sua máquina. Mas até lá...

Não chega a terminar a frase.

Intempestivamente, Thorenc agarra e torce o braço do espanhol, empurra-o, ameaçando-o com o revólver.

— Você não vai atacar Berson, Salgado! — grita. — Vai ordenar o recuo imediato. Senão eu mato você!

Salgado tenta resistir. Thorenc arrasta-o para um canto do abrigo, depois encosta-se na parede e segura o espanhol pelo pescoço, mantendo-o com o cano da arma nas costas.

Hesitante, Minaudi recua até a porta.

— Capitão! Capitão! — é só o que consegue dizer.

Quer convencer Thorenc, lembrar-lhe os combates que sustentaram juntos, a cela de Marselha...

Salgado não se mexe.

— Dê a ordem, Minaudi, você sabe que eu tenho razão! — decreta Thorenc. — É preciso suspender o combate. Vamos atacá-los dentro de alguns dias. A guerra não terminou.

Minaudi oscila de um pé para o outro.

Thorenc enfia a arma com mais força nas costas de Salgado, que abaixa a cabeça.

Minaudi sai correndo.

Thorenc ouve o ex-sargento gritar que recuem para o bosque, que não ataquem mais Berson, que os alemães e os milicianos receberam reforços, carros blindados com metralhadoras, e é preciso bater em retirada.

O abrigo é tomado por um corre-corre e exclamações:

— Depressa! Depressa!

Thorenc revista Salgado e toma-lhe o revólver, sem afrouxar a chave de braço.

— Vamos embora, você e eu — diz ele. — Se fizer um gesto, eu atiro.

Sai com o espanhol.

Vê os homens que sobem correndo do bosque. Arrasta Salgado para o lado oposto, na direção do vinhedo.

Seus passos afundam na terra fofa e, de repente, ele obriga Salgado a acocorar-se. Solta-o e aponta para a estrada.

Os blindados alemães munidos de metralhadoras estão estacionados. Os soldados começam a avançar em direção ao abrigo.

O espanhol não se mexe.

— Boa sorte! — diz Thorenc.

Dá alguns passos e joga-lhe o revólver.

* * *

Afasta-se encurvado, mas apruma-se logo.

Pensa que salvou o pequeno Max e, quem sabe, outras vidas também.

Olha a paisagem do vinhedo enquanto desce em direção ao vale.

Não lhe desagradaria morrer diante da vista dessa natureza domesticada, organizada pelo pensamento e pelo trabalho dos homens.

33

Thorenc abre a janela, debruça-se e olha o céu tão azul quanto em junho de 1940.

Ofusca-o essa luz viva, quase cintilante. Agarra-se à balaustrada da sacada estreita que se abre para os jardins do Observatório.

Tem a impressão de cambalear como um bêbado, como se estivesse a ponto de afundar nesse abismo de quatro anos, em que tantos foram atirados, tragados.

Sob esse azul inigualável do céu.

Sentiu muitas vezes essa sensação de vertigem, depois que voltou a Paris.

Passou devagar em frente a sua casa, no Bulevar Raspail, e viu dona Marinette Maurin varrendo o saguão do prédio. Logo depois, ela entrou nas dependências que ocupava como zeladora e começou a levantar o estore, expondo os quatro vasos de gerânios no parapeito da janela, onde Bertrand sempre os vira.

Ele se afastou antes que o estore descobrisse o rosto dessa mulher que, durante quatro anos, não mudara um único hábito.

Disse a si mesmo que jamais conseguiria que dona Marinette — e certamente, tampouco a maior parte dos franceses — compreendesse o que ele havia vivido desde junho de 1940. Não só ele, mas os que arriscaram suas vidas desde o dia da derrota cairiam pouco a pouco no esquecimento, sempre incompreendidos.

Virou-se. Dona Marinette regava os vasos de gerânios que colocara na calçada. Algum dia ela saberia o que acontecera com Catherine Peyrolles? Poderia ela imaginar de quanta coragem Victorine Jallez precisou para abrigar três meninas judias? Como poderia lembrar-se de Pascal, de Stephen Luber, do major Villars e do próprio Jean Moulin, ela que sempre ignorou o que foram, o que ainda eram a angústia, o medo, o heroísmo, a revolta, o desespero e o entusiasmo dos combatentes? E, quem sabe, ela iria esquecer De Gaulle, assim como já estava pronta a esquecer Pétain.

Não sentiu amargura. Tinha o sentimento de que ele mesmo não se comportaria de outra maneira. Não atribuía nenhum mérito a si próprio. Teve medo muitas vezes. Nunca pensou que lhe pudessem testemunhar qualquer gratidão pelo que fizera. E entretanto, ao percorrer o Bulevar Raspail, sentiu uma espécie de náusea.

Mas o ar era tão leve, as árvores de um verde tão claro! As mulheres usavam saias plissadas que deixavam ver as batatas das pernas e até os joelhos. Ao reencontrar esta cidade — a sua cidade, repetiu para si mesmo —, deixou-se tomar, pouco a pouco, de uma prazerosa euforia.

Continuou a ter a sensação de oscilar, mas como se fosse uma alegre embriaguez depois de uma noitada.

No cruzamento do Bulevar Raspail com o Montparnasse, cartazes assinalavam em grandes letras pretas sobre fundo branco:

ZUR NORMANDIE FRONT

Já não eram as arrogantes inscrições de 1940, mas a vergonhosa admissão de uma humilhação.

Pareceu-lhe que a cidade toda hesitava entre uma atitude sarcástica, zombeteira, e uma ira surda contida pelo medo.

Sentou-se no terraço do Deux-Magots, na Saint-Germain-des-Prés.

Reconheceu jornalistas e escritores que falavam com a mesma segurança de antes, a gravata-borboleta sempre torta.

Um deles apoiou-se na mesa de Thorenc:

— Meu caro, há anos que não lemos os seus artigos. Mas eis que você volta à tona com a primavera! Uma bela, uma magnífica primavera, não é?

O homem deu uma piscadela e depois sussurrou:

— Tome cuidado, você está na lista negra da Milícia.

* * *

Thorenc sorriu. Sentiu que não podia fazer mais nada por seu destino, a peça chegava ao fim. As réplicas já estavam escritas.

Contudo, saiu do café, onde viu alguns atores — Jean Marais, talvez? — que rodeavam Sartre, e se afastou: era realmente mais sensato não demorar nesses locais vigiados, uma vez que os carros pretos da Milícia e da Gestapo ainda rondavam as ruas.

Mas já era o fim, todo mundo sabia.

Sentados à sombra das árvores frondosas do *rond-point* da Champs-Élysées, os curiosos olhavam os caminhões da Wehrmacht que passavam camuflados sob ramagens, em direção à Normandia. Ambulâncias cruzavam com os caminhões; grupos de soldados idosos, com longos fuzis pendurados no ombro, atravessavam pelas faixas de pedestres.

Thorenc teve a impressão de que esse exército, esses homens haviam sido tragados pela cidade, não passavam de náufragos que se agarram a destroços no meio de um oceano hostil à espera de que eles desistissem.

E de repente, saindo da Rua de Rivoli, surge, rangendo um monte de aço pinturilado, uma coluna de carros Tigre que manobra na Praça da Concorde entre alas de arame farpado.

Notou que os transeuntes pareciam recusar-se a ver esses *panzers*, mal lhes lançavam um rápido olhar cheio de uma altiva indiferença.

Seguiu a passos lentos para o apartamento de Alexandre de Norois que o hospedava mais uma vez.

Caminhou ao longo das grades do jardim do Luxembourg.

Viu sentinelas de capacete percorrerem as aléias em frente ao palácio do Senado.

No meio dos canteiros de terra preta onde já não brotava flor alguma, havia casamatas que pareciam enormes bulbos pardos sob os quais se estendia, aqui e ali, a sombra crescente dos castanheiros.

Thorenc parou. Quatro anos antes, a presença desses soldados, dessas bandeiras com a cruz gamada o deixaram humilhado, revoltado.

Agora, surpreendeu-se por experimentar sobretudo um sentimento de impaciência à vista desses símbolos e desses homens que lhe pareciam aprisionados atrás das grades e dos muros de concreto erguidos diante dos hotéis requisitados.

Ainda podiam matar, claro, mas estavam cercados e sabiam disso.

A peça precisava terminar o mais rápido possível. Foi representada, mas era preciso impedir que os vencidos destruíssem o teatro.

— Eles dispõem de milhares e milhares de homens — diz Pierre Villars. — E talvez de uns cem carros blindados.

Ele vai e vem com as mãos entrelaçadas nas costas, pára de vez em quando, e levanta a cabeça para olhar o afresco azulado do teto.

O salão do apartamento de Alexandre de Norois é bem claro, as janelas dão para os jardins do Observatório. O sol projeta grandes manchas douradas no assoalho avermelhado.

— Infelizmente para nós — começa Lévy-Marbot —, Paris é um núcleo de comunicações, essencial para os exércitos alemães. Se o perderem, perderão contato com a frente de batalha. Vão segurá-lo, portanto, o quanto puderem resistir ao avanço aliado. Se a frente alemã da Normandia ceder, Paris deixará de ser uma jogada estratégica, mas vai virar um símbolo político. Tanto para nós como para os alemães. Os nazistas vão querer transformá-la em um campo de ruínas, a exemplo das cidades russas ou alemãs. Por outro lado, pensando no futuro, alguns alemães não vão querer ser responsáveis pela destruição de Paris. Quanto a nós...

— Uma insurreição em Paris — interrompe Pierre Villars — provará que a França retoma as rédeas de seu destino. Paris, a cidade das barricadas e das revoluções! Deve libertar-se por si mesma. Será a única a fazer isso, na Europa. Aqui não é Roma!

Lévy-Marbot acena com a cabeça.

— Quem detém Paris detém a França — murmura. — Se os comunistas, que controlam efetivamente toda a engrenagem do COMAC e do Comitê Parisiense de Libertação...

— Lá vêm propostas indecorosas! — protesta Villars. — Só conheço franceses que lutam.

— Ora, vamos! — exclama Delpierre.

Ele está afundado num sofá, as pernas esticadas. Está capenga desde que foi ferido durante uma fuga, e precisa de duas bengalas para se locomover, o que o torna facilmente identificável. Insiste que está pouco ligando. Os alemães pensam que ele está morto, se não refugiado na Inglaterra ou em Argel. Aliás, a seu pedido, a BBC anunciou que ele participara das conversações diplomáticas entre ingleses e franceses.

Levanta-se apoiando-se nas bengalas. Thorenc faz menção de ajudá-lo, mas ele o dispensa.

— Quer que eu cite todos eles? — diz ele. — Rol-Tanguy, Kriegel-Valrimont, André Tollet, Pierre Villon...

Anda curvado, com dificuldade, pára diante de Pierre Villars e empertiga-se.

— Sem contar os agentes que estão infiltrados em todo canto — acrescenta.

Thorenc deixa o salão. Sabe de cor as falas de um e de outro. Cada ator sustenta seu papel à espera que a cortina caia sobre a última cena para, no dia seguinte à Libertação, dar início a outra peça: a da luta pelo poder.

E já estão ensaiando a nova peça.

Thorenc vê Alexandre de Norois sentado, sozinho, no escritório. O diplomata pede-lhe que se aproxime.

— Meu caro, você não imagina — diz ele — que explosão de poesia...

Mostra as revistas espalhadas diante dele.

— Os poetas tomaram a palavra e escrevem em todo lugar: nos maquis, na prisão, diante dos pelotões de fuzilamento... É extraordinário: há uma espécie de comunhão entre eles, como se compusessem instintivamente um coro, um coro nacional! É tão perturbador quanto fascinante. Redescobriram, assim, a mais antiga tradição que existe. Às vezes tenho a impressão de ler Du Bellay, Charles d'Orléans, ou Hugo, sim, o nosso Hugo!

Levanta-se e apanha alguns folhetos.

— Drieu e Brasillach estão sozinhos. São inteligentes, devem se dar conta de que ficaram fora da grande corrente de nossa tradição. Não estão do lado de Joana, mas do bispo Cauchon.*

Aproxima-se de Bertrand, mostra-lhe uma folha de papel, começa a ler, interrompe-se e esclarece:

— Jean Cayrol, deportado, admirável... Ouve só, Thorenc, ouve só:

Levaremos a França para além da morte
e da face mortiça do primeiro bravo
além do ódio e além de nossos corpos
que nada mais esperam que entregar-se a Deus... **

Ele olha para Thorenc e balança a cabeça:

— Meu filho está morto — continua —, mas são palavras como essas que me consolam. Ouça mais...

O dia do furor já ressoou nos bosques
Levaremos a França a passo de cavalo
A coroa de espinhos bastou para a Fé
A espuma das couraças segue as águas do vale... ***

— Não importa o talento que tenham, Drieu e Brasillach, e uns outros mais, mas principalmente esses dois permanecerão como uma mancha negra na história da literatura francesa — acrescenta o diplomata.

Ele levanta os braços.

— Céline também, é claro, e todos os medíocres na esteira dele. Você conhece este texto de Claudel, *La France parle* [*A França fala*]?

---

* Pierre Cauchon, bispo que presidiu o tribunal eclesiástico que condenou Joana d'Arc à morte. (N.T.)

** No original: *Nous porterons la France au-delà de la mort // au-delà du visage mourant du premier preux // au-delà de la haine, au-delà de nos corps // qui n'attendent plus rien que de passer à Dieu...* (N.T.)

*** No original: *Le jour de la colère a sonné dans le bois // Nous porterons la France au vieux pas du cheval // La couronne de ronces a suffi pour sa Foi // L'écume des cuirasses suive les eaux du val...* (N.T.)

Fechou os olhos, a voz tremeu:

Estou velha, diz ela, fizeram-me de tudo,
dantes, mas não estava acostumada à vergonha
Não foi só meu corpo que entregaram,
instalaram alguém em minh'alma.
Alguém disse ao monstro: Tome-a!
É ela, esta coisa permissiva e infame! *

Alexandre de Norois volta a sentar-se atrás da escrivaninha.

— Foi isto que eles disseram aos alemães: *Tome-a!* Isso, Thorenc, é a essência da colaboração. Pétain, Laval, Drieu, Brasillach e, naturalmente, esses juízes servis, esses altos funcionários, pessoas como Charles de Peyrière, que eu conheci no Ministério do Exterior, foi isso que eles fizeram!

O rosto do diplomata parece ter envelhecido de repente. Rugas de cansaço e tristeza vincam-lhe os cantos da boca. Ele recita com voz surda:

Sentaram-se em meu coração
e ouço alguém que fala em meu lugar... **

Thorenc atravessa a sala e vai abrir a janela para ver os castanheiros em flor sob o céu azul.

* *Je suis vieille, dit-elle, on m'en a fait de toutes // sortes, jadis, mais je n'étais pas habituée à la honte // On n'a pas seulement livré mon corps, // on a installé quelqu'un dans mon âme.// Quelqu'un a dit au monstre: Prends-la! // C'est elle, cette chose consentante et infâme!* (N.T.)

** *On s'est assis sur mon cœur // et j'entends quelqu'un qui parle à ma place... (N.T.)*

34

Thorenc pensou ter ouvido novamente o berro de uma mulher.

Pareceu-lhe mais agudo, mais longo que nas noites anteriores.

Levantou-se e borrifou água no rosto, no banheiro anexo ao quarto, mas nem assim a voz se calou.

Era como um clarão escarlate que explodia em sua cabeça e anuviava cada pensamento seu.

Cinco dias antes, ele esperava o carro, escondido numa porta-cocheira, na esquina do Bulevar Saint-Michel com a Rua Soufflot.

O carro diminuiu a marcha, e um dos passageiros abriu a porta. Thorenc pulou para dentro.

O motorista acelerou.

Thorenc não quis ver a cara dos dois homens sentados com ele no banco de trás. O que estava a seu lado colocou-lhe uma metralhadora de mão no colo.

— Espero levá-lo com vida — disse o homem sentado ao lado do chofer, e Thorenc reconheceu Morlot —, mas, em caso de resistência, a ordem é executá-lo.

Depois, sem se virar para Thorenc, Morlot acrescentou em tom mais baixo:

— Fui contra a sua participação, o senhor sabe disso. Não gosto de repórteres. Não fazem parte dos grupos independentes. Uma única hesitação, e a operação pode fracassar. Devemos ter sucesso sem arriscar a vida de dezesseis homens, além da sua, senhor de Thorenc.

* * *

Na véspera, Thorenc havia conseguido que Pierre Villars e Lévy-Marbot o autorizassem a participar da operação.

Voltara ao salão onde os dois homens se encontravam, depois de ouvir o último boletim da BBC.

Sentira-se ferido a cada palavra.

O locutor anunciara que os milicianos haviam atacado vários maquis na região do Ventoux e das serras de Montmirail. Os FFI resistiram e infligiram pesadas perdas aos traidores e nazistas. Depois, os maquis conseguiram abandonar o terreno levando todos os feridos. Os milicianos vingaram-se, queimando várias casas, principalmente no vilarejo de Berson. Lá, eles torturaram e fuzilaram muitos homens, massacraram mulheres e crianças.

"Diante dos traidores, apoiados pela chamada força pública, pela Gestapo e pela polícia de Vichy, a execução sumária torna-se o mais sagrado direito, a única forma de justiça", acrescentara o comentarista.

Thorenc sentiu como se todo o seu sangue, toda a sua energia, seu pensamento mesmo escoassem pelas feridas que o relato desses acontecimentos abria em sua carne.

Voltou, pois, ao salão.

Empurrou a porta e ficou no limiar.

Villars e Lévy-Marbot interromperam a conversa, olharam para Thorenc e, ao vê-lo lívido, foram até ele, interrogando-o, a meia voz.

Thorenc murmurou:

— Mataram Max.

Surpreendeu os olhares espantados e inquietos trocados entre Villars e Lévy-Marbot. Talvez tenham pensado que enlouquecera, para comunicar a morte de Jean Moulin quase um ano depois que ele falecera.

— Max, filho de Catherine Peyrolles — continuou. — Eles massacraram crianças em Berson, a cidade onde ela o escondeu.

Villars enlaçou-lhe os ombros tentando tranqüilizá-lo.

— Talvez haja sobreviventes — sussurrou —, e o filho de Catherine Peyrolles esteja entre eles.

— Meu filho — esclareceu Thorenc.

Villars e Lévy-Marbot pareceram desarvorados. Depois, tentaram confortá-lo, saber mais.

A BBC citou os nomes das vítimas? Ela não disse que *todas* as crianças foram mortas. Ele não devia perder a esperança.

Ficaram alguns minutos em silêncio, e em seguida Villars comunicou que, no dia seguinte de manhã cedo, os grupos independentes comandados por Morlot iam tentar tirar Philippe Henriot do Ministério da Informação, na Rua de Solférino, onde, segundo acabavam de saber, ele dormiria esta noite.

— Se ele resistir, será morto — acrescentou.

— Quero participar do grupo — declarou Thorenc.

Villars e Lévy-Marbot foram contra, mas Thorenc ameaçou ir para a rua sozinho, matar o primeiro alemão ou miliciano que encontrasse e se matar depois.

Eles cederam e impuseram essa decisão a Morlot, que deu uma passada na casa de Alexandre de Norois para buscar as últimas determinações e marcar os locais de encontro.

O carro parou na Rua Las Cases. Mais dois carros chegaram, em questão de segundos. Os homens dividiram-se em três equipes.

Atrás de Morlot, Thorenc atravessou correndo a Rua Saint-Dominique.

Viu os homens da segunda equipe dominarem uma ronda de quatro ou cinco agentes de polícia, que não pareceram opor muita resistência.

No Ministério da Informação, a primeira equipe desarmou os homens do posto da guarda, abriu as portas, e Thorenc subiu a escada seguindo Morlot.

Philippe Henriot dormia num quarto do primeiro andar.

Thorenc e os outros homens do grupo postaram-se rente às paredes do corredor, enquanto Morlot gritava:

— Milícia, brigada especial! Terroristas querem raptar o senhor ministro, viemos protegê-lo!

Morlot martelou a porta repetindo:

— É a Milícia!

Thorenc ouviu uma voz de mulher gritar:

— Não abra!

Mas a porta foi entreaberta.

Thorenc e os outros empurraram o batente.

A mulher começou a berrar e Morlot procurava tranqüilizá-la enquanto ordenava que Henriot erguesse as mãos.

— Siga-nos — disse Morlot —, e não lhe faremos nenhum mal. Vamos levá-lo para ser julgado.

Henriot atirou-se para a frente, tentando levantar os canos das metralhadoras de mão que o cercavam.

A mulher continuava a berrar, e nem a rajada de tiros que fez o marido cair de joelhos, conseguiu abafar a voz dela.

Desceram a escada, saltando os degraus, e correram para a Rua Las Cases.

Eram cinco horas e cinqüenta e três minutos quando os carros arrancaram.

Morlot murmurou:

— Ele quis resistir, tivemos de matá-lo.

Desde então, Thorenc ouvia toda noite os berros dessa mulher, como se fosse uma explosão avermelhada em sua cabeça.

Sexta Parte

35

Thorenc observa os rostos ao redor e só vê olhos e bocas escancarados.

Levanta-se na ponta dos pés.

Depara com a multidão que invade as ruas menores que convergem para a Praça da Contrescarpe.

É sacudido, empurrado, imprensado. É obrigado a avançar na claridade ainda quente mas já sombria desse fim de tarde de quarta-feira, 14 de julho 1944. Deixa-se levar por essa corrente, por essas vozes que cantam *Às armas, cidadãos! Formem seus batalhões!*, que gritam "Insurreição nacional! Às armas, às armas!", "Viva De Gaulle!"

Afasta-se para a borda desse rio eriçado de punhos erguidos e bandeiras tricolores. Na praça, ele sobe num degrau junto a uma fachada, vê de cima essa onda humana e entra outra vez no fluxo.

Sente necessidade de cruzar seu olhar com esses olhares resolutos em que se misturam alegria e ansiedade.

Quer que sua voz se perca neste brado: "Às armas, às armas, cidadãos!"

É a primeira vez, desde que participou da operação contra Philippe Henriot, que ele não ouve o grito da mulher, da esposa que berra, e não sente a obsessiva compulsão de se debater para escapar à explosão escarlate, ao afogamento num fluxo vermelho-sangue.

Essa obsessão, essas imagens de um homem que cai morto e da mulher convulsionada, deixaram-no desatinado, esgotado, e durante vários dias não conseguiu sair do apartamento de Alexandre de Norois.

Por esse motivo, Villars, Lévy-Marbot e Delpierre o acharam, finalmente, sensato.

* * *

Laval havia oferecido um prêmio de 20 milhões de francos a todos os que fornecessem informações sobre os terroristas que mataram o ministro da Informação.

A Milícia, espalhada pelas ruas de várias cidades, prendia personalidades suspeitas de serem gaullistas. Cada suspeito era um refém torturado, fuzilado.

Milicianos mataram o ex-ministro Georges Mandel cujo corpo foi encontrado no bosque de Fontainebleau. Naturalmente, tal como fizeram com Jean Zay, os milicianos alegaram que o carro que transportava Mandel fora atacado na estrada, e o ex-ministro morrera durante o conflito.

Com uma careta de nojo, Delpierre jogou em cima da mesa o jornal de Doriot, *Le Cri du peuple*, onde Thorenc leu o seguinte comentário:

"Conhecemos o papel particularmente nefasto que esse político judeu, súdito das altas finanças inglesas, desempenhou na França, entre 1938 e 1940. Esta morte, que nós não choramos, põe fim a uma vida de gângster político contrário a qualquer entendimento europeu..."

— Espero que isso acabe com seus dramas de consciência, se é que você os tem — soltou Delpierre virando-se para Thorenc. — A gente nunca sabe a quantas anda com você. Queria participar do comando quando ninguém lhe pediu isso, e agora está aí, pálido, apavorado, calado. Parece até que está se roendo de remorsos!

Aproximou-se de Bertrand, martelando o assoalho com as bengalas.

Contou que surpreendera uma conversa — antes um cochicho, pois as pessoas ainda estavam desconfiadas — no metrô. Um homem sussurrava para a passageira ao lado: "Henriot morreu com a língua na goela, como os cachorros. Tudo vai muito bem!"

— É assim que você deve pensar, Thorenc...

Bertrand concordou.

Não estava arrependido de ter sido cúmplice dessa execução. E até estava pronto a dizer — chegou a murmurar a palavra — "desse assassinato".

Certamente os milicianos, cujos feitos Henriot exaltava todos os dias, devem ter matado o pequeno Max no fogaréu de uma casa incendiada.

Diziam que, em Clermont-Ferrand, no dia seguinte à morte de Henriot, a Milícia prendera ferroviários suspeitos de serem resistentes. Alguns corpos foram encontrados nas trilhas florestais. Os carrascos cortaram em tiras, metodicamente, a pele dos prisioneiros e arrancaram as orelhas. Depois os abandonaram assim, certos de que agonizariam por muito tempo.

Contudo, depois da execução de Henriot, Thorenc não conseguiu dizer como o comentarista da BBC: "Não, nós não escondemos nossa alegria com essa punição."

Será que se podia pronunciar a palavra "alegria"? Será que esta palavra tinha sentido quando, entre os corpos que os milicianos abandonaram debaixo das árvores, talvez se encontrasse o de Gabriel Morand?

Thorenc conservara um gosto amargo na boca, sem saber muito bem em que medida cada fato — o grito da mulher, a visão do rosto subitamente lívido do homem ferido que segurava a barriga tentando estancar os jatos de sangue, ou as represálias, ou ainda a cerimônia na Notre-Dame onde o cardeal Suhard absolveu Henriot na presença das autoridades francesas e alemãs reunidas — tinha a ver com isso.

Lembrou-se, então, das mãos decepadas do abade François Vivien, do dominicano Mathieu Villars, preso e deportado.

Ele se questionava durante essas noites de insônia em que às vezes rezava a meia-voz, na esperança de sufocar sob seu próprio murmúrio, a voz da mulher que berrava tentando salvar o marido.

Pai Nosso que estais no Céu,
Santificado seja o Vosso Nome,
Venha a nós o Vosso reino...

Mas era sempre interrompido.

A voz continuava lá.

E qual era o sentido dessa fé que dava a certos crentes a força do sacrifício e deixava a outros somente a covardia dos acordos com os carrascos?

Quer dizer que cada um devia usar sua liberdade como bem entendesse, como pudesse?

Ao longo de todos esses dias, mesmo quando participava das reuniões no salão do apartamento de Alexandre de Norois, Thorenc sentia uma extrema solidão.

Foi encarregado de secretariar e redigir relatórios, solicitações e comunicados. Assim, ele foi testemunha dos confrontos diários entre as diferentes tendências, entre Villars e Lévy-Marbot ou Delpierre, cada qual suspeitando que o outro pretendesse excluí-lo do poder, mantê-lo longe das decisões ou das armas lançadas de pára-quedas. Os comunistas propunham a deflagração da greve insurrecional em Paris; mais prudentes, os outros temiam que a cidade fosse destruída, a população massacrada, e que os comunistas aproveitassem os combates para dominar a capital, pois já detinham os postos-chave da organização militar.

Mas, de repente, quando essas divisões exasperavam e desanimavam Thorenc, a indignação e a revolta reconstituíam a unidade.

— Eles continuam a deportar! — exclamava Pierre Villars.

Folheava o relatório que acabava de receber dos ferroviários resistentes. Em 30 de junho, um comboio levou 1.150 judeus de Drancy para os campos da Polônia. Quatrocentos desses deportados haviam sido capturados na capital pela polícia francesa.

Com uma imprecação, Delpierre rompeu o silêncio que se estabelecera.

— Esses covardes vão executar as ordens até o último dia! — exclamou.

Villars sacudiu a cabeça. As redes de resistência da própria chefatura de polícia estavam tentando lançar uma greve geral. De Gaulle nomeara um secretário de Segurança, Charles Luizet, mas esse alto funcionário ainda não chegara a Paris.

Ele suspirou e prosseguiu:

— Os homens são o que são, eles só vão hesitar no momento em que a Libertação estiver praticamente conquistada. Aí, eles estarão logo do lado certo. E nós os felicitaremos, porque outros não terão sequer essa última coragem; vão se contentar em aplaudir os desfiles da vitória.

Agitou os papéis e continuou:

— E enquanto isso, amontoaram 2.166 deportados num trem em Compiègne, uns cem em cada vagão. Destino: campos de concentração!

Dobrou os papéis e murmurou:

— Quantos chegarão vivos?

Foi até a janela:

— Se Paris não for libertada rapidamente — observou Lévy-Marbot —, eles ainda vão matar muita gente. Na rua, ao acaso, nas prisões e, naturalmente, nos campos da Alemanha. Não compreendo que os americanos não consigam abrir caminho na Normandia.

— Acima de tudo, é com nós mesmos que devemos contar — replica Villars voltando ao centro do salão.

Conta que acabou de escapar a uma captura que começou no Bulevar Saint-Michel e se estendeu até o Bulevar Saint-Germain. Nos terraços dos cafés, os guardas independentes aquartelados no Liceu Saint-Louis prenderam rapazes só porque acharam os cabelos compridos demais, ou as roupas muito extravagantes, a gola da camisa aberta, o paletó cintado. Os milicianos espancaram os rapazes, examinaram as identidades e os entregaram aos alemães.

— Os suspeitos, os refratários, os judeus não sairão vivos — acrescentou Villars.

— Pois vamos estabelecer uma relação de forças a nosso favor! — grunhiu Delpierre. — Os milicianos e os colaboradores precisam saber que, *depois*, não lhes perdoaremos nada, e aqui e agora eles estão arriscando a pele a cada instante!

Insistiu, batendo com a ponta das duas bengalas no assoalho:

— Eles precisam ficar apavorados! Que tenham medo de se aventurar nas ruas, nos terraços dos Cafés, medo de serem linchados, é isso mesmo, derrubados ou mortos!

Virou-se para Thorenc.

— Isso tem de sair no que você escrever para o 14 de Julho. Escrever não é o seu ofício?

Suspirou.

— É o meu também, mas já não tenho muita cabeça para isso...

Thorenc teve vontade de responder que também se sentia incapaz. Mas se fechou no quarto, e, pouco a pouco, as palavras jorraram-lhe da boca. Não conseguia ouvir nada além delas.

Redigiu, numa rapidez crescente, esta chamada para uma manifestação no dia 14 de Julho:

"Que francês poderia contentar-se em esperar passivamente a Libertação conseguida por único esforço das nações aliadas?...

Chegou a hora de apressar a vitória, desmantelando o inimigo. Chegou a hora de exterminar os matadores da Milícia com quem os inimigos contam para impedir que a França aja e insurja-se. Chegou a hora de confundir as fileiras desses soldados, desses colaboradores e seus agentes, recrudescendo as greves e as manifestações.

14 de Julho de combate! Jornada de preparação para a Insurreição Nacional!"

Releu o texto em voz alta, andando pelo quarto, da sombra à claridade; declamava com as janelas fechadas, experimentando uma tensão quase alegre em ouvir a si mesmo.

Voltou a sentar-se e continuou a escrever:

"Que a audácia de nossos ancestrais nos dias gloriosos de nossa história inspire-nos de novo!

Que o ímpeto que lançou o povo de Paris contra a Bastilha em 14 de Julho de 1789,

Que o espírito de Valmy e o sopro da *Marselhesa* levantem a nação novamente!"

Lembrou-se de repente de uns versos de Hugo que outrora, no liceu, ele se recusara a ler por achar que os soldados do ano II, exaltados pelo poeta, haviam sido inimigos de seus antepassados.

E agora, ali está ele a escandir esta estrofe:

A tristeza e o medo eles não conheciam
Teriam certamente galgado as nuvens

Esses audaciosos
Se olhando para trás em sua corrida olímpica,
Vissem em suas costas a grande República
Apontando os céus... *

Essa língua, essa história lhe pertenciam.

Estavam em sua pele. Elas é que ele queria defender.

Na Praça da Contrescarpe, ele canta, ele ri.

Não pára de olhar esses olhos, essas bocas, esses homens e essas mulheres que responderam à convocação que ele redigiu. Está orgulhoso.

De súbito, soam apitos estridentes e os gritos viram berros de terror.

A multidão reflui. Repetem compassadamente:

— "A polícia está aqui! A polícia está aqui!"

O fluxo empurra Thorenc para a Rua da Estrapade. Ele vê policiais à paisana, armados de metralhadoras de mão, agarrarem dois manifestantes, que se debatem e conseguem fugir.

Um dos policiais — certamente das Brigadas Especiais que há quatro anos colaboram com a Gestapo e perseguem os comunistas, os resistentes, os judeus — aponta a metralhadora para os dois manifestantes. No mesmo instante em que ouve as detonações, Thorenc vê cair um dos manifestantes enquanto o outro, mancando, continua a correr. Deve estar ferido.

A multidão se afasta à sua passagem e volta a aglomerar-se.

O fugitivo olha para Thorenc.

É um rapazinho de uns vinte anos apenas.

Cai subitamente.

Thorenc ajoelha-se. O ferido não respira mais.

Bertrand se vê sozinho no meio de uma roda de pessoas que recuam, como se desejassem escapar ao contágio da morte.

Ele ergue o punho e grita:

---

* *La tristesse et la peur leur étaient inconnues // Ils eussent sans nul doute escaladé les nues // Si ces audacieux // En retournant les yeux dans leur course olympique // Avaient vu derrière eux la grande République // Montrant du doigt les cieux...* (N.T.)

— Às armas! Vamos vingá-lo!

Ele quer enfrentá-los, é impedido.

Alguém avisa que chegaram os milicianos do Liceu Saint-Louis, e é melhor se dispersar.

— Mas esses safados, esses vendidos não perdem por esperar. Serão liquidados!

Thorenc fica no meio da rua balançando os braços, com o corpo do rapaz a seus pés, enquanto os homens armados de metralhadoras avançam para ele.

Precipita-se para uma ruazinha.

Conhece bem o bairro.

Enquanto corre, lembra-se dos anos que passou na Rua d'Ulm, na École Normale Supérieure onde estudaram não só Delpierre, Brossolette e ele, mas também Brasillach e Pucheu.

Os homens fazem de seu barro o que querem ou o que podem.

Mas não haverá desculpas, nem piedade.

Ele atravessa o Bulevar Saint-Michel, segue devagar pela Rua Auguste-Comte, depois pela Avenida do Observatoire.

A voz, vermelha como um remorso, calou-se dentro dele.

36

Thorenc ergue a cabeça e vê a mulher que caminha em sua direção.

Ela parece trazida pela luz que inunda a orla do Sena enquanto o rio, já coberto pela sombra, é um fosso escuro. Ele tenta distinguir os traços dessa mulher que caminha lentamente, pára de vez em quando, olha a seu redor os corpos deitados na orla, acompanha a evolução dos nadadores que mergulham e, assim, passam do claro ao escuro parecendo afundar no rio e na escuridão ao mesmo tempo.

Ele se levanta. Encostado no parapeito, imagina o espanto da mulher que passa.

Também ele ficou estupefato quando viu as margens do Sena na altura da Notre-Dame, depois, na Ilha de Saint-Louis, e experimentou uma sensação de mal-estar e euforia ao mesmo tempo.

Lembrou-se da Paris deserta do verão de 1940, das avenidas vazias, dos desfiles marciais das tropas alemãs, dos refugiados que vira no meio da rua empurrando carros de mão, carrinhos de bebê entulhados com os escombros de suas vidas.

Hoje, enquanto uns lutam em Caen, em Saint-Lô, em Carentan, na Falaise, enquanto outros matam, fuzilam, deportam, as margens do Sena estão cobertas de corpos nus e displicentes de banhistas, por entre os quais soldados alemães às vezes passam com ar quase irritado, e ninguém parece notá-los.

Quando, ao atravessar a Ponte Saint-Louis, ele avistou os cais e em seguida os terraços dos cafés, na ilha, de um lado e outro do final da ponte, onde homens de roupas claras, mulheres de blusas decotadas e pernas nuas ocupavam todas as mesas, Thorenc se perguntou se ele, Delpierre, Lévy-Marbot, Villars e todos os homens que preparavam a insurreição, a Libertação, que redigiam convocações e se manifestavam no 14 de Julho, não haviam perdido o juízo.

Pensou nos dois jovens mortos na Rua da Estrapade.

E, ao ver esses corpos tranqüilos, ao imaginar as palavras trocadas pelos casais sentados nesses terraços de café, no meio dos soldados alemães sem capacete que bebiam cerveja com ar cansado, o fuzil apoiado nas coxas, seu primeiro sentimento foi de vergonha.

Mas, pouco a pouco, a impaciência e a alegria venceram afinal.

Era mesmo o fim. O jogo estava decidido, todo mundo sabia. Bastava apenas não morrer nas últimas semanas.

Desceu a passos rápidos a ladeira que leva à orla, embaixo do cais d'Orléans. Era ali que ele devia encontrar o correio.

— Ele vai reconhecer você — explicou Delpierre.

Thorenc ficou surpreso com o sorriso irônico e o gesto condescendente de Delpierre que, mal conseguindo ficar de pé com uma bengala só, dera-lhe um tapinha nas costas com a mão livre, murmurando:

— Depois de quatro anos, o círculo se fecha, Thorenc. Imagine só: logo, logo, teremos terminado com tudo isto!

Delpierre descreveu, com a bengala, um grande círculo ao redor, e acrescentou:

— Que verão resplandecente, tão lindo quanto o de 1940!

Thorenc saiu pouco depois de Delpierre.

Margeou os jardins do Observatório e do Luxembourg.

Em frente ao Liceu Saint-Louis, havia vários caminhões estacionados que os guardas independentes enchiam de caixas, malas e até móveis. Os transeuntes viravam a cabeça, atravessavam a rua para não passar perto dos milicianos que se preparavam para dar o fora.

Thorenc pegou a Rua Champollion e viu caminhar em sua direção um jovem soldado alemão que parecia cambalear, bêbado de álcool e de cansaço, e, ao passar por Thorenc, soltou, ofegante, com o rosto contraído:

— Normandia... Alemanha... dois meses... *Kaputt*!

Tão jovem, tão bonito esse soldado, mas talvez fosse o mesmo homem que atirou uma granada numa fazendola onde outros, iguais a ele, encurralaram as mulheres e as crianças de um vilarejo...

E Max entre elas.

Thorenc afastou-se rapidamente no momento em que uns soldados surgiram na praça e encheram a ruazinha de gritos guturais.

Teria sido muita estupidez morrer assim, por nada, por acaso, quando o fim estava tão próximo.

Mas, como em todas as grandes peças teatrais, é nos últimos dias que todos os destinos são revelados.

E Thorenc voltou a pensar com desprezo nessa gente que sofregamente tentava mudar de lado, negociar uma saída.

Laval, que manipulava, convidara Édouard Herriot, o radical, para jantar no Hotel de Matignon em companhia de Otto Abetz, a fim de organizar uma transição política e, naturalmente, impedir que De Gaulle, chefe do Governo Provisório da República Francesa, e o Conselho Nacional da Resistência se instalem à frente do país, e os figurões de 1940 possam voltar, como se nada houvesse acontecido entre os dois verões! De sorte que bastaria uma hábil manobra política para ressuscitar a III República que, em julho de 1940, eles assassinaram em Vichy!

Pelo labirinto das ruazinhas frescas e sombrias que se entrecruzavam entre o Bulevar Saint-Germain e o Sena, Thorenc finalmente chegou aos cais.

E então, de repente, esses corpos estirados em pleno sol, esses gritos de mergulhadores, esses risos de mulheres e crianças, esses soldados bonachões e ociosos!

Ele seguiu com os olhos esses alemães anacrônicos, de ombros curvados, que arrastavam suas armas procurando modestamente um lugar desocupado nos terraços dos cafés.

Matadores, esses aí?

Agora era preciso se esforçar para acreditar nisso.

E, no entanto, eles foram e ainda seriam matadores.

No platô de Vercors, eles entraram na gruta de Luire onde os maquis instalaram a enfermaria. Havia uma bandeira da Cruz Vermelha presa na parede rochosa.

Mas os caçadores dos Alpes alemães, homens que, se cruzássemos com eles nas Ruas de Chambéry e de Grenoble, talvez nos parecessem simples montanheses, haviam massacrado todos os feridos. E nos dias que se seguiram à vitória contra os maquis de Vercors, queimaram as fazendolas e os vilarejos, assassinaram famílias inteiras, enforcaram os homens depois de lhes arrancar a língua e os olhos.

E os soldados desse exército estavam sentados nos terraços e olhavam sorridentes para as moças que se despiam na orla antes de mergulhar no Sena.

Thorenc pensou: aí está o que chamamos de um momento histórico.

Ele o vivia desde... de fato, desde há quase dez anos, desde as primeiras reportagens do outro lado dos Pireneus, a começar pela visão daqueles mortos de Badajoz com os rostos cobertos de moscas. Seguidos por todos os que vira desde então e pelos que ele próprio matara.

Mas, no fundo, talvez o mais difícil tenha sido passar, com um simples movimento de cabeça, de um dia para o outro, de uma rua para outra, da guerra à paz, dos dois mortos da Rua da Estrapade e do hino: *Aux armes citoyens*, a esses casais de maiô que se abraçavam à beira do rio como se não houvesse mais guerra.

Há menos de duas horas, Pierre Villars estendeu a Thorenc uma mensagem que lhe chegara ao conhecimento, endereçada a Londres e Argel pelos combatentes do Vercors.

Talvez tenham sido os comunistas que a transmitiram a Villars. Pois essa batalha de Vercors era também uma jogada: um meio de fazer os comunistas se destacarem como os mais decididos defensores da Resistência.

E De Gaulle dissera-lhes com desprezo: "Vocês exploraram os cadáveres!"

Mas essa mensagem estava guardada na cabeça de Thorenc, quando se encostou no muro do cais, ofuscado pelo sol. Bastou fechar os olhos para imaginar, ouvindo os gritos e os mergulhos, que estava numa praia distante, longe da guerra. No entanto, ele se recordava de cada palavra desta mensagem enviada pelos combatentes da República Libertada do Vercors:

> "La Chapelle, Vassieux, Saint-Martin bombardeadas por aviação alemã. Tropas inimigas desceram de pára-quedas em Vassieux. Pedimos bombardeio imediato. Aviões prometidos três semanas. Tempo decorrido desde estabelecimento nossa organização: seis semanas. Pedimos reabastecimento em homens, víveres e material. Moral da população excelente, mas virará rapidamente contra vocês se não tomarem providências imediatas, e concordaremos com eles quando disserem que os que estão em Londres e Argel não compreenderam nada da situação em que nos encontramos e são considerados criminosos e covardes. Dizemos bem: criminosos e covardes."

Também o seriam esses parisienses que, enquanto havia massacres no Vercors, torturas na Rua Lauriston, enquanto se lutava nas ruínas de Saint-Lô e nos maquis do Morbihan, enquanto Salgado e Minaudi talvez estivessem presos, mortos até, enquanto deportados sucumbiam pisoteados nos vagões que os levavam ao inferno — seriam criminosos e covardes esses parisienses que nadavam no Sena ou cochilavam ao sol, estendidos na beira do rio, a alguns passos dos soldados alemães que pediam um copo de cerveja nos terraços dos bistrôs?

Mas quem sabe a História tenha sido sempre assim, composta de facetas luminosas, cinzentas ou negras, cada qual a seu turno, a menos que fosse, como escreveu Shakespeare, uma "fábula contada por um idiota, cheia de alarido e fúria, que não significa nada"?

* * *

A mulher agora está muito perto, mas o rosto ainda continua na sombra.

Contudo, Thorenc reconhece a silhueta alta e magra, os cabelos negros.

Ele não se mexe. Seu corpo parece pregado nesse muro do cais que o sol de julho impregnou de uma luminosidade quente.

Geneviève Villars está diante dele.

Ela murmura:

— Aqui estou eu.

Thorenc não consegue levantar os braços, como se temesse descobrir que se trata de uma miragem, que não poderia estreitar o corpo de Geneviève, que seu gesto abraçaria apenas o vazio.

Contudo, ela está ali, diante dele, os cabelos mais curtos, as rugas mais acentuadas ao redor da boca, as olheiras escuras sob os olhos, o rosto envelhecido, mais macilento e mais duro.

Ele não ousa abraçá-la.

Quantos acontecimentos desde as noites de 1940, quantos mortos entre os dois! E no entanto — é o que paralisa Thorenc —, também o sentimento de tê-la encontrado como se nada houvesse acontecido, como se o verão de 1940 nunca houvesse sido interrompido.

De repente, ela encosta seu corpo no dele. Ele tem a impressão de sair do sortilégio que o dominou e o paralisou.

Seu próprio corpo torna-se leve.

E abraça Geneviève Villars.

Ela murmura:

— Aqui estamos nós!

Thorenc imagina que eles não passam de um casal enlaçado, como tantos outros à beira do Sena, neste entardecer de julho.

37

Estirado, as mãos cruzadas na nuca, a cabeça um pouco mais alta com o apoio do travesseiro, Thorenc gostaria de deixar a memória à solta.

De olhos semicerrados, não tentava ver nitidamente Geneviève Villars que estava em pé, encostada na coluna da cama.

Teria preferido confundi-la com a jovem de outrora, de seios redondos e firmes, de corpo menos magro, de cabelos longos e brilhantes e não opacos, quase agrisalhados. E que o olhava com olhos de paixão.

Desde que subiram ao cais e deram um giro pela Ilha de Saint-Louis — ainda havia muitos alemães entre os que passeavam por ali —, ele queria dizer que se lembrava, que sempre havia esperado reencontrá-la assim, de braços dados. Mencionou os dias que passaram no Château de l'Anglais, no alto do porto de Nice, antes da guerra; e será que ela também se recordava da noite de 11 para 12 de novembro de 1940, no hotel de alta rotatividade da Rua Delambre, depois da manifestação na Champs-Élisées, quando ele a arrastara para aquele cabaré, a Boîte-Rose, pensando que ninguém jamais iria procurá-los lá, no meio dos oficiais do Estado-Maior alemão?

Mas ela se afastou soltando-lhe o braço e o deixou sozinho com o passado; disse que tinham assuntos a tratar e que foi para isso que quis encontrá-lo. Lançou-lhe uma olhadela e acrescentou que, de fato, talvez fosse melhor irem a um quarto de hotel.

Ela disse "de fato" como se houvesse entendido o que ele tinha em mente.

Bertrand não respondeu, mas andou mais depressa no crepúsculo que revestia de um vermelho dourado a cúpula do Panthéon.

Parou diante de um hotel decrépito da Rua Mâitre-Albert, que parecia imprensado entre dois prédios de parede-meia e fachadas escalavradas.

Olhou para Geneviève. Ela não abaixou os olhos, entrou na frente e encarou o porteiro que explicava que os quartos eram alugados por hora, não por dia ou noite, e o pagamento era adiantado.

Ela se virou para Thorenc:

— Duas horas.

Ele pagou.

Na escada, cruzaram com uma mulher de traços sulcados, exageradamente pintada, seguida de um jovem soldado de olhar distante.

— Ele tem coragem! — murmurou Geneviève.

Thorenc não soube se ela estava espantada com a temeridade desse alemão que se aventurava sozinho num hotel de alta rotatividade, nesse mês de julho de 1944, ou se aludia à feiúra da mulher que o rapaz levava para a cama.

E eles, perguntou-se Thorenc, uma vez fechada a porta, por que se encontravam neste quarto tão sórdido quanto o do hotel da Rua Delambre em que dormiram na noite de 11 para 12 de novembro de 1940? Para trocar informações e participar da guerra, ou isso não passaria de um pretexto para ficarem a sós, como outrora, na ilusão de que ainda se desejavam, que esses quatro anos não haviam rompido os elos que os uniram?

Mas, num tom que gelou Thorenc, Geneviève soltou:

— A gente conversa antes ou depois?

Nesse instante, ele compreendeu que ela não esquecera Marc Nels, o radiotelegrafista da rede Prometeu que ela amara, e que a traíra. Compreendeu a que ponto esses quatro anos mudaram Geneviève.

Ela emagrecera, os seios caídos, algumas mechas grisalhas, mas também se tornara mais seca, mais ríspida. Talvez ela só venha a recuperar a doçura muito tempo depois de desaparecerem os perigos que ainda a ameaçavam.

Sentiu-se ferido, desalentado. Não havia imaginado um tal distanciamento entre eles.

Quis acreditar que esse encontro com Geneviève seria também um anúncio da Libertação. Pela decepção que sentiu, avaliou o quanto sonhara com um reatamento em que cada um estaria apenas enriquecido do que viveu, mas sem que isso o modificasse.

Ele queria falar-lhe de Lydia Trajani, de Claire Rethel, de Isabelle Roclore, de Catherine Peyrolles e, sobretudo, de Max.

E ele ouviria as confidências dela.

Mas talvez fosse cedo demais?

Deitaram-se lado a lado, sem se despir. Ele acariciou os seios de Geneviève, e se repreendeu por pensar na jovem de outrora.

Enlaçou-lhe as costas, puxando-a para junto de si; sentiu que ela se abandonava, pouco a pouco, e, num súbito impulso, abraçou-o e estreitou-se contra ele.

Thorenc percebeu que ela chorava em silêncio.

Depois, sacudida pelos soluços, começou a gemer.

Ele se sentiu desamparado, e o desejo nasceu da ternura, da emoção.

Logo depois, ela se levantou, mas ele continuou deitado sem ousar olhá-la enquanto ela se vestia.

Experimentava uma mistura de sentimentos, entre constrangimento e desalento. Pois sentiu que esse encontro não era um recomeço, mas um fim, um adeus.

Não poderiam ir mais longe do que acabavam de viver.

38

Na noite clara de pleno verão, Thorenc ouve o silêncio que sufoca a cidade. Faz calor. Às vezes, um ruído de motor aumenta até se tornar ensurdecedor, como se ocupasse todo o espaço vazio.

Sentado na sacada, Bertrand se encolhe.

Faróis iluminam a Rua Auguste-Comte e, em seguida, a Avenida do Observatoire.

Será que os carros — três deles rodam em alta velocidade, em fila cerrada — vão parar diante do prédio de Alexandre de Norois?

Os homens, milicianos ou SS, com a ira dos vencidos, vão saltar para matar. E por que não morrer esta noite quando a luz branca brilha de tantos reflexos negros?

Ele fecha os olhos.

Tem a impressão de que, desde que deixou Geneviève na Praça Maubert, a morte o procura.

Ela é obstinada, descuidada. Roça-o sem vê-lo.

Mas está ali, bem perto.

Entretanto, ela vira a cabeça para o outro lado como para lhe dar tempo de se esconder na penumbra de uma porta-cocheira e depois fugir.

Foi o que ele fez na Praça des Vosges.

Geneviève Villars o prevenira de que os SS haviam começado a prender todo mundo, tanto alemães como franceses, que suspeitassem de ter ligação com os autores de um atentado que acabava de ser perpetrado contra Hitler. Ao fim de algumas horas de incerteza quanto à sorte do Führer, souberam que ele saíra apenas ligeiramente ferido da explosão da bomba colocada na sala de conferências da Wolfchanze — toca do lobo —, seu quartel-general de Rastenbourg, na Prússia Oriental.

Os SS iam estrangular com cordas de piano todos os culpados e cúmplices.

— Sua mãe tem amizades que, neste momento, podem causar aborrecimentos a ela — murmurou Geneviève Villars.

Acrescentou que não se tratava, evidentemente, de intervir para salvar antinazistas de última hora, mas de tirar proveito do desnorteamento criado no Exército Alemão e favorecer a desagregação das unidades, as deserções e, talvez, apoderar-se de estoques de armas.

— Os Aliados não lançaram nada de pára-quedas em Paris, nem na região parisiense — continuou ela. — Meu irmão Pierre tem razão quando diz que os ingleses e os americanos têm medo do povo. Não querem nenhuma insurreição. Preferem nos libertar eles mesmos, quando acharem conveniente, e, até lá, que nos matem!

Ela abraçou Thorenc quase distraidamente, mas, no momento em que virou a cabeça, já pronta a deixá-lo, ele a agarrou pelo braço — ela teve um sobressalto — e ele sentiu na pele dela a angústia, o medo de ser presa, com que ela vivia, como todos eles. E estreitou-a contra si.

Dessa vez, Geneviève ficou rígida, afastou-o e olhou-o nos olhos:

— Agora, cada minuto é importante — disse.

E sorriu, de súbito, ternamente, acariciando-lhe os lábios com as pontas dos dedos.

— Nós conversamos muito tempo — ela acrescentou. — Mais de duas horas! Se houver um depois, poderemos dispor como quisermos do que nos deixarem de vida.

Ficou séria, severa mesmo.

— Mas não creio que me deixem nada — concluiu.

Thorenc ficou parado, vendo-a se afastar, até que ela desapareceu numa das ruelas que levam aos cais.

Ele atravessou lentamente a Praça Maubert e viu o soldado alemão que cruzara com eles na escada do hotel, deitado num banco. A jaqueta estava aberta, o braço direito caído; a palma da mão vermelha do sangue que escorria e pingava na calçada.

A praça estava deserta. Precisava fugir antes que os caminhões e os carros que voltaram no final do Bulevard Saint-Germain chegassem à praça.

Correu até a Avenida do Observatoire e entrou, ofegante, no salão onde Pierre Villars, Delpierre e Lévy-Marbot estavam reunidos.

— As SS e a Gestapo reassumiram o controle da situação em toda parte. Houve alguns suicídios de oficiais, prisões e execuções — relatou Villars. — Hitler teria decidido nomear um novo comandante da Grande Paris, Von Choltitz, que já deu provas do que é capaz, na Rússia, onde mandou fuzilar centenas de soviéticos diante de Sebastopol e reduziu a cidade a cinzas. A intenção de Hitler é evidente: destruir a capital.

Lévy-Marbot deu de ombros.

— É preciso que esse von Choltitz possa e queira fazer isso.

E continuou:

— Afinal, os suicidas são poucos, sobretudo entre os oficiais! Até um nazista sabe que será julgado pelos Aliados. Trata-se, portanto, de fazermos o que nos cabe, com habilidade: insurreição, vá lá; mas, antes, preservar Paris da destruição!

Delpierre observou que precisavam conhecer exatamente qual era a situação do outro lado.

Ele atravessou a sala devagar, parando freqüentemente, apoiado nas bengalas.

— Os colabôs mais inteligentes estão se mandando. Você os conhece bem! — continuou, virando-se para Thorenc. — É o seu mundo, o de sua mãe. Você freqüentava a Boîte-Rose... Pois bem, seu amigo Fred Stacki organizou o que eu chamaria de um comboio com destino à Suíça. Michel Carlier deixou o escritório do *Paris-Soir* e partiu com a mulher Viviane Ballin, sem avisar a redação nem os donos do jornal. Foi Isabelle Roclore que nos disse.

Riu em silêncio, sacudindo a parte superior do corpo numa espécie de tremedeira, embora se tenha curvado ainda mais e apertado as duas bengalas com tanta força que as veias das mãos estufaram.

Ele havia sugerido — mais que isso, havia ordenado — que Isabelle Roclore participasse da viagem... para grande satisfação de Carlier!

— Foi melhor para Isabelle, não é? Aos olhos de todos, ela não passava de cúmplice de Carlier. Na Suíça, ela vai continuar a nos manter informados. Na volta, quando as paixões se amainarem e pudermos divulgar que ela trabalhava para nós... Mas quem vai acreditar? — resmungou ele após um silêncio. — Os comunistas já condenaram à morte Carlier e Françoise Mitry. Essa também já partiu. Todo esse mundo alegre corre a se abrigar na Suíça. Vão passar uma ou duas temporadas em Gstaad e voltarão para cá em plena forma. E você vai ver: ainda darão um jeito de nos ditar as regras!

— E você aceita isso? — interpelou Villars.

— Por que vocês não impediram, meu caro camarada? Seus amigos, os chefes da unidades FTPF da região parisiense, se reuniram como se não houvesse um Comitê de Ação Militar, um Comitê Parisiense de Libertação. Vocês também permitiram que isso acontecesse, meu caro Villars. E nossos camaradas comunistas que estão em toda parte não deveriam ter agido? Eles vigiam tudo, mas, curiosamente, fecharam os olhos a essas partidas. E Fred Stacki nunca escondeu suas intenções.

Pierre Villars avançou para ele.

— Que é que você está insinuando? — perguntou, de dedo em riste.

Delpierre deu de ombros, virou-lhe as costas e dirigiu-se para o sofá onde se atirou, brandindo uma das bengalas, com se fosse uma arma.

— Não sabia que você era o defensor titular dos comunistas — disse ele. — Eu já desconfiava, mas agora tenho certeza de que você é filiado ao Partido. É isso mesmo, é isso mesmo!... Eu só queria mostrar que sempre se pode acusar qualquer um de qualquer coisa, sem nenhuma prova... Há duas informações importantes no que eu relatei: alguns colaboradores estão se refugiando na Suíça, primeiro ponto. Segundo ponto: as formações militares do Partido Comunista realizam reuniões em separado como se fossem um exército dentro do exército, uma resistência dentro da Resistência. Ora, isso me parece extremamente grave para o futuro.

* * *

— Voltando aos alemães — disse Lévy-Marbot —, em que pé estão?

Inclinou um pouco a cabeça com ar de dúvida e, olhando para Thorenc, começou a sugerir:

— Você acha que Cécile de Thorenc poderia...?

— Inútil e perigoso — decretou Villars.

Mas Bertrand se levantou. Pegou uma das bicicletas que estavam guardadas numa salinha à esquerda da entrada e deixou o apartamento pela escada de serviço.

Lá fora, o silêncio. O luar aureolava as touceiras e as árvores do jardim com uma luz branca de reflexos negros.

Saiu em disparada, curvado sobre o guidom. No calor ligeiramente úmido dessa noite estival, ele começou a pedalar nas calçadas, ao longo das fachadas, em direção ao Sena e, para além do rio, à Praça des Vosges.

39

Thorenc pára à beira da sombra densa e mais escura, como a da água estagnada no fundo de um poço.

Hesita, ouve.

O silêncio às vezes é riscado por rangidos que cessam quase imediatamente, e logo o peso imóvel e mudo da noite cai outra vez por entre os prédios da Praça des Vosges.

Ele salta da bicicleta como em câmara lenta.

Não compreende o que o fez agir dessa maneira.

Com algumas pedaladas, poderia chegar à casa da mãe, no ângulo oposto da praça. Iria interrogá-la, e ela, tagarela, pretensiosa e leviana, diria tudo o que sabia, incapaz, como de hábito, de se conter, sempre preferindo a tagarelice, a confidência e a afetação ao pudor e à discrição.

Ela diria o que realmente aconteceu com von Brankhensen e o tenente Konrad von Ewers, os dois amantes de Lydia Trajani, que dizem terem sido mortos pelos SS e agentes da Gestapo num apartamento da Avenida Foch, certamente o da amante comum.

E Lydia Trajani, o que é feito dela?

Cécile de Thorenc poderia falar ainda mais de Werner von Ganz e Alexander von Krentz, do capitão Weber, de Alfred Greten, de Karl Epting que ela costumava reunir em casa, tão orgulhosa de ser citada nas notas sociais e aparecer rodeada por esses oficiais nas recepções da Embaixada Alemã, na Rua de Lille, onde ela encontrava o querido e velho amigo Otto Abetz.

Qual desses oficiais teria sido suficientemente esperto para dar aval aos organizadores do complô contra Hitler, sem que as SS e a Gestapo suspeitassem dele? Quem sabe, para sobreviver, ele tenha simplesmente entregado os nomes de alguns cúmplices, como acontece em todas as conspirações, em todas as tramas?

E os SS já os teriam estrangulado com cordas de piano, pois foi como enforcaram os generais culpados, em Berlim...

Thorenc encosta a bicicleta numa pilastra na entrada da praça.

Caminha sob as arcadas.

De repente, a algumas dezenas de metros adiante, percebe vultos de homens de capacete que marcham em fila, ocupando quase toda a largura da praça.

Ele ainda está muito longe para distinguir as fisionomias.

As botas rangem nas lajes. Foi esse ruído que ele ouviu e que decerto o fez desistir de atravessar a praça.

Cola-se a uma porta-cocheira.

É preciso que ela ceda sem ruído para que ele possa entrar num pátio.

Tateia, pressiona. Sente que ela cede.

Ele segura a porta e desliza para dentro, sob o pórtico. Pelos sussurros e rangidos, adivinha que chegam mais soldados depois da primeira fileira, e percebe que passou por entre as duas.

Esta zombaria, esta desatenção, é bem ela que está ali, a morte!

Thorenc espreita.

Eles devem ter avançado e agora estão cercando o prédio de Cécile de Thorenc.

Ele entreabre a porta.

Súbito, uma luz violenta ilumina as fachadas dos prédios. Carros e caminhões estão alinhados no meio da praça e acabam de acender os faróis. E a barulheira estrondeia: ordens, o estampido de um tiro que ecoa nas fachadas.

Ao cabo de alguns minutos, Thorenc vê surgir silhuetas que caminham protegendo-se da luz com os cotovelos. Pela rigidez do andar, acha que são oficiais. Alexander von Krentz e o capitão Weber estariam entre eles?

Depois, tão pequenina, a mulher enquadrada por dois soldados enormes.

Thorenc a acompanha com os olhos: presa no facho de luz em que se debate, ela vira a cabeça tentando compreender em que palco se encontra, em que peça foi convidada a representar.

Depois, ela cai no buraco negro que toma o lugar da luz.

As portas dos carros batem, ordens ressoam. Os roncos dos motores rompem o silêncio e parecem repercutir nas fachadas, nas paredes desse buraco negro.

Thorenc recua, vai sentar-se no canto mais afastado do pequeno pátio de paralelepípedos.

Encolhe as pernas e apóia a testa nos joelhos envolvendo-os com os braços.

Por que permanece vivo, enquanto tanta gente continua a cair a seu redor?

Pensa na mãe que será tratada como uma pobre velha louca.

Melhor que a morte a leve o mais depressa.

Mas a morte é tão zombeteira quanto perversa!

Acocorado, ele não se mexe até o nascer do dia.

40

Thorenc olha as moças que riem na radiosa luminosidade do verão. Vem pedalando no meio delas desde a Praça de la Concorde, que é obrigado a contornar pois está fechada, aqui e ali, com barreiras de arame farpado.

Mas elas não parecem vê-lo, nem se dar conta de que passam ao lado da carapaça de aço de um *panzer* que tem o canhão assestado para atingir a Rua de Rivoli no sentido do comprimento.

Thorenc ouve as vozes das moças que cantarolam canções enquanto sobem a Avenida dos Champs-Élysées. Suas saias esvoaçam, e, quando elas passam diante dos cafés, os soldados riem às gargalhadas, apontam os dedos e se abaixam para ver as coxas delas.

Onde está a morte? Onde ela se enfurna?

As moças descem agora a Avenida Foch, vão ao Bois como iam outrora os cavaleiros.

Thorenc se enrijece, as mãos crispam-se no guidom. Em frente à entrada do prédio de Lydia Trajani, no número 77, dois SS montam guarda, de capacete, pernas afastadas e retesadas.

Ele não se vira.

No outro lado da rua, vê soldados empurrarem um rebanho de vacas normandas que parecem exauridas, espetando-lhes os flancos com a ponta das baionetas.

De repente, um ranger de freios provoca-lhe um sobressalto e o faz olhar para a frente, para as moças paradas diante de um rapaz que gesticula no meio da avenida, repetindo que mais adiante os alemães estão interrogando todos os ciclistas.

— Estão tomando as bicicletas! — grita ele. — No Racing, eles afanam todas, sejam de homem ou de mulher!

Gritinhos agudos, risadinhas abafadas, um pânico divertido.

As moças arrepiam caminho, voltam para a Praça da Étoile; ele as segue e vê novamente os dois soldados parados em cada lado da entrada do número 77, e depara com a fachada do número 84, no outro lado da avenida, de onde Brossolette se atirou lá de cima, e as janelinhas que encerraram tantos gritos. Tantos sofrimentos, entre eles o de Max.

Será que elas sabem disso, essas moças de cabelos soltos que pedalam mostrando as coxas?

Saberão um dia?

Ele as abandona, desce a Avenida Kleber e depois a Avenida Paul-Doumer até a Rua Pétrarque.

Pára a algumas dezenas de metros da mansão onde se encontrara com Simon Belovitch.

Olha em torno.

A avenida está vazia. Ele segue em frente.

O *hall* da mansão está deserto. Ele ouve as vozes que ressoam numa casa, que mais parece abandonada. Levanta a cabeça e vê Belovitch que gesticula e empurra um homem com farda de miliciano para a escadaria de mármore, repetindo:

— Não posso fazer nada por você.

O homem brande a metralhadora de mão e grita:

— Pois eu vou matar você, vou lhe crivar de bala! Você não passa de um judeu safado! Eu chamo a Gestapo!

Mas Simon Belovitch continua a empurrá-lo:

— É você que eles vão matar, meu caro — responde.

Thorenc sobe devagar. Chega por trás do homem, agarra-o pelo pescoço e obriga-o a soltar a arma. O miliciano se ajoelha.

— É preciso trancá-lo — diz Simon Belovitch.

Indica uma porta e abre-a.

Thorenc amarra o homem estarrecido, e dá-lhe uma violenta pancada na nuca com o cano da metralhadora.

O miliciano desaba.

Belovitch puxa Thorenc para o grande escritório branco.

Enche dois copos de uísque.

— É o fim, felizmente — diz ele enquanto bebe. — Até os matadores de Lafont estão caindo fora.

Atira-se numa poltrona.

— Só que é como quando se esvazia um tanque. Os que não conseguiram fugir se debatem, roubam, enforcam, matam. Viste esse idiota? Espero que seja fuzilado!

Enxuga a testa.

— O que desejas? — pergunta.

Balança a cabeça e continua sem esperar a resposta de Bertrand:

— Não convém ficar aqui. As SS e a Gestapo ainda estão presentes. Von Choltitz dispõe de muitas dezenas de carros, de milhares de homens. Tem as tropas que se retiraram da Normandia. Ainda vai morrer gente aqui. O que desejas?

— Notícias. E armas! — resmunga Bertrand.

Thorenc observa a expressão de Belovitch.

O rosto gordo está mais abatido. Escurecido pela barba. Ele sacode a cabeça.

— Lydia Trajani... você a conhece...

Corrige-se, volta a tratar Thorenc de tu, depois alterna os tratamentos.

— Eu arranjei um passaporte e um carro para ela. Podia fugir para a Suíça com a proteção de Fred Stacki que conseguiu vistos para todos os que lhe pediram: Pinchemel, Viviane Ballin, Michel Carlier, Alfred Greten, Isabelle Roclore, Françoise Mitry...

Ri da enumeração.

— As atrizes, os produtores, as cafetinas, agora estão todos lá em Genebra, em Saint-Moritz, em Gstaad. Quanto a Lydia — ele afasta as mãos — ... ela se recusou a seguir o fluxo. Por quê? Não sei. Por desafio? Para bancar a heroína? Ou por medo de perder o que possuía, o que ela achava que possuía? Ou simplesmente porque não queria se misturar a toda essa gente que ela desprezava e, também, por achar que, agindo assim, mostrava-se mais esperta?

Ele se levanta.

— Ela é igual a mim. É verdade que somos astuciosos, ela e eu, e perto de nós os outros são bestas obtusas! Só que a Gestapo a prendeu. Houve luta na casa dela. Brankhensen e von Ewers foram poupados. Lydia foi enfiada num vagão como se fosse uma pobre judiazinha, que ela não era, como a resistente, que ela também não era. Um pouco agente dos ingleses, sim, eu sei... Não pude fazer nada. Depois do atentado contra Hitler, Klaus Wenticht se tornou o chefão da Gestapo em Paris. É um doido. Usei intermediários para oferecerem a ele dez milhões de francos em troca de Lydia. Ele mandou fuzilar os intermediários.

Simon Belovitch vai até a sacada.

— Ele gosta é de matar. Que nem os homens de Henry Lafont, Ahmed, Douran, Bardet e Marabini. Mas esses já estão indo embora, trataram de arranjar um esconderijo...

Ele ri.

— Mas eu sei em que vilarejos eles vão se esconder, e já comuniquei à Resistência! São assassinos.

Aproxima-se de Thorenc.

— Wenticht não é um mero bandido, é um fanático. E um sádico, ainda por cima. Ele mesmo se encarrega de matar. Matou seis monges de um convento do Seine-et-Marne onde os resistentes haviam guardado armas que acabavam de chegar de pára-quedas. Eu é que forneci os caminhões que iam levá-las para Paris. Não sei quem falou. Mas Wenticht soube que elas estavam escondidas nesse Convento dos Oblatos de Maria Imaculada, na Brosse-Montceaux.

Belovitch esconde o rosto nas palmas das mãos.

— Wenticht foi ao convento, mandou reunir os monges. Queria saber quem havia transportado as armas e para onde.

Absorve-se por um instante, e recomeça:

— Eu tinha ido lá, pessoalmente. Dei meu nome ao superior do convento para mostrar que confiava nele como ele confiara em mim. Sabe o que Wenticht fez, Bertrand? Ele próprio matou seis monges com uma bala nas têmporas diante dos outros todos. Depois de cada assassinato, ele se dirigia ao superior e aos monges. Queria o nome do homem que levara as armas e pedia a cada monge a descrição do homem e dos caminhões. Nenhum falou. Perguntou sete vezes: antes de matar o primeiro monge e depois de matar cada um deles até o sexto. Os monges só abriram a boca para rezar. É por isso que ainda estou vivo, meu caro amigo.

De repente, ele pareceu ter esquecido quem era Thorenc, esse homem que ele conhecera ainda criança.

— Esta noite eles prenderam minha mãe, Cécile de Thorenc — murmura Bertrand. — Eu vi.

— Eu a preveni — suspira Belovitch. — Eu disse a ela que Alexander von Krentz ainda era o homem das SS e da Gestapo, e iria denunciá-la. Sabes como ela é comigo!

Ri sarcástico.

— Para ela, eu nunca passei de um judeuzinho que paga, e precisa pagar muito para que ela aceite não só dormir comigo, mas se mostrar comigo. E dizer que acusam os judeus de gostarem de dinheiro!

Chega junto de Thorenc, ergue-se na ponta dos pés e puxa-o pela nuca obrigando-o a inclinar-se.

— Nem mesmo sei se és meu filho. Ela sempre foi misteriosa a esse respeito. Tinha vários outros amantes: atores, um escritor, diplomatas, ministros, esse Paul de Peyrière. Em suma, és um pouco filho de todos, e meu também. Sentes falta da certeza?

— As armas? — indaga Thorenc.

— Eu sinto — continua Belovitch. — Mas acho que seria bom demais se fosses meu filho. Sou modesto e, no fundo, preferi realmente não saber; achei que era melhor que fosses uma criança sem pai, mas ter o nome de Bertrand Renaud de Thorenc, que ser um Bertrand Belovitch. É isso.

Ele suspira.

— As armas, as armas... — murmura Thorenc.

Belovitch diz que as enviou para a rede do Comitê de Libertação da Polícia Parisiense.

Sorri.

— Exigi que fossem distribuídas eqüitativamente entre todas as redes. Não tenho preferências, não me interessa saber quem participou dos seqüestros de 16 de julho de 1942 ou de outros. De mais a mais, agora são todos resistentes.

Toma o braço de Thorenc.

— Estão entre alguns outros que foram...

Alça os ombros.

— ... desde sempre, como De Gaulle.

Ele abraça Thorenc estreitamente.

É barrigudo, tem o rosto suarento. Sob a barba escura, a tez é acinzentada.

— Cuidado com a morte, Bertrand — diz ele. — Ela espreita, sabes disso. Está sempre de tocaia. Mesmo quando a esquecemos. Depois... depois da Libertação, talvez se esqueçam do que fizeste, mas estarás vivo.

Ele dá um tapinha na barriga.

— Que nem eu!

Thorenc sai do escritório.

Ouve o miliciano pedir socorro.

Abre a porta do quarto. O homem tenta pular, com as mãos e os pés amarrados. Olha apavorado para Thorenc.

Para esse homem, ele é a encarnação da morte caprichosa.

Thorenc pega a metralhadora de mão. O homem suplica.

Thorenc embrulha a arma na colcha e aproxima-se do miliciano. Deveria matá-lo.

— Se der um pio… — ameaça.

Sai, desce a escada correndo, monta na bicicleta com o embrulho debaixo do braço e começa a pedalar.

Ele fez o papel da morte que hesita e, por fim, desiste.

Quem sabe, assim, ele espera que ela lhe seja clemente neste verão esplendoroso?

41

Thorenc pára a alguns metros do soldado que, em pé no meio da rua, de capacete em pleno sol, acaba de erguer a mão.

Talvez seja a morte.

Não distingue as feições do homem. Está ofuscado pela claridade que se reflete na placa de metal que o soldado traz no peito, e no disco de sinalização que ele segura com a mão direita e acaba de abaixar.

Thorenc segue em frente, pedalando devagar, e retoma o fôlego que o gesto do soldado como que interrompeu.

A morte o ignorou uma vez mais.

Ele sobe a Avenida do Maine, depois o Bulevar do Montparnasse. Passa ao longo do comboio de caminhões cobertos de ramagens, das ambulâncias com as portas traseiras entreabertas. Vê os feridos deitados nas macas, as ataduras vermelhas de sangue em torno do peito, da cabeça, dos ombros, em cima dos olhos.

Nos cruzamentos, os *Feldgendarmen* dirigem o fluxo para o Leste.

Nos terraços dos cafés, displicentes, como se estivessem desocupados e não fizessem parte desse exército derrotado, outros soldados, sem capacete, bebem enviesando olhares cobiçosos para as mulheres.

As putas estão sempre ali, na esquina da Rua Delambre com o Bulevar Raspail, provocando os militares nas mesas do terraço da *brasserie* do Dôme.

Thorenc desce da bicicleta.

Vê o letreiro da Boîte-Rose. A porta de entrada está vedada por um largo tapume de madeira. Ele se aproxima.

Um grande cartaz avisa em letras vermelhas: "Fechado para troca de proprietário"; e mãos iradas escreveram em letras pretas: "Colabôs!", "Morra a puta boche!" Uma grande cruz negra risca todo o cartaz.

Numa parede mais adiante, o retrato de Philippe Henriot, com a legenda: "Ele dizia a verdade... Eles o mataram!", foi rasgado.

Alguns passos mais, e, na esquina do Bulevar Raspail, ele depara com um grupo de curiosos diante de um cartaz enrugado, ainda úmido de cola, em que as letras vão aparecendo à medida que o papel seca:

"A BATALHA DE PARIS

Parisienses, homens e mulheres, jovens e velhos, todos à luta, por todos os meios, a fim de dar surgimento, em nossa grande capital, coração da França, à nossa Insurreição popular e à greve geral insurrecional que contribuirão fortemente para nos permitir ganhar a batalha de Paris em tempo mínimo e apressar a hora da libertação total da Pátria!"

Thorenc vê que os curiosos afastam-se rapidamente tão logo se sentem observados. Mas outros se aglomeram diante desse texto comunista que tem o título: *A Humanidade clandestina*, 15 de agosto de 1944.

De repente, ouvem-se freadas, e um caminhão pára na altura dos cartazes, alguns SS saltam, ameaçam, empurram os curiosos com metralhadoras portáteis, atiram para o alto.

Thorenc chega ao bulevar. Alguns passos adiante, está tudo calmo. Carros de capota arriada passam em alta velocidade, cheios de oficiais paramentados e mulheres louras, cabelos esvoaçantes, enquanto o *Feldgendarme* empertiga-se numa rápida continência.

Mas, subitamente, irrompem novas detonações, um adolescente foge. A camisa branca manchada de vermelho no meio das costas. Ele desaba na calçada e fica ali, ao passo que a Rua Delambre se esvazia. Já no terraço do Dôme, os fregueses apenas recuaram e logo voltaram a seus lugares, enquanto os SS balançam o corpo do adolescente e o atiram no caminhão.

Thorenc caminha pelo bulevar.

É preciso acabar com isso, rápido!

Os americanos estão em Orléans. A segunda divisão blindada de

Leclerc já desembarcou. O que estão esperando para avançar? Que a morte continue a ceifar assim, a seu bel-prazer?

Que os alemães se preparem para transformar Paris em um campo de ruínas como fizeram com Varsóvia quando a cidade se insurgiu em 1º de agosto?

E os russos, nas margens do Vístula, baixaram as armas, deixando os poloneses serem massacrados.

Será que os americanos querem fazer a mesma coisa com os parisienses, que consideram vermelhos demais para seu gosto? E só entrar em Paris depois que os alemães tiverem castigado o povo insurreto?

Situação esquisita. Jogada esquisita.

Na véspera, 14 de agosto, Brinon, um dos ministros colaboracionistas mais radicais, que chega a achar que Laval deveria ser enforcado por ter tentado instaurar um governo de transição com Henriot, declarou:

"Os gaullistas e os comunistas tentam deflagrar uma rebelião na população da Grande Paris. Se acontecer um movimento de certa amplitude, a tranqüilidade será restabelecida, caso seja necessário, por meio de bombardeios aéreos..."

Thorenc pára bruscamente.

Olha para a fachada. Está diante de casa.

As cortinas fechadas disfarçam o alto vão envidraçado de seu ateliê. Pinchemel deve ter devolvido as chaves à dona Marinette Maurin.

Ele se debruça sobre os vasos de gerânio. Dona Marinette está lá, sentada, desamassando com a mão um par de calças do marido.

Ela ergue os olhos, leva as mãos à boca. Levanta-se.

— Meu Deus, senhor de Thorenc!

Abre a porta.

— Entre, entre! — segreda.

Ele entra no saguão.

Quatro anos depois, o mesmo cheiro de pano úmido ainda paira no ar.

Dona Marinette pendura-se no pescoço dele.

— Preciso abraçar o senhor! — repete ela.

Dá um passo atrás, olha-o.

— Como a gente se preocupou por sua causa, e Maurin, o senhor nem queira saber! Maurin me dizia que sempre tinha medo de ver o nome do senhor nas listas de reféns. Agora, acabou-se. Estão em greve, todos os policiais. Desde hoje de manhã, não se vê mais nenhum nas ruas. Maurin me disse: "Marinette, vamos fazê-los pagar por tudo que nos obrigaram a fazer! Acabou-se, vamos lutar!"

Ela segura o braço de Thorenc e cochicha que acaba justamente de ouvir Londres. Os franceses do general de Lattre e os americanos desembarcaram na Provence.

— É o fim. Espero que não morram agora; seria muita burrice, depois de tudo o que passamos! Meu Deus, se o senhor soubesse! Vieram aqui cem vezes, os homens da Gestapo, por sua causa e para roubar tudo na casa do pobre senhor Waldstein. E eu ainda tinha que ser gentil, quando os Pinchemel recebiam toda a grã-finagem no apartamento do senhor.

Ela revista a gaveta do aparador, tira uma folha de papel e lê:

"ORDEM DE GREVE GERAL
PARA TODA A POLÍCIA PARISIENSE

A Gestapo acaba de ordenar o desarmamento e a prisão administrativa dos policiais parisienses.

Diante dessa medida provocativa, todo o pessoal da Chefatura de Polícia, ativos e inativos, deverá parar de trabalhar a partir das 7 horas da manhã de terça-feira, 15 de agosto.

Os policiais que não obedecerem à presente ordem de greve serão considerados traidores e colaboracionistas.

Nossos camaradas não deverão, sob pretexto algum, deixar-se desarmar.

Ao combate final, todos em frente com o povo parisiense!

Frente Nacional da Polícia, Polícia e Pátria,
Honra da Polícia."

* * *

— É bonito, hem, senhor de Thorenc? É preciso ter coragem, o senhor sabe. Foi preciso muita...

Bertrand sorri. Recusa-se a subir a seu apartamento. Sabe que não vai morar mais nele. Não conseguiria mais.

Talvez vá morar na Avenida do Observatoire, como propôs Alexandre de Norois, uma vez que o velho diplomata quer deixar Paris para viver na Normandia.

— O senhor está com um ar muito estranho — murmura dona Marinette. — Diria até que não está contente com o que está acontecendo! É o fim do pesadelo, senhor de Thorenc, o fim! Se esse é todo o entusiasmo que o senhor demonstra, o senhor, com tudo o que fez, então, quem mais? Quem?

Ele atravessa novamente a Rua Delambre. Uma mulher, decerto uma zeladora, lava com muita água a calçada perto da Boîte-Rose. Mas a mancha de sangue resiste.

Ele se vira.

Quanto tempo durará a memória desses dias? E de todo esse sangue?

42

No calor cada vez mais úmido da noite, Thorenc ouve o ronco surdo que pouco a pouco substituiu o silêncio.

Na direção do oeste, para além do Palácio de Luxembourg, ele vê o céu estremecer, de repente, sacudido por brancos clarões que depois se extinguem, dando lugar a uma noite mais opaca.

Sai da sacada, atravessa o quarto e vai ao salão onde as cortinas estão fechadas para que a luz das lâmpadas de acetileno, acesas em cima da mesa, não sejam vistas da avenida e dos jardins do Observatoire.

Senta-se numa poltrona afastada.

Já não está exercendo nenhuma função militar específica, como gostaria.

Villars encarregou-o de coordenar as reportagens que as equipes de jornalistas de rádio vão realizar. A Rádio Paris parou de transmitir e os resistentes já ocuparam sua estação, na Champs-Élysées.

Os jornais colaboracionistas não saem mais. Michel Carlier deve estar passeando no ar puro das trilhas montanhosas no alto de Saint-Moritz, entre Viviane Ballin e Isabelle Roclore. À noite, devem reunir-se num bar do Palace Hotel em companhia de Alfred Greten e Françoise Mitry, e receber Pinchemel com alegres exclamações de boas-vindas.

Thorenc pensa em Lydia Trajani que se recusou a fugir.

Pensa também em Max, e em todos os outros.

* * *

Villars pede silêncio às dez pessoas ali reunidas.

Com voz trêmula e solene, ele dá início à leitura do texto da proclamação que deve ser anunciado a partir desta noite, em Paris:

GOVERNO PROVISÓRIO
DA REPÚBLICA FRANCESA

"Os Aliados estão nas portas de Paris.

Formem grupos de cinco.

Preparem-se para o último combate contra o invasor.

Os combates já começaram em Paris.

Aguardem as ordens, seja por meio de cartazes, seja pelo rádio, para agir.

Os combates terão lugar por *arrondissement*."

Lévy-Marbot se levanta, sacode uma folha de papel que acaba de receber.

Laval e os ministros deixaram Paris e foram para Belfort sob a proteção de uma escolta alemã. Darnand e seu Estado-Maior já partiram. E acrescenta:

— No subúrbio, as administrações já foram tomadas.

Delpierre adiantou-se, apoiado nas bengalas.

— Paris está impaciente — diz ele. — O que significa isso de "combates que terão lugar por *arrondissement*?" Querem que os focos de insurreição estourem paulatinamente para que os alemães possam dominá-los mais facilmente, extingui-los um a um?

De bengala em punho, ele golpeia o ar.

— Chaban precisa receber determinações claras de Londres e de Argel, do general Kœnig. O desaparecimento da polícia só pode apressar a deflagração da insurreição. A população vai se sentir encurralada. Já não há gás, nem metrô; eletricidade, só uma hora por dia; os mantimentos acabaram. E a gente faz o quê? Um cartaz! Não basta! A greve da polícia é só um começo. O coronel Rol precisa dar a ordem de insurreição geral. Não se trata de preparar o combate, mas de combater!

Risca outra vez o ar com a bengala.

— Que o Comitê Parisiense de Libertação se reúna e decrete a Insurreição Nacional, e o Conselho Nacional da Resistência faça o mesmo, mais que depressa. Senão, o que acontece? Massacres...

Os murmúrios que acompanharam esse discurso diminuem pouco a pouco. O trovão ribomba ao longe, lá para os lados do oeste.

Delpierre curva-se.

— Esta noite, fuzilaram vinte e seis patriotas nos fossos de Vincennes — anuncia ele com voz cava. — E o que é pior: quarenta e dois rapazes de 22 anos, 19 anos, 24 anos. Quarenta e dois, estão ouvindo! Quarenta e dois caíram numa arapuca armada por um traidor a serviço da Gestapo. Foram torturados, abatidos a tiros de metralhadoras, a granada: vinte e cinco na cascata do Bois de Boulogne, sete diante da sede da Gestapo e mais dez na Rua Leroux...

Delpierre vira-se para Thorenc, olha-o demoradamente.

Bertrand firma-se nos braços da poltrona e soergue-se. Tem o corpo todo coberto de suor. Não tira os olhos de cima de Delpierre, que abaixa a cabeça.

— Prenderam Geneviève Villars por acaso, perto daqui, um pouco abaixo do Bulevar Saint-Michel. Ela estava armada. Houve luta. Foi ferida e levada para o Palácio do Luxembourg.

Delpierre levanta a cabeça.

— Não podemos fazer nada por ela — murmura. — Seria preciso tomar o palácio de assalto. Iriam fuzilá-la antes que conseguíssemos entrar lá.

Thorenc sai do salão.

Volta a se instalar na pequena sacada de seu quarto.

A tempestade parece ter-se afastado, deixando a morte à espreita na noite.

Epílogo

Toda manhã, um pouco depois das onze horas, Bertrand Renaud de Thorenc, apoiado em sua bengala de castão de prata, percorre a passos lentos o que ele chama de cemitério de sua memória.

A essa hora do dia, a Avenida do Observatoire e os jardins ao lado ainda estão quase desertos. E a silhueta alta e magra de Thorenc lembra bem a de um sobrevivente que vai de lápide em lápide, pelas aléias, recolher-se nos túmulos dos companheiros mortos.

Ele pára primeiro na esquina da Rua Auguste-Comte.

A placa fixada na altura de um homem, na fachada do prédio de canto, é a primeira recordação.

Fica olhando a placa por alguns minutos. Seria de se pensar que lê o nome desse combatente que morreu pela Libertação de Paris em 25 de agosto de 1944, há mais de meio século.

Às vezes ele levanta a mão.

Parece querer tocar as flores murchas, presas sob a placa.

Mas interrompe o gesto como se temesse que o pequeno buquê, de tão ressecado, se desfizesse em pó.

Só depositam flores ali uma vez por ano.

Depois, o vento, o sol e a chuva fazem o serviço.

Thorenc se afasta, a cabeça meio descaída.

Atravessa a calçada, entra no jardim do Luxembourg e pára novamente, de frente para as grades.

Na mureta quase ao rés-do-chão, encontra-se o segundo túmulo honorário, a segunda placa, geralmente enlameada, com um pequeno vaso de flores sempre vazio, decerto por causa dos cachorros que estraçalham os buquês.

Há muita gente passeando no jardim, crianças correndo ao redor das estátuas brancas erguidas entre as árvores ou no meio dos canteiros de grama.

Thorenc anda mais devagar ainda, como se os anos e as recordações que carrega se tornassem mais pesados.

Pára no meio de uma alameda.

Será isto a velhice: não só a fadiga, mas o esquecimento chegando?

Para que ler e reler os nomes gravados nessas placas, saber que um era um guardião da paz, de vinte quatro anos, o outro um FFI, de dezoito anos, e este aqui, um sargento da 2ª Divisão Blindada de Leclerc, pois bastarão alguns passos para que eles se apaguem e desapareçam?

Segue por entre as árvores até o último cenotáfio, uma elevação de terreno que as folhas mortas cobrem a cada outono; ele as afasta com a ponta da bengala, deixando a descoberto as faces da pirâmide acachapada.

Abaixa a cabeça.

É o término de sua peregrinação matinal, o momento em que, todos os dias, ele rememora esses oito corpos deitados lado a lado, crivados pelas rajadas das metralhadoras, fuzilados à queima-roupa, em 19 de agosto de 1944, por ordem de um coronel da SS — o que só se soube mais tarde pelos prisioneiros alemães —, e só encontrados em 25 de agosto, após a batalha, quando os alemães, vencidos, desfilavam de braços erguidos pelas alamedas.

Todas as vezes, ele se vê constrangido a enxugar uma lágrima com as costas da mão.

Será isto a velhice: quando, do passado, só resta a emoção e não se pode resistir a ela que cresce, irreprimível, como se fosse uma incontinência?

Cansado, ele balança a cabeça, e volta para casa.

* * *

Não sabe mais os nomes dos combatentes que tombaram ao lado de Geneviève Villars, mas lembra-se de que, em 25 de agosto, encontrou, junto aos corpos dos fuzilados, a maca suja de sangue em que Geneviève, já ferida, fora transportada para ser fuzilada com os outros.

Ela deve ter reunido suas últimas forças para ficar de pé.

Quando a encontrou, Thorenc teve vontade de se ajoelhar, de rezar, de blasfemar, de desafiar a morte que escolhia as vítimas ao bel-prazer, e ele, ela o deixava sozinho.

Mas ele tinha apenas quarenta anos, então.

E não demorou mais que alguns minutos ali; seguiu logo para o Hôtel de Ville* a fim de não perder a reportagem do encontro entre o general De Gaulle e os membros do Conselho Nacional da Resistência.

Ainda havia tiroteios esparsos. E barricadas na Rua Saint-Jacques e na rua da Montaigne-Sainte-Geneviève. As fachadas estavam crivadas de balas, e, junto aos cais, caminhões alemães incendiados atravancavam a rua que os carros percorriam exibindo bandeiras tricolores.

A multidão invadira a Praça do Hôtel de Ville.

Thorenc conseguiu entrar na sala em que De Gaulle se achava.

Viu Delpierre, Lévy-Marbot, Pierre Villars, Bidault, Marrane, o coronel Rol, todos homens corajosos que, cinco dias antes, divergiam violentamente: uns, partidários de uma trégua nos combates de Paris, outros, como Pierre Villars, contrários a essa idéia, convencidos de que se tratava de uma manobra para impedir o povo de lutar.

Tudo águas passadas, esquecidas pelas lutas e pela vitória!

Esquecida a acusação de covardia que Pierre Villars lançara a Lévy-Marbot e a Delpierre.

Esquecida a palavra "traição" de que Villars acusara Thorenc por ter

* Prefeitura das grandes cidades; Palácio Municipal onde fica o gabinete do prefeito. (N.T.)

ido encontrar Fred Stacki e Alexander von Krentz que, segundo pretendia, desejava impedir a destruição de Paris.

Thorenc recebera von Krentz no apartamento do doutor Pierre Morlaix. Não lhe estendera a mão; limitara-se a ouvi-lo sugerir que a Resistência entrasse em contato com Nordling, o embaixador da Suécia, e com o da Suíça.

Quem haveria de dizer que esse civil elegante, que fumava de pernas cruzadas no salão do doutor Morlaix, era um oficial alemão que, indubitavelmente, depois do fracassado complô contra Hitler, denunciara seus colegas à Gestapo e, astucioso e cínico, virara casaca uma vez mais?

Naquele dia, sábado, 19 de agosto, quando já sabia que Geneviève Villars estava presa no Palácio do Luxembourg, Thorenc pensou em matar von Krentz para que pelo menos um dos que tanto se aproveitaram na sombra do exercício da barbárie pagasse afinal.

Enfiou a mão no bolso e apalpou a coronha do revólver.

Lembrou-se dos soldados alemães e dos FFI com os corpos estendidos lado a lado, na Praça Saint-Michel, dos miolos humanos que formavam uma mancha ensangüentada na calçada da Praça da Sorbonne.

Estavam mortos, ao passo que Alexander von Krentz acendia agora outro cigarro.

O alemão deve ter lido os pensamentos de Thorenc.

Virou-se para Fred Stacki:

— Meu objetivo — disse ele —, e Stacki, nosso amigo comum, pode testemunhar, é salvar Paris da destruição. Esta é a minha única preocupação atualmente, não importa o que eu tenha pensado no passado. Minha vida já não conta. Quero poder poupar Paris dos horrores que Varsóvia viveu. É para isto que estou aqui...

Sorriu e inclinou-se para Thorenc:

— ... a seu dispor.

Bertrand tirou a mão do bolso.

* * *

A trégua fora assinada, mas os combates, que nunca cessaram realmente, intensificaram-se a partir da segunda-feira, 21 de agosto. Dia 22, centenas de barricadas foram erguidas nas ruas dos bairros do sul, leste e norte da capital, que Thorenc percorreu de bicicleta.

Aqui, rajadas de armas automáticas. Ali, um *panzer* de tocaia tentando atacar a Chefatura de Polícia "libertada". Ruas tranqüilas, também, e na esquina da Avenida do Observatoire até um pintor sentado atrás do cavalete enquanto as casamatas alemãs varriam a tiros o cruzamento da Rua de Médicis.

E depois os sinos, na quinta-feira, 24, todos os sinos de toda Paris tocando ao mesmo tempo.

Várias vezes, durante as longas insônias que acompanhavam sua velhice, Thorenc os ouvia bater dolorosamente em suas têmporas, e o som grave da Notre-Dame confundia-se com o ritmo por demais acelerado e ruidoso de sua pulsação.

Então, ele revivia aquela noite de agosto, e a febre que às vezes o afligia sem que nenhum médico conseguisse discernir a causa — a emoção, talvez, ou o medo que assombra os velhos à noite? — lembrava-lhe o calor sufocante daquele verão.

Era por volta das vinte e duas horas. Ele estava deitado atrás de um saco de areia, na Praça Saint-Michel. Ergueu-se, de súbito, e os curiosos correram também para a Notre-Dame, esquecendo o perigo de um tiroteio alemão.

As pessoas aplaudiam das janelas.

Os primeiros soldados da 2ª Divisão Blindada haviam chegado à Praça do Hôtel de Ville. Foram recebidos na Chefatura de Polícia e acomodados, por uma noite, no adro da Notre-Dame.

Thorenc procurou por Henri Villars, convencido de que o encontraria ali entre os soldados. Perguntou a esses homens de pele bronzeada de sol, pois alguns lutaram em Chade desde 1940. Outros falavam com um acentuado sotaque espanhol. Ao perceber que se tratava de antigos combatentes republicanos da guerra civil, Thorenc sentiu que, enfim, os fuzilados de Badajoz haviam sido vingados.

Não encontrou o tenente Henri Villars. Os soldados o conheciam, mas ele fora ferido alguns dias antes. Pelo menos estava vivo.

Vivo!

Thorenc passou essa noite de verão deitado no cais, olhando o céu estrelado que foguetes luminosos riscavam de vez em quando. Desfiou os nomes dos mortos, um a um, de Juransson a Joseph Villars, de Pascal a Stephen Luber, e os de Lydia Trajani, Victor Garel e sua mulher Louise, Claire Rethel, Catherine Peyrolles, Gabriel e Martine Morand, Salgado, Minaudi, o de Cécile, sua própria mãe, e o de Max, Max, Max cuja sorte ele ignorava!

Não ousou rezar. Como descobrir as intenções e os planos da morte?

Quando no dia seguinte, sexta-feira, 25 de agosto, terminado o ataque ao Palácio do Luxembourg, ele descobriu o corpo de Geneviève Villars, acreditou que ainda que tinha força bastante para controlar a emoção e não se ajoelhar, nem blasfemar.

Na grande sala do Hôtel de Ville, ele foi até as primeiras filas, enlaçou, um por um, o pescoço de Pierre Villars, o de Delpierre, o de Lévy-Marbot, o do doutor Morlaix, e ouviu a fala do general De Gaulle.

Ao ouvir essa voz grave, teve a sensação de que cada palavra pronunciada confrangia-lhe o peito:

"Paris, Paris ultrajada, Paris destroçada, Paris martirizada, mas Paris libertada por seu povo, com o concurso dos exércitos da França, com o apoio e o concurso de toda a França, quer dizer da França que luta, quer dizer da verdadeira França, da França eterna!"

E todas as lágrimas que ele conteve diante do corpo de Geneviève, todas as que não derramou na noite anterior, ao enumerar os nomes de Claire, Catherine, Victor, Lydia, Max, Max, Max que ele ainda esperava que estivessem vivos, extravasaram.

Soluçou de cabeça baixa, mordeu os lábios tentando não chamar a atenção.

No dia seguinte, sábado, 26 de agosto, quando descia a Champs-Élysées no meio da multidão, atrás De Gaulle, e viu o mar, o oceano de rostos, ouviu a explosão dos gritos de "Viva De Gaulle! Viva De Gaulle!", e *A Marselhesa* irrompeu, ele chorou de novo, relembrando a noite de 11 de novembro de 1940 em que, ali mesmo, fugira com Geneviève das patrulhas alemãs.

Ela estava morta, e agora que ele era um homem velho, caminhava toda manhã pelas aléias desses jardins, quase sempre ainda desertos a essa hora, até essa estela tão discreta, tão esquecida.

A emoção lhe voltava sempre. Como se o que ele vivera com ela, aqueles dias de novembro e agosto, e, com ela ou sem ela, durante todos esses quatro anos, o houvessem tocado tão profundamente que o que aconteceu desde então já não tinha a menor importância.

Não voltou a ver Claire Rethel, que ficou morando nos Estados Unidos.

Na primavera de 1945, ele esperava diariamente o retorno dos deportados no saguão do Hotel Lutétia.

Mas Catherine Peyrolles, Victor Garel e a mulher Louise, Lydia Trajani, os Morand, Cécile, sua mãe, figuravam na lista dos desaparecidos.

Max estava vivo, mas fora adotado por Laetizia Bucchi que não admitiu — estranhos os sentimentos humanos! — que ele reconhecesse o filho.

Catherine Peyrolles, em vida, havia recusado, afirmara Laetizia; e ela devia ser fiel à irmã.

Ele não se sentia bastante seguro de si para contestar essa decisão.

Desistiu, pois.

Max sobreviveu, era o que importava. Ele, Bertrand, já estava no lado da sombra.

Fez grandes reportagens fora da França, onde quer que houvesse luta, talvez na esperança de que a morte se cansasse, enfim, de ainda encontrá-lo vivo em meio a tantos cadáveres.

Mas ela sempre lhe virava a cara.

Assim, amontoando palavras sobre palavras, tornou-se uma testemunha célebre e solitária. Narrou todas as guerras, menos aquela em que lutara.

Mulheres fugazes passaram por sua vida. O que poderiam elas saber sobre os velhos tempos de onde ele vinha?

Depois, a morte começou a trabalhar à solapa, e todos os castelos de areia desmoronaram.

E só restaram essa estela, esse túmulo honorário, quase raso, essas poucas placas de mármore apagadas, e a emoção e as lágrimas de um velho que sente o mato do esquecimento invadir pouco a pouco o cemitério de sua memória.

Impresso no Brasil pelo
Sistema Cameron da Divisão Gráfica da
DISTRIBUIDORA RECORD DE SERVIÇOS DE IMPRENSA S.A.
Rua Argentina 171 – Rio de Janeiro, RJ – 20921-380 – Tel.: 2585-2000